"拉话话"亲

兰正武　刘文永　著

远方出版社

图书在版编目（CIP）数据

"拉话话"亲 / 兰正武，刘文永著. —— 呼和浩特：
远方出版社，2021.12

ISBN 978-7-5555-1725-2

Ⅰ．①拉… Ⅱ．①兰… ②刘… Ⅲ．①报告文学 –
中国 – 当代 Ⅳ．① I25

中国版本图书馆 CIP 数据核字（2021）第 279586 号

"拉话话"亲
"LAHUAHUA" QIN

作　　者	兰正武　刘文永
责任编辑	奥丽雅　刘向武
责任校对	安歌尔
封面设计	曹可馨
版式设计	韩　芳
出版发行	远方出版社
社　　址	呼和浩特市乌兰察布东路 666 号　邮编 010010
电　　话	（0471）2236473 总编室　2236460 发行部
经　　销	新华书店
印　　刷	内蒙古爱信达教育印务有限责任公司
开　　本	787 毫米 × 1092 毫米　1/16
字　　数	212 千
印　　张	15
版　　次	2021 年 12 月第 1 版
印　　次	2021 年 12 月第 1 次印刷
印　　数	1—3 800 册
标准书号	ISBN 978-7-5555-1725-2
定　　价	35.00 元

写在前面的话

　　生活是创作的源泉，《"拉话话"亲》一书的创作源于固阳县开展的新时代文明实践志愿服务活动。2019年10月，固阳县被列入新时代文明实践中心第二批全国试点地区，一大批志愿者投入志愿服务活动中。他们走村入户，通过"串串门子，唠唠家常，解解心宽，暖暖人心"的方式帮助群众解决身边急难愁盼的大事小情；他们给孤寡老人理发，陪他们说话，嘘寒问暖；他们不嫌脏，不嫌累，不怕麻烦，不计报酬，不管深更半夜，不管天寒地冻……由于志愿者身穿红色的志愿服务马甲，乡亲们亲切地称他们为"红褂褂"，他们的身影成了村里亮丽的风景。

　　"拉话话"是内蒙古中西部地区的方言。"拉"读作"lǎ"，有"说"的含义，"拉话话"就是聊天、交流、谈心的意思。固阳人憨厚朴实、勤劳善良，受地域环境的影响，人口居住分散，小的村落只有几户人家，大的村落也不过几十户。人与人的交流机会少，特别是常年居住在村里不出远门的人，更是腼腆内向、寡言少语，像民歌中唱的一样，陌生人之间是"见个面面容易拉话话难"，只有和对方拉开话话了，才没有了生分，增进了了解，容纳了对方。新时代文明实践志愿服务活动推进伊始，就赋予固阳县志愿服务队一个接地气的名字——"拉话话志愿服务队"。

"拉话话"拉的是小事，解决的是大事。新华社、《人民日报》、《光明日报》、《中国妇女报》等30多家媒体走进固阳县采访报道，固阳县"拉话话"志愿服务项目入选中宣部宣传思想文化工作案例、全国巾帼志愿服务十大优秀项目，"拉话话"志愿服务队荣获内蒙古自治区2020年度学雷锋志愿服务先进单位优秀志愿服务组织、内蒙古自治区"北疆巾帼志愿服务"十大暖心故事以及内蒙古自治区"我帮你"新时代文明实践志愿服务大赛特等奖……在习近平新时代中国特色社会主义思想的指引下，"拉话话"志愿服务犹如一股巨大的暖流向四面八方辐射。

全书分为5个篇章，以篇章叙事的结构形式，深入挖掘创作主题。本书作者是土生土长的固阳人，带着在农村成长的生活经历和对父老乡亲的朴实感情，就像架在村子里的一台摄像机，用忠实简朴的记录手法收集生活素材，经过沉淀、回访、思索，最后撷取最鲜活的事例呈现出来。

固阳县"拉话话"志愿服务活动刚刚起步，故事的高潮还远没有到来，我们饱含深情地记录这片土地上的人和事，就是想告诉广大志愿者和读到此书的人，"你与群众走得有多近，群众对你就有多亲"。

目　录

篇首　"拉话话"新　土地　时代　民心

上篇　"拉话话"难　乡土　乡音　乡情

下篇 "拉话话"好 家风 乡风 民风

篇尾 "拉话话"长 初心 使命 担当

篇首

「拉话话」新 土地 时代 民心

　　固阳县位于内蒙古自治区中部偏西，属包头市管辖。东与呼和
浩特市武川县交界；南与包头市昆都仑区、青山区、石拐区、土默特
右旗毗邻；西同巴彦淖尔市乌拉特前旗、中旗接壤；北与达尔罕茂明
安联合旗相连。固阳全境南高北低，东部高于西部。阴山山脉横穿
县境。东部春坤山为全县最高点，海拔2340米。境内有7条季节性河
流。全县总面积5025平方公里，其中四分丘陵五分山，只有一分是滩
川。全年降水量少，光照充分，气温偏低，属典型大陆性气候。

《固阳县志·概述》

　　世间万物，皆离不开土地。生命绵延，世代赓续，家长里短，都是泥土之
花、大地之果。

　　2020年11月6日，固阳县作家协会的9名会员乘车从固阳县城出发，踏上了采
访新时代文明实践志愿服务活动的行程。汽车驶出了县城，四周的田野在白雪
的覆盖下显得格外开阔，天空湛蓝而明亮，远处的山脉像一抹飘带在车窗间舞
动着，城北的阿塔山在空旷的山野中异常醒目，卫士般忠诚地守护着这座小城。

　　阿塔山对于固阳人来说，既是熟悉的也是神秘的。传说在很久以前，人们
常能在阿塔山上看见一匹金马驹。金马驹有时站在山顶上，两耳直立，凝视远
方；有时在山脚下狂奔嘶鸣，声音如银铃般悦耳动听。它常在夕阳西下或晨曦

初露的时候，警觉地来到昆都仑河边低头饮水，喝完水就一阵撒欢儿，拉下的金粪蛋顺着山坡滚得很远很远。它常吃百姓的庄稼，但吃了谁家的庄稼也没人过多在意，只说这是吉祥的先兆，这块地里要生金子的。

美丽的传说赋予了这块土地神奇的魅力，表达了固阳人民视土如金的农家情怀和创造财富、过上幸福生活的美好愿望。

汽车在公路上颠簸前行，山脚下远近相邻的一个个村落不时在视野中出现。这些村子多数依傍向阳的北山，村内盖起了大小不一、高低不齐、样式各异的房子，加之搭建的牛羊马圈，倒也有一种错落有致的乡土气息和农家风采。南山土层厚实，北山石头多植被少，因常年降雨量不足300毫米，只有每年4月后才能看到稀疏的绿色。但不可否认的是，就在这样一块平凡而贫瘠的土地上，在人口高峰期，一个村子曾养活过几百口人和几百只牛羊。它如慈母般一声不响，只要雨水充沛，就能给人们一个结结实实的收获。成垛的柴草堆满了场面，成担的粮食填满了粮仓，还有无数肥壮的牛羊……

我从包中拿出了随身带的一本书——《乡土中国》，这是著名社会学家费孝通于20世纪40年代后期，在西南联大和云南大学根据所讲"乡村社会学"的讲稿内容，应当时《世纪评论》之约而写成的14篇文章。作者提出"乡土社会"的概念，认为中国基层传统社会是乡土性的，支配着社会生活的各个方面。我被书中的文字深深地吸引："靠种地谋生的人才明白泥土的可贵。城里人可以用土气来藐视乡下人，但是乡下，'土'是他们的命根。在数量上占着最高地位的神，无疑的是'土地'。'土地'这位最近于人性的神，老夫老妻白首偕老的一对，管着乡间一切的闲事。他们象征着可贵的泥土。我初次出国时，我的奶妈偷偷地把一包用红纸裹着的东西，塞在我箱子底下。后来，她又避了人和我说，假如水土不服，老是想家时，可以把红纸包裹的东西煮一点汤吃。这是一包灶上的泥土。——我在《一曲难忘》的电影里看到了东欧农业国家波兰也有着类似的风俗，使我更领略了'土'在我们这种文化里所占和所应

一锹锹泥土一抹抹平，志愿者和村民心贴心

当占的地位了。"

土地，就是农民生存的唯一资源；土地，就是农民生活的全部依靠。

古代的固阳地区，一直是北方少数民族的天然牧场。清初到清末的二百余年间，这里由牧场逐渐转变为农田。那些从晋北、陕北黄土高坡的山山峁峁跋山涉水而来的移民，世世代代过惯了相对封闭的农耕生活，习惯了在自家的小天地里与牛羊打交道，在黄土地里刨闹生活，不求富裕但求温饱和平安。自给自足的生存观念束缚了他们的头脑和手脚。他们抱着"三十亩地一头牛，老婆娃娃热炕头""不骑马，不骑牛，骑上毛驴走中游"的生活态度和"天津北京做买卖，不及犁铧翻土快"的择业观念，起早贪黑，受苦受累，起房盖屋，娶妻生子，周而复始，像山上石缝间的山榆树，徒增岁月的年轮。

风雨如晦的旧中国，曾土匪横行，战祸连年，加上严重的自然灾害，固阳人口一度减少到3万多。1917年，固阳一带的卢占魁和不知名的大小土匪隔三岔五骚扰百姓，百姓们过着提心吊胆的日子。1926年，土匪陈德胜带领2000多人进城抢掠，商人及其他百姓纷纷逃离固阳。1929年，固阳大旱，"通年干旱无雨雪，挖地三尺无湿土"，赤地千里，民众纷纷外出逃难，千村凋敝，百业萧条，"百姓无处觅食，多饿死道旁，近乎人烟断绝，卖妻儿者不计其数"。1937年，侵华日军占据固阳，县城内的一德成、春林号、福聚兴、福盛昌等十多家商号被迫关门，百姓生活在水深火热之中。

中华人民共和国成立后，固阳人民迎来了崭新的生活；进入21世纪，更是发生了翻天覆地的变化。我随手翻开《2020年固阳县统计手册》，全县户籍人口19.71万人，生产总值63.49亿元，第一产业14.93亿元，第二产业29.6亿元，第三产业18.96亿元，城镇居民人均总收入36956元，农村居民人均总收入19464元。全县设医院5个，卫生院10个，普通中小学9所。如今的固阳人，已经摆脱了贫困，再不用为吃不饱、穿不暖而发愁了，但又面临留守农村的孤单与困惑。村里的年轻人外出打工，一个村庄只剩几户人家，留守老人、鳏寡孤独、空巢独居、痴茶呆傻等边缘弱势人群的生活问题越来越突出。

他们有的孤独寂寞，身边连个说话的人也没有；有的人头发长了没人理，家里的墙皮塌了没人抹，炉灰满了没人倒，油盐吃完买不回来，养大的猪也没人杀。脱贫攻坚解决了"两不愁三保障"，但眼下这些不起眼的困难却是真真切切地存在着。怎样使这些看似微不足道、鸡毛蒜皮，但恰恰是群众无法解决的急事难事得到解决，成了固阳县关注的议题。

2019年10月，固阳县被确定为新时代文明实践中心第二批全国试点地区之一。固阳县把解决这类问题作为开展志愿服务的重要内容来抓。各镇成立了有13项服务内容的"拉话话"志愿服务队。这些队伍扎根在村子里，真切实在地解决问题，受到群众欢迎。银号镇街上没有理发店，新时代文明实践站就从网上买了20把电推子，组织镇里的志愿者，每月上门去给行动不便的村民理发。老人们说："我们不要时髦，轻快点就行，这个营生可做好了。"金山镇的李春桃老人有5个子女，只有一个在本村。她稍微有点儿脑萎缩，很少出院子。"拉话话"志愿服务队员去她家问候身体状况时，她泪流满面地说："人老了就没用了，连说话的人也没有。现在的人就和手机说话了，我就盼你们过来和我捣拉一阵。"

2020年6月21日，《内蒙古日报》刊发了《拉拉话，搭把手，一股股暖流涌心头——包头市固阳县新时代文明实践工作纪实》一文，记录了广大干部群众在新时代文明实践志愿服务活动中发生的转变。

…………

看见邻居贺银兰推门进来，80岁的郝玉莲老人左手托着炕沿，右手扶着窗棂，屁股一挪一扭、一扭一挪，准备下地迎接。

"哎！大娘，您坐着，千万别下来，我是专门来陪你拉话话的。"贺银兰抢先一步，双手把大娘搀回炕上。

"咦，'闺女'来了，我得给你拿杏吃，可甜了。"郝玉莲老人用那双变了形的手推着贺银兰，非要把自己舍不得吃的"宝贝"拿出来共享。

郝玉莲是包头市固阳县金山镇马路壕村村民，她的老伴20多年前去世了，5个子女都在外地打工。她一个人生活在这100多平方米的院落里，着实有点冷清。

"我不愁吃，不愁穿，就是一个人太孤单了，要不是银兰他们经常来陪我拉拉话，我不知道能不能活到现在。"郝玉莲说，"他们担心我跌倒，又怕我吃不上，还帮我洗衣服，比亲闺女都管用。"她握住贺银兰的手，眼泪缓缓地往下流。

留守老人的孤单与困惑，是广大农村普遍存在的现象，也是各级政府着力解决的一道命题。活跃在固阳县72个行政村的"拉话话"志愿服务队，破解了这一难题。

在银号镇大圐圙村，高引弟盘腿坐在63岁的贫困户王秀枝的家里，给王秀枝讲政策、议发展，谈笑风生。

"我昨天来拉话话才知道，除了米面油，她家好几天没吃上蔬菜了。村里离县城有15公里，又不通班车，恰好我今天去城里办事，顺手帮她买了回来。"高引弟说。

看着这些新鲜的豆芽、圆白菜、黄瓜，王秀枝高兴得合不拢嘴，说："我的3个孩子都在外地打工，老伴放羊，村里的志愿队员不是来陪我拉话话，就是帮我干这干那，太感谢他们了！"

从排解孤寂到政策宣讲，从发现问题到"搭把手"帮忙，"拉话话"的效应既能无限放大，又能精准聚焦。这不，通过"拉话话"得知，80岁的王占忠老人家里的炭房顶子塌了，急着修但没人手，志愿者杨青梅得知后赶紧招呼村民李贵和张银伟，几个小时就把房顶抹好了。

"要不是他们来帮忙，真不知道该咋闹呀！"愁得好几天没睡好觉的王占忠长出了一口气。

在下湿壕镇白银合套村，57岁的贫困户侯占林为自家已经荒了两年的21亩土地没人耕种而犯愁。村党支部书记许峰得知后，雇司机、免费出拖拉机，仅用4个小时就把他家的地耕完又推平。看着这片平整的土地，侯占林的眼睛一动不动，仿佛一个时代望着另一个时代。

走进白洞渠村，只见一条干净整洁的水泥路上，村妇联主席王海连正推着一台轮椅由南向北慢慢前行。坐在轮椅上的老太太得了脑梗，20多年不能自理。"今天看见她的老伴儿又推着她出来晒太阳，我就顺便搭把手。"王海连说。

"搭把手"，一股股暖流涌上心头。尽管老太太不咋会说话，但从她湿润的眼睛里，我们能读懂她的温情。

…………

机构有了，场所有了，谁来干？

很快，15支县级志愿服务队、15支民间乌兰牧骑小分队、73支镇级志愿服务队、74支驻村志愿服务队汇入"拉话话"志愿服务队的洪流。全县293名驻村干部就地转化身份，成为志愿服务者，并将这项工作向各级人大代表、政协委员、工商联和工会会员等各界人士拓展。

队伍有了，干什么？怎么干？

"紧盯群众所急、所需、所难，讲给群众听，做给群众看，领着群众干，让新时代文明实践中心成为信仰加油站、群众服务站。"

于是，7支大学生村官宣讲团到121个基层学习讲堂开展宣讲，乡镇党委班子成员、驻村第一书记、扶贫干部送学到户，15支民间乌兰牧骑小分队撒网式进村演出……义诊的来了，法律服务的来了，农技师来了，广场舞教练来了，发展扶贫产业的来了……

不到一年，全县8320名贫困人口全部脱贫。农村剩余劳动力基本就业，留守老人不再孤单，群众有困难能得到及时帮助，党群干群关系更加和谐，就连昔日的上访户也成了义务宣传员。

用心听，用情干，干部热情高涨，群众被感染了，村民之间也开始"争夺名次"了。

"今天，我们村隆重召开大会，表彰奖励了5名'精巴媳妇'和5户'干净小院'，在全村反响很大。村民之间'比、学、赶、帮、超'的意识明显增强，这可是难得的文明乡风啊。"兴顺西镇哈达合少村党支部书记张志忠说。

看到获奖的邻居人人戴着大红花、个个捧着证书和奖品，67岁的王大爷不甘示弱地说："下次我一定把奖夺回来，不能让人家笑话咱！"

听说兴顺西镇哈达合少村的新时代文明实践志愿服务活动搞得风风火火，怀朔镇怀朔新村党支部书记曹柱小也不服输地说："我们村搞得也不赖，就拿代销队来说，他们去年帮助村民卖了100多万公斤农副产品，这可不是轻易能做到的。"

比，比的是效果和质量；争，争的是荣誉和幸福指数。

银号镇德成永村的65岁村民刘棒树看到村妇联主席刘燕霞又来帮他剪羊毛，高兴地说："不是她帮，就是你帮，我家300多只羊很快就剪完了。愁帽子摘了，日子就幸福了。"

同样感到幸福的还有银号镇银号村村民高玲玉，十几年如一日，坚持为周边几个村60岁以上的老人义务理发。她说："我对幸福的要求不高，能帮助别人做点力所能及的事情，就是最大的幸福！"

文明，是一种习惯。这种好的习惯一旦形成，就会催生强大的正能量，既可以主宰自己，也能够影响他人。

74岁的村民刘候恩感慨道："固阳县过去是自治区有名的贫困县，现在看来挺富有的。"

对于常住人口只有八九万人的固阳县来说，开展新时代文明实践志愿服务活动仅一年多时间，就有近一半的干部群众成为志愿者。这么多人的觉醒与改变，带来的不仅是文明新风，还有实实在在的良好的社会风尚和政治生态。

我的思绪在起伏的山峦间跳跃着，从今天开始，我们将走遍固阳县的金山镇、银号镇、怀朔镇、下湿壕镇、兴顺西镇、西斗铺镇，采访宋保、孙永义、刘智生、王银其、郭靖、于敏、高金瑞、柴秀英、亢小平、苏丽、高玲玉等"拉话话"志愿者，聆听杀猪队、理发队、手机队、代购队、代销队、助耕队、敲火筒队等志愿服务队的故事，并用手中的笔记录下来，把大地的丰厚、时代的旋律和民心的温暖，讲给天、地、人听……

上篇

『拉话话』难　乡土　乡音　乡情

一方水土一方人　本乡本土固阳情

固阳县，在内蒙古高原的怀抱中，静卧在阴山中部、大青山北麓。

大青山余脉向北绵延80多公里，覆盖了固阳县全境，使固阳县形成"四分丘陵五分山，只有一分是滩川"的独特地貌。受阴山山脉的阻隔，山北与山南的气候截然不同，北部和缓倾向内蒙古高原，南部以1000多米的落差直降到黄河河套平原，土质肥沃，平坦如砥；南部温润多雨，北部干旱多风；山南桃红柳绿之时，山北依然处在春寒料峭之中。

东西走向相间平行的三列山系横贯固阳县。最南一列为大青山系，中间一列为明灯山系，最北一列为色尔腾山系。地貌从南至北由高山转变为丘陵，接着为高原、山脉、河滩、平川、台地交替分布。

东高西低的地形与山峦交错纵横的沟谷形成了7条季节性河流，分别为昆都仑河、艾不盖河、塔布河、美岱沟河、乌苏图勒河、五当沟河、水涧沟河。其中，艾不盖河、塔布河属于内陆水系，其余5条为黄河水系。

昆都仑河，固阳人称其为"昆河"。昆河源于春坤山西麓，是固阳县内流域面积最大、流经距离最长的河流，可称得上是固阳人的"母亲河"。

冬尽春来之时，蕴藏了一冬的覆盖山峦的厚厚的积雪开始消融，干涸的河床逐渐湿润，夜冻昼化的河水形成了条状的银白色冰带。当这一景观消失后，昆河两岸万物吐绿，初夏便到来了。在雨水集中的夏秋之际，雨量丰沛的时

一针一线密密缝，志愿服务上家门

候，千沟万壑的洪流便汇入昆河。昆河如一匹桀骜不驯的脱缰野马奔腾不息，吼声如雷，大有一泻千里、浊浪排空之势，最终经石门沟注入黄河。

流域面积居于固阳县第二的艾不盖河源于春坤山北麓，是一条东南西北流向的季节性河流，经银号镇石林沟、花圪台，怀朔镇红油杆子、杨六圪卜等十几个村庄后向北流入达尔罕茂明安联合旗（以下简称达茂旗）。塔布河、美岱沟河、水涧沟河、乌苏图勒河、五当沟河，分别流入武川、石拐区、土默特右旗和乌拉特前旗。

山套山、坡连坡的地貌特征，使得固阳县的滩川面积稀少而珍贵，当地有"山大石头多，出门就爬坡，土地半山坡，耕地牛爬坡"的说法。

第一个河滩，位于昆河中上游，固阳人称其为"银号滩"。银号滩东西长12千米，宽约5千米，土地肥沃，平坦开阔，地块集中连片，地下水丰富，便于灌溉，是第一个受益于昆河的滩川，属于固阳县重要的农作物种植区域之一。

第二个河滩，位于昆河中游，固阳人称其为"后河滩"。后河滩狭长，东西走向，同样是固阳县的主要粮食产区。

第三个河滩，位于昆河下游，固阳人称其为"万亩滩"。公益民万亩滩最为舒展开阔。昆河中下游河道变宽，流速变缓，大量的地表水渗入地下，形成多个丰水区域，为沿岸提供了充足的水源。

除昆河沿岸的滩川外，还有大青山北、明灯山南的新建滩，东西长20多千米，南北宽五六千米。20世纪60年代以前，这一带山川草木茂盛，禽兽繁多，人们称其为"南草地"。此地长有几株百年老榆树，树干粗壮，树冠如盖，因此，老固阳人习惯称之为"大榆树滩"。这里气候温和，雨量充沛，村庄稠密，人口众多。

每到夏秋之际，山峦河滩被绿色渲染得生机盎然，星星点点的村落散布其间，炊烟袅袅，凉风习习。湛蓝的天空一碧如洗，朵朵白云如绵如絮，青山如黛，大地如画，高山丘陵参差错落，山坡牛羊缓缓移动，成块成条的庄稼黄绿相间，杂草沙蓬沁人心脾，山野花开直入眼帘，绘就了一幅美妙祥和的田园诗画。

牧场变农田，"分子"成村名

早期的固阳及周围地区，属于清政府划拨给蒙古王爷的游牧地。清乾隆年间，发生了严重的灾荒，朝廷为了缓解社会矛盾，解决灾民的生存问题，推行了"借地养民"的政策，使晋陕移民大量北迁。在今固阳一带，也流入了垦荒种地的灾民，开始出现少量开垦种植的农田。

据《固阳县志》记载："清乾隆年间，晋北、陕北农民、商人时有迁入，有的给蒙古王爷放牧牛羊，或充当季节性劳工，有的私垦蒙古王爷领地，有的行商，境内出现小村落，人口也有所增加。"

中原地区的农民来到今固阳一带后，给蒙古王爷放牛羊、看牧场、养牲畜、买货物。他们发现这里的牧场土质肥沃，紧靠水源地，很适合种植农作物。于是，征得王爷的同意后，他们开始私垦少量荒地，种下土豆、莜麦、荞麦、谷子、葵花、油菜等，收获的粮食不仅给王爷们带来了收益，还改变了他们以奶肉食为主的膳食习惯。王爷们有的是土地，也乐于让这些农民开荒种地。有的垦民春来秋回，有的则定居下来。随着时间的推移，私垦耕地的范围逐渐扩大，私垦现象更加普遍，甚至出现了层层包租荒地进行垦殖的态势。开始时，由王爷信得过的善于经营的内行农民包租荒地，有的包租十多顷土地，有的包租二三十顷土地。这些包租的农民作为地户，按照地域特点、土质优劣、披水（雨水流向）走向，分"份"向外转租。每份地根据能开垦的大概亩数，收粮租三五十石不等。当时，人口稀少，而荒坡洼地很多，无须精确丈量，划"份"包租省事便捷，也很容易操作。包租的地户普遍采用这种方法转租土地。

对荒坡洼地划"份"后，"份子"的承租人又从"口里"（移民老家居住地）拉亲戚、朋友、老乡等一起过来垦殖荒地。在私垦盛行时期，山西人杨大发就是包租移民中的一员，初来时，给白灵贝勒王的远支宗室泽登小王爷放羊。泽登小王爷的封地在今银号镇一带。杨大发为人忠厚老实，善于交际，也是干农活儿的行家。几年以后，他深受王爷信任，与王爷成了无话不说的好朋友。他提出将王爷的一部分牧场开垦成农田，租给他进行种植。泽登小王爷有东西20多公里、南北约15公里的封地，即使出租千余亩地，也只是其受封地面积很小的一部分，王爷觉得有利可图，便答应了他的要求。

杨大发早已瞅准王爷封地中银号镇圪堵月儿山以南、文圪气山以北、刘法沟山以西及今东胜永村东的一大片地域。那里东西长10公里，南北宽5公里，十之七八为20度以下的缓坡平梁，极易垦为耕地。把王爷的事情安排好后，杨大发就回老家招引了亲朋好友十几人，开始在这一带开荒耕种，每年付给王爷200石小麦。泽登小王爷宽容大方，杨大发也实诚，都没有对坡梁地域进行精确丈量，只是按披水、流域等地理特点，把这里分成大小不等的若干份，每份地通过加序数或用承租户的姓氏来命名，于是就出现了很多"份子"地。每份地根据地域大小，多则收粮30石，少则收十几或20石。

之后，垦殖者为了劳作方便，就在自家承租的"份子"范围内，选择一处向阳背风有水源的地方，或挖土窑，或简易造屋，逐渐定居下来。这样，在"份子"地里就出现了由三五户人家组成的小村。这些小村坐落于哪个"份子"内，人们就习惯地称其为几份子村。当时的"份子"有双重含意，先指地域，后指村名。

据《固阳县志》记载："乾隆以后，境内私垦汉民为萨拉齐管辖。"清乾隆年间，朝廷已经开始在今固阳一带设"厅"，对私垦事务和私垦汉民村落进行管理。因汉民在该地的居住逐渐合法化，"份子"作为村名也被载入政府的管理序册，而当地人为了书写方便，慢慢将原来的"份子"简写为"分子"。

在清咸丰年间，晋、陕、冀北部诸县的居民开始"走西口"，使今固阳一带人口大增，村落不断增加，如马二分子、白家三分子、上八分子、下八分子、东二分子、西二分子、大二分子、小二分子等。全县900多个自然村中，以"分子"为名的村子就有110多个。

"分子"村形成以后，出现了大量以姓氏命名的村子。比如，在下湿壕镇红沙坝村以西、城梁村以东的大片地区，就有30多个以姓氏命名的村庄。

当时，晋北、陕北的走西口人群，拖儿带女，最先进入土默川平原，而后从土默川经水涧沟、五当沟、美岱沟等峡谷，穿越大青山北上。越过大青山，首先来到"南草地"（今下湿壕镇新建滩一带）。经过长途跋涉，多数人已经筋疲力尽，不愿意再走了，没有了再向北迁徙的精力和愿望。为了抵御天灾、匪患，克服人地两生的困难，他们尽量以家族、姓氏为单位，选一个有水源的地方，掏窑洞、造土屋住了下来。从此，这里就出现了苏家渠、裴家渠、郝家渠、戴家渠、陈家渠、康家渠、田家渠、淡家渠、贾家渠、王家渠、王二壕、王二常沟、杨三沟、马家渠、陈二宝塔、刘家圪堵、齐家圪旦、葛五壕、赵宝壕、蔺家渠等30多个以姓氏命名的村落，成为以姓氏命名的自然村较集中的地区。其他地区也有不少以姓氏命名的村落，大多也是在这一时期形成的。

商号的变迁

随着农耕土地的大量开发，许多工匠、手艺人、商人以及逃荒的人群，源源不断地涌入今固阳一带，民间的商业、交通以及各种修理、制造、服务业也随之兴起，每隔十里八村就会有一家商号或农贸性质的粮油加工作坊。

当时经营规模最大的商号是广义魁，是由归化城（今呼和浩特市）大盛魁商号设点经营的一个分号。广义魁是一家旅蒙商号，主要做牛、羊、马及肉类、皮毛等畜产品生意。商号设立在北村（今固阳县金山镇旧城村附近），北村有多户人家，靠租种王爷和地户的土地维持生活。随着商号周围的常住人口、流动人口数量的增加，双和久、中兴药房、四合堂、阎立成、中心成、富华成、玉记、福圣兴、华圣兴等20余家商号纷纷落地北村，还有二三十家服务业、修理业、手工业、制造业、餐饮业摊点进入村中，北村也由村落演变为集镇，人们习惯性地将其称为"广义魁村"。

集镇上最显眼的建筑便是广义魁商号的院落，大院有七八间正房和东西厢房。正房高高的根基，宽宽的檐台，门前有红红的廊柱，富丽气派。在商号南面，有一条狭窄的街面，小店铺一家挨着一家，街上人来人往，人声嘈杂，好不热闹，许多闲散的居民常常在此消遣娱乐，图红火凑热闹。商号从北草地（蒙古人民共和国南边的地域称为北草地）买的牛羊在此地中转，常在集镇北面的草滩上放牧。

商号四季都有生意，农历二、三月收购各种小皮张，四、五月收购羊绒，五、六月收购驼毛、羊毛，七、八月收购牛马，九、十月收购绵羊、山羊、骆驼，冬月收购绵羊、山羊皮，腊月销售收购的货物，生意一直做到第二年正月。为了满足牧民对生活用品的需求，商号把今包头地区的各种杂货贩运到牧区，换回皮毛牲畜等货物。广义魁商号存在了70多年，经营范围北到大漠，向南一直延伸到晋陕等中原地区。

在大商号集中设铺经商的同时，有商人、铁匠、木匠、柳匠、毛毛匠、首饰匠、毡匠、画匠等手艺人肩挑背扛，在乡间走村串户，从事一些买卖和服务性活动。人们把走村串户的货郎称为"货郎子"。货郎子用一根扁担八股绳，东村出西村进，进村先摇拨浪鼓（带把的小鼓），再沿街叫卖："大针小针针荏子，白黑丝线顶针子。镊镊、卡卡、丝络子，闺女、媳妇的扎根子。果丹皮、大冰糖，娃娃吃了不想娘……"引得娃娃、闺女、媳妇围成一圈，在一番讨价还价的说笑声中，人群渐渐散去，货郎子便挑起担子继续赶路。

随着商号的扩大发展，最早建在乡间的商业店铺因客源少，有的迁入镇内，有的倒闭了。大部分村落先后有了碾磨，原来六七个村子只有一家碾磨作坊的格局被打破，一些粮食加工的活儿在本村就能完成。从此，一些商业性质的碾磨作坊对外加工越来越少，黄磨坊、陈碾坊、石家碾坊等20多家米面作坊，相继冷落倒闭。

19世纪30年代后，乡村间的商铺、作坊的实体基本消失，但商铺字号的名称却留在了原来的村落，久而久之，字号名就转化成村名。至今仍沿用字号和作坊称谓的村落有：义德厚、天义公、福义奎、公盛西、西永兴、银号、车铺、帽铺、元盛公、西斗铺、同兴和、刘面铺、兴盛高、油房壕、赵碾房、黄磨房、程碾房等90多处，遍布于固阳县各村镇。

走西口移民——高氏族人

固阳人大部分是走西口的移民，现在仍然居住在怀朔镇牛场湾村的高家后人，就是走西口移民的后代。

牛场湾村地处艾不盖河北岸，河水由南向北绵延数十里，地形呈西高东低的湾状，且向阳避风，适宜养殖，还有一处牛场，故村名为"牛场湾"。

清咸丰元年（1851年）三月刚过，山西省偏关县高家上石会村的高正喜与二儿子高运发商量后，从粮房里挑出一条毛口袋，把毛口袋从中间锯开分成两截，里面装了些糜子面饽饽作为干粮，交给了孙子高全、高裕。兄弟俩各自背上半条毛口袋，在村口告别了送行的父母，沿着"走西口"人的足迹上路了。头一天，他俩住店房沟；第二天出滑石口，住清河；第三天到喇嘛湾；走了四五天后，到了萨拉齐。一路上，饿了就啃几口干粮，渴了就喝口河水。正如民歌所唱："背口袋，挎箩筐，打狼棍，肩头扛，苦菜窝头是干粮。跨过沟，越过梁，看见苦菜亲如娘。"走累了，晚上"打路盘"（"走西口"途中的住宿），住不起店，他俩就地选择一块平坦且杂草少的地方，将皮袄一铺，头枕自己的鞋子睡下。

高全、高裕兄弟俩先在土右旗落了脚，东家三天西家两天，打短工、揽长工，再到托县、包头……依节令种地，凭苦力吃饭，像大雁一样春天出西口，秋天回家乡。

两年后，高全、高裕打听到去大后山（今固阳一带）能开荒种地，遇到好年景时，除了交的地租外，还能有盈余。于是，他俩穿过道道深沟，翻过座座大山，沿大青山北上，进入茫茫草原，最后来到艾不盖河畔的牛场湾。

这里既没有村落，又没有房屋，相隔几十里才能见到一个蒙古包。兄弟俩先选了一处土质硬的土壕，挖开一个深6尺、宽可容纳3人、高低能弯着腰进出的土坑，在上面架扁担，盖上茅草，四周用土压住，地上再铺些沙土，建成了可临时容身的土坑窑；又选了低洼处挖一大坑，在周边垒砌石头，打了一口水井；最后，选一片平整的土地开荒，辛勤耕耘。

随着开垦的荒地逐年增多，遇到好的年景时，收获的粮食还有了结余。秋收后，他俩拉上粮食回老家供养老人及子女。年复一年，粮食逐渐增多，生活有了富余，产下的粮食无法全部带回老家，便由哥哥高全留下来照看。后来，高全逐渐在此地定居下来。

高全有4个儿子，到儿子这一代时，家业丰实。高全因年老体衰，回到了高家上石会村，安排了二儿子高怀珠定居于牛场湾管理田产。高怀珠勤劳吃苦、精明干练，善于经营农田，在后山积累的农副业资产逐年增加。

随着高氏家业的兴旺，一批又一批的口里人慕名前来投靠。在高全、高怀珠父子的帮助下，前来投靠的亲戚沿艾不盖河一线逐渐定居下来。现在固阳县怀朔镇的沙陀国、南茅庵、大西滩、圪此老、老营盘、赵大柜和达茂旗的小东湾、大东湾、得令山、小西滩、聚宝庄、小西营等几十个村子中，高姓人占了很大部分。后来又有王姓、贾姓、续姓、郭姓陆续到此定居，村落逐渐变大，户数逐年增多，至中华人民共和国成立前，当地居住人口已有80多户340多人，可耕种土地4400余亩，其中旱地3400余亩、水浇地1000余亩，周围的沙陀国、南（北）卜塔亥、红油杆子等五六个村落是土质比较肥沃的地方。

高氏族人是成千上万贫苦农民走西口的一个缩影，他们怀着躲避战乱、养家糊口、解决温饱的生存愿望，千里迢迢，不辞辛劳，在大后山定居下来。他们年复一年地开垦荒地，养殖牲畜，凭着一双勤劳的手，把贫瘠荒凉的草场改造成一块块土肥地美的良田，建成了一个个美好的村庄和丰衣足食的家园。

据高氏家谱记述，高全后人至今已延续到24代。从高全建村至今，以高姓为主的村落民风淳朴，乡邻有事众人帮忙，常用农具互相借用，走村串户的买卖人、乞讨的人到了村里都会有一口饭吃。邻里互谅互让，关系融洽，互相帮扶，形成了良好的村风。

固阳设县

1912年，中华民国临时政府成立。当时，固阳地区的商民、租民等汉族人群的财粮、赋税摊派征收及民间纠纷等事务，东部由武川县、西部由安北县、南部由萨拉齐县分别管辖处理；当地的牧民、草原牧场等事务，北部由茂明安旗、西南部由乌拉特东公旗、东南部由土默特部的蒙古王爷分别直领管辖。这种同一地区、同一村落的汉蒙人群，由不同的上级部门管理、直领管辖的模式，称为"蒙汉分治"。

1919年，设立固阳设治局，"固阳"一名从此启用。设治局直属绥远特别行政区，并设立了民政、建设、财粮、教育等科室，下设垦务局、地亩丈量局。

1926年1月，固阳设治局升为县，县衙由旧城天主教堂迁入新城。1928年，奉令改组县政府，固阳为三等县，关承翰为固阳县第一任县长。是年，固阳遭受百年不遇的大旱，很多民众逃难到后套地区渡过灾荒。

1930年，年景好转，逃荒者依恋故土，纷纷返回固阳县。这一年，将原属五当召膳召地的大榆树滩划入固阳县，成立了第七区。至此，固阳县北至圐圙点素（今达茂旗），南至什拉淖坝坝顶，东到腮忽洞（今银号镇大庙），西至信成元（今西斗铺镇西部），总面积8800平方千米，是固阳县历史上管辖面积最大的时期。

随着土地放垦规模逐年扩大，晋陕百姓大批涌入，有的"走后山"来到固阳地区，有的则做买卖生意来到这里，使固阳人口急剧增长。从人口增长数据可以看出固阳县在这一历史发展阶段的变化。1912年，固阳地区人口4486人；1926年建县，达到28241人；1937年，77974人；日本侵占固阳后，人口锐减，到1945年，仅为3万人；1949年，6.8万人。

1949年9月9日，绥远省和平起义。1950年3月23日，固阳县人民政府成立。从此，固阳县焕发蓬勃生机，全县人民迎来了新的曙光。

自1926年建县以来，固阳县所辖区域历经数次变更，周边的一些村落几次变更归属，县域总面积也不断变化。截至2021年，固阳县东西最长80千米，南北最宽66千米，呈不规则的荷叶型，总面积为5025平方千米，总人口19.7万，下辖6个镇，分别是金山镇、银号镇、怀朔镇、兴顺西镇、西斗铺镇和下湿壕镇。

衣食住行家常事　乡里乡亲民风淳

牛牛车慢慢悠，三天三夜到包头

早期的固阳县内没有修建公路，运输全凭牲畜驮、人工背。毛口袋、线口袋、背绳、背桶、草蒌等是人们常用的背运工具，箩头、扁担、担桶、柳条是人们常用的挑担工具。

人们从平整的滩川地带和坡度不大的丘陵地区取小径直道成路，山谷中的干河槽也是车行人走的常用便道。从固阳往南，山势险峻，是通往中原地区的最大屏障，只有较宽的昆都仑河谷成为自固阳向南的唯一自然通道。

清朝初年，西北地区商贸兴起，包头因有水陆两路通往中原而成为西北地区的商贸集散地。漠北大量的皮毛、肉类以及内地的茶、布、瓷等日用杂货，都要经昆都仑河谷运输，因此，这条道又被称为"旅蒙商道"。

清朝后期，随着固阳农业的发展，商业也繁荣起来，固阳和包头的交通运输往来日趋繁忙。为了寻找捷径，广义魁、万升号、西永兴等35家商号集资修筑了奔坝沟车马大道。大道从包头西脑包出发向北经后营子，沿山沟翻越什拉淖大坝南北老爷庙岭，过毛忽洞进入沙湾子，与现在的固包公路会合，到达固阳县城。大道于1846年开通，全长60多公里，其他路段沿用河漕自然路段行进，使用了近60年。

受雨水侵蚀、山洪冲刷的影响，大道长期无人管护，路上乱石堆积，沟壑纵横，难以步行，笨重的木制车就更难走了。到了清末，大道便被废弃，只有部分地段偶有人来车往。

后来，由德成永财东（指旧时商店或中小企业的所有者）、地方绅士李正负责组织修筑了一条车马大道，大道翻越大青山的什拉淖大坝，该工程于1904年竣工。在百余年间的商贸人员往来中，固阳县内的粮食、肉类、皮毛以及县外的生产工具、日用杂货多半经过什拉淖大坝进出固阳。

从前，当地人以骆驼、马、驴、骡、牛为主要运输"工具"，车马大道开通之后，用畜力驮运货物的历史逐渐被牛牛车所取代。牛牛车没有制动设备，只有慢性子的牛拉才安全，一头牛拉的车叫单眼儿牛车，两头牛拉的车为二套牛车。这种车一天能行走20多公里，拉运货物三四百公斤。固阳距包头60多公里，需行走3天左右，故有"牛牛车，慢慢悠，三天三夜到包头"的民谣。赶牛车下老爷庙岭时，用绳子捆一大捆柴草，再把草捆和车用绳子连接起来，拖在车后的道路上增加摩擦力，车倌胆战心惊地骑在草捆上，当车落平地时，车倌往往会吓出一身冷汗。后来，兴起了一种花轱辘车，这种车由两匹马牵引，日行三四十公里，载重约五百公斤，一直使用到20世纪50年代。

20世纪50年代后期，老百姓第一次用上了橡胶车胎，人们将使用橡胶车胎的车称为"胶车"，车辆有了制动装置——磨杆，这是固阳交通运输史及交通工具改进方面一次质的飞跃。胶车由3匹马牵引，日行40余公里，载重1500余公斤。在之后的几十年里，它担负着城镇村庄几百口人的买煤、卖粮、送粪及拉运杂物等全部运输任务，是固阳人的主要运输工具。

新来户，掏个窑窑就能住

固阳县属丘陵地区，沟岔多，土层厚，土质坚硬，许多地方都能挖窑打洞，可以为无处安身的走西口人遮风挡雨。

当这些手无寸铁、身无分文的异乡人来到茫茫荒野时，住宿问题便成了需要解决的头等大事。好在众多的土丘崖畔，有放羊人、牧马人、种田人曾经为避雨挡寒而挖好的能容纳一两人藏身的简易窑洞，晚上在门口处塞一捆柴草便可过夜。冬天冻不着，夏天晒不着，得天独厚的自然条件为这些异乡人留在固阳提供了居住条件。这些出生在黄土高原的人大多干过挖窑打洞的活儿，来到这里后，选定土层厚实、向阳避风的沟岔，就可以挖窑了。他们不分昼夜，倾家出动，不花一分钱，两三天就能挖好一孔窑洞。

他们用韧劲、耐力和最朴素的审美观创造了形式多样的窑洞，如直筒窑、枕头窑、里外间窑、一进两开窑等。大部分窑洞都坐北向南，窗户迎着阳光，冬天冻不透，不需要生火炉；夏天晒不着，不漏雨；四季恒温，既省钱又省事。尽管外观不美，屋里却收拾得干干净净，粉刷得亮亮堂堂，当地人乐观地称其为冬暖夏凉的"神仙洞"。窑洞，解决了饥寒交迫的逃荒移民的居住问题，也伴随着初来乍到的走西口人渡过了最困难的时期。在二十世纪四五十年代之前，固阳县整村整村居住窑洞的村落还很多。

窑洞作为一种居住方式虽已成为历史，但它作为一种村落文化流传下来。时至今日，固阳县仍有诸如大窑子、小窑子、黄土窑、黑土窑等几十个以"窑子"命名的村落。

滩川地区不具备挖窑条件，人们或用黄土夯实为墙，或用草坯垒墙，再用杨木、柳木、榆木做椽檩，以灌木、麻秆为栈，黄泥盖顶，就造好了房子。这种房屋普遍较小，一般为七八尺高，留有一门一窗。窗户用木条横竖交叉成小格，每一小格成三寸的小正方形，全部用麻纸糊上。窗户一般只有三尺见方，普遍采光不好。多数人家是无席的土炕，为了压住炕上的尘土，吃完捞面条后，就用剩下的面汤浆炕。殷实人家的土炕有席，睡觉时把毡子或褥子直接铺于席上，就算是很讲究了。也有用苘泥脱成环形土坯，用土坯再圈成窑洞造屋的，这种屋子被称为圈窑。这种居住条件一直持续到20世纪50年代末。

从20世纪60年代开始，固阳县广大农村开始陆续改善居住条件。盖房时，用土坯垒墙，用砖垒砌房墙的四角，在根基石上用砖垒三至五层，窗户以上的墙体也用砖垒砌，这就是土木结构式的"穿靴戴帽四角落地"的房子，高度也有所增加。同时，在原来的"八八"窗两侧各加一扇竖窗，并把下边一行的小眼窗换成四大眼玻璃。这种窗户增加了采光面积，被称为四大眼玻璃夹耳窗。有的人家在门的两边也安了窗户，房子正面没有土垒的墙体，这种房子被称为"满面门窗"。屋里有大红躺柜，炕上铺一块花油布，再配上花色腰墙，就是农家最上档次的住所了。

20世纪80年代以后，改革开放的春风吹进了固阳县的农家小院。在十几年的时间里，农家新式房屋如雨后春笋般出现在乡村。窗户全部装上玻璃，有的人家还安上了双层窗户，家里瓷砖铺地，一款款新式家具把大红躺柜挤出了历史，洁白如镜的刮泥子墙代替了大红大绿的腰墙。

若要暖，皮袄套布衫

清代之前，今固阳一带草木茂盛，是放牧的好地方。这里不产煤炭，交通不便，仅有驼道通向山外，牛车、马车也不普及。草原上乔木稀少，可取灌木有限，除了干柴、灌木、野草之外，最方便廉价的只有牛羊粪，可供百姓取暖、烧饭。每年冬、春季节，老百姓把荒郊野外的牛粪一担一担挑回来，晒干后在院子的角落整齐地垛成牛粪垛，当地人称其为"粪隆子"。为防雨雪潮湿，需要在粪隆子的顶部抹上泥。做饭烧牛羊粪，一是廉价不花钱，二是用火方便，火要大能大，要小能小，易生易灭，饭熟火熄。烧牛羊粪虽然是一种生活的无奈，却是那时的人们生存斗争中的一大创造。

"大皮袄是个宝，贫苦百姓离不了，白天穿，晚上盖，天阴下雨毛朝外，二三十年穿不坏。"固阳县属于高寒地区，走西口的人们既为御寒又为耐穿，多以羊毛、羊皮为服装原材料制作皮袄。用3张老羊皮制作一种带大襟长到膝盖、较为宽松的大皮袄，不挂面，俗称"白茬皮袄"。白茬皮袄挡风保暖，是走西口人行路赶脚时必备的衣服。

旧时，固阳人夏季穿粗布衣，冬季穿皮衣，春秋两季穿夹衣。穷人穿衣只为"冬不受冷，夏不露肉"，以黑蓝为主色调，所有的衣、帽、鞋、袜都用手工缝制，至于款式、时尚、美观均无力顾及。只有财主、掌柜才穿市布、绸缎面料的衣服，样式有长袍马褂或短衣棉袄。毛衣毛裤、针织类的秋衣秋裤还没有进入百姓的生活中。到了冬天，人们上身穿贴身布衫，外面穿白茬皮袄，当地人有"若要暖，皮袄套布衫"的说法。

20世纪末，固阳人的服装发生了质的变化。款式新颖，面料讲究，色彩亮丽，搭配和谐。年轻人更是穿着时尚，花枝招展，引领着服装的潮流。

山药莜面家常饭

"后山三件宝，山药、莜面、羊皮袄。"这块贫瘠的土地，以广袤和宽厚接纳了躲避饥荒的人，并为人们提供了四季蔬菜——土豆，四季主食——莜面，以及熬过寒冬的衣服——皮袄。

固阳地区坡梁多平地少，春季多风，夏季少雨，秋季早霜，是一个靠天吃饭的地方。莜麦耐寒耐旱，在固阳比较适合种植莜麦。尽管收成微薄，还是能够让人们衣食无忧。

一个30户人家150口人的小村，耕种着上千亩土地，全靠祖辈相传的犁耧锄镰和自己的两只手，在土地里摸爬滚打。春天耕种，夏天锄草，秋季收割，就是庄稼人的三部曲，好在冬天稍微闲散可以松弛下来。在土地还未解冻前，人们便开始翻肥送粪，烧地畔的野草，拾捡地里的石头；土地消融后，人们翻地、施肥、播种，将种子全部种到地里，待苗儿长到寸把高时就到了锄草的时候。夏锄结束后，庄稼渐渐泛黄，丰收在望，开镰收割便指日可待了。

在土豆收获时，有的人家锅扣锅煮土豆。人们挑选开花的土豆剥皮享用，称之为"沙壳"，剩下的喂猪喂羊。家家户户短不了磨土豆粉做粉条。到了冬季，猪肉烩酸菜粉条，是固阳人的美食，也是招待亲朋好友的特色菜肴。在寒冷封闭近乎与世隔绝的山村中，家家户户都靠储存的一窖土豆熬过寒冬，度过时日。

在饥荒的岁月里，莜面是最耐饥耐寒的食物。"三十里莜面二十里糕，十里的豆面饿断腰"，是对莜面由衷的赞美。

晨光熹微中，女人们生火做饭。灶里的柴火吐出呛人的烟雾，风箱呼呼作响，锅里的水发出哗啦啦的声息，锅盖周围弥漫着热气。灌满一壶水，便将小颗粒的莜麦和切成块状的土豆放在锅里熬，这是固阳几代人常吃的糊糊。一笸箩炒面，一盆热气腾腾的糊糊，一盘咸菜，就是一家人的早餐。

午餐依然是以莜面、土豆为主，但女主人凭着手上功夫打造出一个个莜面美食：推窝窝、搓鱼鱼、压饸饹……腌制的酸菜，在滚烫的菜籽油花中闪烁着金黄的光泽，喷香的葱油味弥漫在整个屋里，给人一种祥和的暖意。

"一种面食百样做"，勤劳智慧的固阳人在饮食上有多种多样的做法，粗粮细作，细粮精作，粗细搭配，蒸、炸、煮、烙、烤、煎，样样俱全。单在莜面上，就有莜面窝窝、讨吃子卷铺盖、刨渣、圪搅、鱼鱼、饸饹、囤囤、丸子、切片等多种吃法。

时过境迁，固阳人的饭食种类逐渐增多，吃上了小米、大米、白面、荞面，家家户户从吃饱过渡到吃好，开始讲究美味、营养，讲究色香味和种类多样化。有的人家喜欢吃蔬菜，将饮食结构中的粮食变为"副食"，而蔬菜却上升为"主食"。过去那种以莜面和土豆为主的饭食，已经成为一种传统的饮食文化了。

家长里短村情浓　婚丧嫁娶邻里亲

　　远亲不如近邻。虽然一个村子里可能住着张王李赵不同姓氏的人家，但只要吃的是同一口井里的水，种的是同一坡地，走的是同一条路，就割舍不了彼此家人般的情感。一个村子就像一家人一样，有亲情，有人情世故，有家长里短，但只要遇到事，无论是张家的老人没了，李家的牲口丢了，还是赵家的房子破了，一个村里的人都会伸手相援。如果冷眼旁观，不仅会被人们说三道四，就连自己的良心也过不去。这种延续在乡村中的人情往来，形成了邻里互助、扶危济困的乡风民俗和共同的文化根脉。

　　7月，在没有开镰收割之前，村里有了难得的消闲时光。晚饭过后，人们三个一群、五个一伙凑在一起，坐在院外干净的土地上，点燃用马莲叶子编织的草绳，一边抽羊棒（用羊棒骨做的烟袋），一边打塌嘴（聊天）。马莲根绳像香火头一样静静地煨着，缕缕青烟在空中弥漫，闲聊在不经意间开了腔。

　　"二娃子，你的牛这几天在哪放的了？可得小心，别跑在地里把庄户（指庄稼）给吃了。"

　　"不咋，满全哥在沟里放羊给搭照的了。"

　　"丑小子可能了，硬是把个马调引的能使唤了。"

　　人们谈论着张家的牛、李家的马，吹牛的，逗乐的，侃侃而谈，其乐融融。月上中天，夜色渐渐笼罩了整个村庄，人们拖着疲惫的身子各自回家休息。

到了冬季，在天短夜长的日子里，夜晚有了更多的消遣时光，人们聚在一起，在炕上点一盏油灯，在黄豆大小的微弱灯光下，用烟锅"吧嗒、吧嗒"地抽着旱烟，你抽一会儿，他抽一会儿，不一会儿，屋内烟雾缭绕，烟味充斥着整个窑洞。在漆黑的夜色下，纸糊的窗户外映出了模糊的人影，人们在热乎乎的炕头上坐着、躺着，谈天说地，消磨着漫漫长夜。在那物质生活还不丰富的年代里，这种自发的串门子成了人们的消遣方式。

夏日的雨天，或冬闲之日，人们一边聊天，一边搓捻着毛绳。他们手握一团弹好的羊毛，拿着一个叫卜吊子的木制工具，先把毛头挂在钩上，用手拨动卜吊子转动起来，然后不断撕毛续毛，利用卜吊子旋转和下拽的力把毛拧成细毛绳。细毛绳不停地缠在卜吊子上，毛卜吊越"长"越"胖"，最后成为一个毛茸茸的圆球。人们用它织成厚厚的毛袜毛裤，解决了过冬所需。

搓麻绳、纳鞋底也是村里人空闲时常做的手工活儿。过去出行全靠步走，费鞋费袜。一家七八口人，冬日的夜晚，女人们在油灯下纳着鞋底，男人们帮着搓麻绳。在做鞋的全部工序中，纳鞋底是慢功夫，靠的是磨时间。其中，最费时费力的是搓麻绳。把麻团放在小腿肚上，再吐两口吐沫在手上，一手续麻团，一手搓麻团，使麻团变成细细的麻绳。搓麻绳搓红了人们的腿肚子，能隐隐地看见一道道血丝。搓麻绳的女人时而会借男主人或孩子的腿搓绳，被借腿的家人就乖乖地趴在炕上，一家人边搓麻绳边说笑，享受着温馨的快乐时光。

20世纪80年代以后，商场里的鞋类商品应有尽有，人们不需要搓麻绳、纳鞋底了。村里通了电，安装了电灯、电视机，人们串门时，一边看电视，一边拉家常。曾经有苦有甜的搓麻绳、纳鞋底，变成了渐行渐远的民俗文化。

邻里一家亲

来固阳县的走西口人多是晋人、陕人。晋北、陕北，沟壑纵横，土地贫瘠，水源短缺，生态环境脆弱。这些移民祖祖辈辈生活在黄土高坡，面朝黄土背朝天，在黄土地里刨食吃，形成了吃苦耐劳、善良淳朴、憨厚老实的性格。固阳县一个有20几户人家的村落，往往住着来自十几个县的人，南腔北调、方言土语各不相同，衣着打扮、饮食习惯、婚丧嫁娶等风俗文化，各有特色。

固阳人善良包容的个性，接纳了来自各地的移民，让他们融入当地人的生活。村民见到躲避饥荒的外来人，从不歧视，而是嘘寒问暖，与他们平等相处，互相包容。

"你们是哪的？咋来后山哩？"

"避灾了，活不下个啦。"

"不怕，咱这儿后山好活人哩，苦不重（指活儿不累），尽管想开些。人稠地窄的地方，吃甚呀，喝甚呀，烧一把柴火也得花钱了……"

银号镇东北有一个叫南窑子的小村庄，村西面有一条沟，当地人称其为小前沟。沟中有一块4亩多的耕地，耕地边有一个大大的土堆，村人至今称这块地为虎珀盖塔。后来，塔消失了，变成了村名。

清康熙年间，在离南窑子村几里地的小召子村中，建有一处召庙，是五当召与百灵庙喇嘛往来的必经之地和驿站，召庙拥有大量田产。有的走西口人便以租种召地为生，按三七交租。附近的召庙派人征收，开始是收粮食，后来为避免产量不实，就直接从地里按比例拉"个子"（指庄稼收割后的捆子）。冬闲时，男人们就到庙上干零活儿。庙上管饭但没工钱，就送一些牛羊肉、头蹄下水、奶食及炒米等作为酬谢。一来二去，汉蒙民族之间就处好了关系。

有的移民在召地以外又开垦了小片耕地，召庙的管理人员睁一只眼闭一只眼，还照原来的数目收租。

1930年前后，租种土地的移民挖窑洞定居下来，逐渐形成村落。从南到北形成3个定居点，汉蒙杂居，北面的称北窑子，南面的称南窑子，中间一个称前窑子。在3个窑子附近的小沟山崖旁还有七八个独户村，分别称为东梁后、西梁后、色带沟、白银不浪沟、大前沟、小北沟等。村内的人家相距不远，一个沟岔一家人，分散居住。

在白银不浪沟有一家赵姓移民，儿子赵守勇聪明伶俐，从小给蒙古王爷当羊倌，王爷特别喜欢这个孩子。王爷没有儿子，产生了收养赵守勇为义子的想法。王爷平时对赵守勇特别关心照顾，赵守勇对王爷也有了深厚的感情，愿意和王爷在一起生活。就这样，赵守勇做了王爷的干儿子，并被赐名补英达赖。"达赖"是"海"的意思，相当于称他"海小子"。20世纪30年代，补英达赖长大成人，到了娶妻成家的年龄，王爷送给补英达赖300多只羊和一些大牲畜，并为其娶妻安家。王爷去世后，赵守勇悉心料理了他的后事。1954年，召地进行土地改革，补英达赖把大部分场畜捐给了当地的兴隆社。补英达赖一生为人忠厚实在，与世无争，乡亲们都把他当亲人一样看待。

一村人就是一家人

一个农民一辈子中的大事莫过于起房盖屋、娶妻生子和养老送终了。

每遇到这三件大事，村里的左邻右舍都会义务帮忙。在村中定居下来的这些人，大多一贫如洗。他们远离家乡，少亲无故，在岁月的风雨中自然形成了抱团取暖、亲密依存的邻里关系。加之张家的儿子娶了李家的闺女，王家的孙子嫁给赵家的外甥等形成的姻亲关系，使彼此的联络更加密切了。一个村里，即使没有血缘关系的人，彼此也会笑脸相迎，按照年龄论辈分称呼大小，"大叔、二婶、大哥、二嫂"叫得亲切。

"家中喜添一口人，亲朋好友全光临。"这种热闹的喜庆场景在乡村中是常有的事儿。

村里的孩子过满月或者圆锁时，孩子的父母张罗备办酒席，酒席多是请邻村做饭手艺好的村民帮忙，亲戚朋友便从各村赶来参加，有的搭礼，有的馈赠物品。酒席期间，奶奶抱着小孩转桌子，让亲朋好友看看孩子，人们都会送上吉祥的祝福，愿孩子健康平安，快乐成长。席间，大家谈天说地，其乐融融。

新人结婚时，男女双方要操办肆筵，宴请亲朋好友。娶亲人家带一条羊腿和烟酒糖茶，以及新娘的新衣服。居住在山区的人常用骡驮轿娶媳妇，滩川地带多用花轱辘轿车娶媳妇，后来用胶车迎娶新人。一路锣鼓喧天，捧场的众亲朋喜笑颜开，好不热闹。整个肆筵，主人会邀请一位人们公认的场面人物作为代东先生，由代东先生统一安排肆筵上的各种事务，包括娶娉的程序、迎娶新人的人员以及亲朋的吃喝入住等要事。

念喜，是二十世纪六七十年代村里娶娉肆筵上一道独特的风景线。念喜的人一般由讨吃要饭的人组成，也有个别有文艺天赋的人凑热闹来送祝福。他们一边把手中的莲花落竹板打得响亮，一边念念有词："新人下轿贵人搀，一搀搀到龙凤庵。新郎新娘龙凤配，男才女貌成双对。众位亲朋来做客，豌豆烧酒管饱喝。喝上烧酒聊上天，日子过得赛神仙。我来就把喜庆添，抽上东家一盒好纸烟。"在场的人们沉浸在欢快的笑声中，为整个肆筵增添了欢乐和喜庆。

在招待客人摆设宴席时，家中都要摆上炕桌。每桌安排6人，用瓷盘盛装凉碟热菜，饭菜说不上讲究，但都是乡村特产。人们一边喝酒，一边谈天说地，一直坐到席撤宴散。

盖新房是一个家庭的大事，也是一个村的大事。村子富不富，进村数数新房数。盖房需攒3年粮，一个成了家的大男人从与父母分家另过的那天起，便攒钱准备筹建新房。二十世纪五六十年代的农村，盖房时除木工师傅外，其他用工如挖坯子、垒根基、和泥压栈等靠的全是亲戚朋友、左邻右舍帮忙。

木工师傅是房子的总设计师，他们的手艺决定着房子的样式，更决定着房子的安全和结实程度。房子的高度、大小、样式、材料计划都由木工师傅安排。盖房子一般在农闲时节进行，当墙体这一大工程完工之后，就要上椽檩、和泥压栈了。在上梁压栈时，村里男女老少齐出动，妇女们赶来帮厨做饭，男人们有的刮椽，有的劈栈，有的和泥，有的往房顶上吊泥，有的掌泥抹子……大家忙得不亦乐乎。在噼噼啪啪的鞭炮声中，主人准备好烟酒，还有油炸糕、猪肉烩菜。人们围坐在刚落成的散发着泥土和木料气味的新房中，猜拳行令，说说笑笑，祝贺新房落成，东家脸上泛着红光，兴高采烈。从此，盖房的场面就如这幢房子一样成了全村人的集体记忆。张大爷挖了坯子，李二叔和了泥，赵师傅帮着出了主意……这种热火朝天、充满泥土气息的生活场面让人们沉浸在甜蜜中。

村里人村里事

七小哥81岁，为村里杀了46年猪，从没收过人们一分钱，一碗热气腾腾的猪肉烩菜就是他的全部酬劳。

七小哥姓万，没念过书，不识字，村里人都叫他"万七"。泥土般黝黑的面庞满是皱纹，憨憨的微笑像孩子一样纯真。他不是村里的老户，口音和本地人略有不同，但村里的大人小孩从来没有把他当作外村人，他在我们这代人的心中赢得了父辈般的尊重。

七小哥出生在陕西省府谷县，儿时跟随父母过着流浪的生活，先后在内蒙古自治区准格尔旗、武川县、固阳县等地居住。13岁时，在固阳县毡房窑子村落了脚，一家人靠给村里的地主老董红放牛为生；18岁时，父亲去世，留下了老母亲和他们兄弟俩，艰难度日。他先给弟弟娶了媳妇，自己直到60岁时才成了家，娶了高家村高生才的媳妇。高生才因病去世，留下了3个孩子，七小哥又将3个孩子养大成人。

说起他杀猪，那时他刚20岁。

村里唯一会杀猪的二娃大爷的哮喘病又犯了，走几步就喘不上气来，人还没到他家门口就能听到他一声接一声地咳嗽。节气小雪刚过了几天，天气一天比一天寒冷，影响了猪进食。宝财叔喂的猪一口食也不吃，宝财叔心急之下叫几个人动手杀猪。猪还没有完全捆牢，他们把猪摁倒在地，一刀下去，却没扎在杀口上，猪一跃而起嚎着满村跑，人们追了半天才逮住，七八个人一直干到天黑才把猪褪洗收拾完。这么大的一个村子，没有个会杀猪的怎么行呢？七小哥看在眼里，急在心上，琢磨了半天，心想："要不我给杀哇！"回想夏天，自家的一头猪生了病，兽医看完后建议宰杀，他和二娃大爷就一起杀了那头猪，褪洗倒脏的活儿都是自己干的。但他的心里又犯起了嘀咕，自己刚20岁，杀猪多是四五十岁人干的营生，脏点儿累点儿倒不怕，怕的是以后外村人说他是个杀猪的，名声不好听，影响以后娶媳妇。

住在村东的二罗叔一早找上门来，开口便说："七小子，你今年不是杀过家里的猪，要不试着杀哇，弄好弄坏我不怪你，甚也是个学哇。"七小哥的母亲也帮衬着说："快去给杀哇，一个村里谁还不用个谁！"

二罗叔一家5口人，多喂一天猪就得多一天盘费，全家吃饭的油水还指望着这头猪接济呢。找谁杀猪，二罗叔已经盘算了好几天，甚至想到请邻村会杀猪的李二来帮忙，自己再慢慢褪洗倒脏。但是打问了几天，李二每天的活儿都排满了，再过几天也不一定能轮得上。思前想后，二罗叔忽然想到七小子夏天杀过猪。平时村里有个大事小事，只要人们张口，七小子从没推脱过，因此，二罗叔打算让七小子帮这个忙。二罗叔前一天没给猪喂食，为的是今天好倒脏，于是，一早便赶了过来。

七小哥搓搓手嘿嘿地笑着说："我家那个病猪咋弄也行，你辛苦喂了一年的猪，杀不对出不净血，肉也不好吃，褪洗不干净，别让我婶婶怪怨。"

"七小子，不怕，能杀倒就行，你咋说也上过手，比我强。要杀个鸡、羊我还行，杀猪，我可连个手法也寻不见。"

低矮土房的烟囱里冒出了缕缕青烟，个别村民的院里已经有人在走动，寂静的山村从冬的寒夜中渐渐苏醒，人们开始了一天的辛劳与忙碌。

二罗叔和七小哥搉拉着走过一家又一家的门口。自家的院门敞开着，小孩已经起来了。孩子们拉风箱烧水，大人们找捆绑猪的绳子、搭架的椽子和褪猪毛的石头等，帮忙摁猪的邻居摩拳擦掌，七小哥磨刀霍霍，大家挽起袖管向猪圈进发。只听得一声尖利的嚎叫，七小哥抓住了猪耳根子，大家一拥而上，连拉带扯将猪拽到了院里。人们在七小哥的示意下将猪放倒，将其两只前腿和两只后腿分别绑在一起，再用一根木棍塞进猪嘴里。七小哥使劲转动着手里的尖刀，鲜红的猪血流了出来，不一会儿，肥猪在渐渐乏力的喘息中气息殆尽，刚才还活蹦乱跳的猪已软塌塌地瘫了下来。4个人用一根长椽横叉着穿过猪腿，摇摆着将猪抬到冒着白气的大锅边，解开捆绑的绳索，再将猪头放入预先准备好的锅中。七小哥在猪的4条腿上割开小口子，然后用铁棍从切口处捅入猪皮下，再不断地插捅。七小哥和帮工沿着切口用嘴使劲吹气，吹一口气，手捏住开口歇一下，再继续吹气。气不断充入猪身，旁边的人用木棍敲打着猪身，再用细绳将切口紧紧捆住，肥猪就像一个气球圆鼓鼓地胀起来。

在七小哥的指挥下，众人将滚烫的开水慢慢从头到脚往猪身上浇，死猪不怕开水烫，猪毛在热水的洗烫和扶石的搓揉下脱落下来，难闻的气味让人避之不及，但七小哥没有感到丝毫的厌恶，只是专注地褪猪。七小哥大汗淋漓，一会儿说这里浇多了，一会儿又说那儿没浇透，多浇点水。大家喘着粗气，忙得不亦乐乎。揪完猪鬃拔猪毛，再不断地给猪"翻身"，白生生肥墩墩的猪就躺在了木板上。

人们有了片刻的消闲，七小哥接过人们递上的旱烟，擦掉额头上的汗水，笑眯眯地抽起烟来。

围观的人问："七小子，你看这头猪能杀多少斤？"

七小哥蹲在地上端详着，悠闲地吐一口烟，说："我看能杀140斤，这头猪喂好了。"

六小哥开玩笑说："杀不下这么多你得给赔啊！"

七小哥笑着说："多出来的都是我的。"

欢笑声淹没了整个山村。

院里搭起了三脚架，七小哥背上披了一条麻袋，众人拖拽着把猪扶到他的背上，接着把猪挂在绑好的三脚架上，七小哥用刀在猪身上刮擦，人们用清水冲洗猪身。七小哥卸完猪头和猪腿后，用屠刀将猪脖子上的肉割下来递给二罗叔，二罗叔双手捧着滴着血滴的槽头肉笑哈哈地往屋里跑，这是用来招待邻居和帮忙的人的"槽头肉"。七小哥小心翼翼地用刀沿着猪的腹部慢慢划开，把肠子肚子放在簸箕内，撕下猪肚里两侧的香油，开始倒肠肚里的粪便。这个活儿虽然不像杀猪褪猪那样费力，但要留心不能弄破肠子，弄脏肠油。拾掇完内脏，七小哥用斧子沿着猪的脊椎将猪劈成两半，完成了杀猪的整个工序。他仔细地剔骨割肉，分出后座前盘，再把肉分割成十几大块。

二罗婶一大早就把家里收拾得干干净净，还从红罗婶、宝财叔家借来了桌椅板凳、盘碗筷子。大铁锅里添了水，炉膛里的火烧得通红，只等着把猪褪洗干净后，用槽头肉为大伙做饭了。屋里挤满了孩子和帮忙做饭的婶子、嫂子，有的削土豆，有的切酸菜，有的和莜面，有的剥葱蒜……屋里的说笑声、孩子们的嬉闹声、男人们的浑笑声，在二罗婶的小院中交织着，弥漫在村子的上空。

女人们一边切肉一边说笑，忙得不亦乐乎。二罗婶先把切好的猪肉放在锅里爆炒，不一会儿，满屋里飘起了猪肉的油香；再把土豆、酸菜下了锅，用铁铲不停搅动着。冒着气泡的一大锅烩菜上面架着笼屉，笼屉中整齐地摆放着搓好的莜面，人们拉动风箱吹出了腾腾热气。

女人们将碗筷摆上了土炕，热乎乎的炕上放着腌制的酸蔓菁。长辈们上炕入座，七小哥是主角，被众人推让着坐在土炕中间。二罗婶把热气腾腾的几笼莜面放在炕上，又从锅中盛了满满一碗刚出锅的杀猪烩菜递到了七小哥手上。

"七小子，快吃哇，一大早就忙上啦！"

七小哥推让着说："你们也快吃哇，甚不甚弄完了。"

大家有的围坐在土炕上，有的屹蹴在地上，女人们往来穿梭，端茶倒水盛饭添菜。七小哥好饭量，旁边的人夹了一筷子肉送到他的碗中，说："七小子饭量大，这块肉正好你吃。"

七小哥笑着说："你吃哇，我不停地吃的了。"

二罗婶一刻也没闲着，一会儿给二娃叔盛一勺子菜，一会儿给二后生夹块肉，生怕别人吃不好。槽头肉上有一块形状像鞋子似的喉软骨，俗称"猪鞋鞋"。二罗婶细心挑拣着"猪鞋鞋"，再放入七小哥的碗中，因为这块骨头只有杀猪的人才能享用。

人们在欢声笑语中尽情享用着香喷喷的杀猪烩菜，吃得满头大汗、热火朝天，喝过一碗热乎乎的菜汤水后，这顿热闹的杀猪宴才算结束了。

送走吃完饭的邻居后，二罗婶盛满了几碗杀猪菜，让儿子玉英分头送到腿脚不灵便的玉满大爷和没顾上来的四娃子、根银子家中。一村人在忙碌中传递着欢乐祥和、友善幸福的真情。

村里的补小大爷常说："别人忙10个月，七小子像方四姐——12个月忙。"30几户人家的小村子，30多头猪，每年天一上冻时，七小哥就挨家挨户地忙起来，从天明忙到天黑，整整忙一个月。七小哥年年重复着又脏又累的杀猪营生，从一个筋强骨壮的小伙子变成了满头白发的老人。虽然老了，但他忙碌的身影已经成了全村人抹不去的温暖的记忆。

中篇

『拉话话』亲 心事 家事 国事

麻雀雀飞来喜鹊鹊叫 "拉话话"亲来"拉话话"好

在下乡采访的日子里，我的内心一次又一次被感动着，听她们絮絮叨叨时，眼前总会浮现一个个场景，她们穿着红马甲行走在村头巷尾，和张家"拉话话"，帮李家搭把手，既暖了心窝，又解了难事。她们都是再普通不过的农家妇女，也许她们做的事情平常、微小，但朴实的举动和细致的情感，为那些留守老人和困难人群带去了点点滴滴的温暖，一点一点地唤起了在固阳这片淳朴土地上的乡风文明。红色，永远是流行色。

留守家乡的心灵抚慰师

我第一次听到高玲玉的名字是在固阳县对全县"拉话话"志愿服务队的表彰会上，银号村"拉话话"志愿服务队队长高玲玉名列其中。后来，在2020年第10期《鹿鸣》上看到一篇散文，对留守乡村的心灵抚慰师高玲玉给予赞美，我一是为作者的文笔点赞，二是被高玲玉的事迹震撼。一个留守乡村的心灵抚慰师的形象，深深地印在了我的脑海中。

一个秋日晴朗的上午，高玲玉像往常一样走进了幸福院，这是她近年来养成的一个习惯。她每次来到院里，大叔大婶就招呼着，邀请她过来坐坐聊聊。尤其是新时代文明实践志愿服务活动开展以来，固阳县的"拉话话"志愿服务队如春风送暖，作为村妇联主席的高玲玉也有了更多发挥聪明才智的舞台。村里的任何一个角落都是高玲玉"拉话话"的场所，她一边向村民们宣传国家的好政策，一边与他们"拉话话"。

高玲玉刚走进幸福院，佝偻着身子的刘晓女就招呼她："闺女，我们这家人过不成了……"

高玲玉端详着这位老人，老人眼里的泪花在打转。

"有甚烦心事就说哇。"

刘晓女是一个残疾人，丈夫去世30多年。17年前，她与一个叫高如林的办理了婚姻登记，相依为命。十几年来，老两口互相帮衬，日子虽清贫，但夫妻和睦。2018年，两位70多岁的老人入住了镇政府的幸福院，住上了好房子，老两口感受到党和政府的温暖，心里舒坦，也不孤单。从偏僻的乡村乔迁到幸福院，70多岁的高老汉看到了山外的世界，渐渐地就嫌弃与他一起走过17年的妻子刘晓女，埋怨她什么都不能做，不想与她在一起生活了。

幸福院里居住着100多户老人，平日里大伙都在院落里散步聊天晒太阳。高老汉喜欢显摆，一次次在众人面前吹嘘，拍着胸脯上的口袋说自己不缺钱。说者无意，听者有心。一位老太太瞄准了高老汉身上的5000元人民币。于是，这位老太太提出要和高老汉一起生活，去世以后还要和他合葬。这位老太太取得高老汉的信任后，高老汉竟把5000元钱交给了她。

故事还没有结束。时隔两天，高玲玉又走进幸福院。满院落的人，三个一群五个一伙，都议论着高老汉被某某女人骗钱的事，唯独不见高老汉的身影。高玲玉听了老人们的议论，先安顿大家不要再吵，随即迈进了高老汉的家门。

高老汉闷头睡着，刘晓女没精打采地坐着。高玲玉用手推醒熟睡的高老汉。或许是早有准备知道"来者不善"，高老汉没了平日的热情和礼貌，对高玲玉冷冷的。高玲玉强忍着内心的火，开门见山地跟这位年长的大叔讲道理。

"你们老两口虽然是半路夫妻，但一起走过了十几年，也不容易。大叔

众人添柴火苗苗旺，莜麦炒熟满屋子香

你不要冲动,一下子说不过就不过了?人家伺候你17年,人总得讲良心,讲道德,要念对方的好。"

高玲玉的话像吹耳旁风,一点儿也没有打消高老汉"热恋"的心。高老汉冒出一句让高玲玉气愤的话:"你看她,甚也做不成,谁想要她了!"

高玲玉心想,高老汉真是吃了秤砣铁了心,看来软的不行,还得来硬的。

高玲玉开始诈唬他:"好。那你把领的五保金交出来,国家给你的钱是让你养老,安度晚年,不是让你去……你这是闹甚了!"高老汉昂起的头瞬间耷拉下来,唉声叹气。

当天中午,高玲玉去妹妹家吃饭,和妹妹闲聊上午的事。她忽然感觉不对劲,心想不要因为她做工作,高老汉想不开有个三长两短。下午,高玲玉从供销社买了几斤饼干,去看望高老汉两口子。

老两口在炕上躺着。

"是不是还生我的气了?我上午的话说重了,大叔你不要计较。"

"你说的话是为了我好,我躺了一晌午没睡着,思谋了半天,我做得不对。大叔知道你的好,哪能计较你了。你是好心人才这么做,别人是看红火,看笑话了。"

高玲玉是一位耐心细致的女性,从她的点点滴滴可以看出,她有一颗善心。在我采访她时,她挂在嘴边的一句话就是:"作为妇联主席,我得为我们妇女维权。"

高玲玉推心置腹地讲道理,让高老汉懂得了高玲玉是为了他好。

高玲玉有一个习惯,在晚上熟睡前梳理一天的工作。从这些家长里短、鸡毛蒜皮里,从千头万绪里,总结哪些工作的方式方法好,哪些不妥需要今后改进。一天天的忙忙碌碌,进东家门,出西家门,一会儿是劝说,一会儿像是吵架,但总归有一条,为了每一个家庭,她希望看到每一张笑脸迎接明天的日出。

事后,刘晓女每每看见高玲玉,总要招呼她进屋坐坐。刘晓女常说的一句话表达着对高玲玉的感激之情:"不是你,我们这家人早就散了。"

"作为妇联主席,我得为你做主。"高玲玉说。

坐在一旁的高老汉不停地点头,脸上挂着笑意。

在我采访高玲玉的过程中,两次被电话打断。一位是赵心宽的老伴打来的,让高玲玉办独生子女奖励补助;另一位是张茂林,请高玲玉去家里吃饭。高玲玉委婉地向赵心宽的老伴做解释,现在手头有事,下午过去。

高玲玉,这位50多岁的大姐,用仁慈和关爱感动着后山大地的每一个人,用她辛勤的工作,换来了许多家庭的和睦与温暖。村民们记得她,需要她,甚至可以说是离不开她。

高玲玉在妇联主席的岗位上工作20多年,一边走村入户,体察民情,为老百姓做思想工作;一边不断地学习,总结经验,更重要的是不断成长进步。

幸福院有一位七旬开外的老人叫张树儿,他的老伴30多年前去世了,他自己把儿子拉扯大。但他的儿子在6年前因车祸丧生,让他失去了生活的信心。高玲玉经常去看望张树儿,嘘寒问暖。通过高玲玉做思想工作,张树儿老人从孙子那里找到了精神寄托。高玲玉让这位老人坚强地站了起来,敢于直面人生。张树儿供养孙子上学,现在孙子在北京工作了,让老人看到了希望。

2017年,张树儿娶了白二女。高玲玉在一次看望白二女时,发现白二女两眼发红,经仔细询问得知,她身患重病。

"大婶你要想开,现在医学发达,你是贫困户,报销比例大,你到包头的医院看看。"

"大婶不准备看了。贫困户花的也是国家的钱,我73岁了,把这钱节省下来,给那些好人、有用的人花吧,我没用了。"

白二女的一席话,让高玲玉睁大了眼睛,眼前这位大字不识的女性有如此崇高的思想境界,高玲玉深受感动,眼泪夺眶而出。她紧紧握着白二女的双手,仿佛从这双手里获取了巨大的精神力量。

高玲玉联系白二女的女儿，让她做她母亲的思想工作，尽快去治疗。无论怎么劝说，白二女坚持放弃治疗。

面对白二女的坚持，高玲玉无法再说什么，愈来愈感受到这位女性的坚强。就白二女的身体状况而言，申请两癌救助已经来不及了。高玲玉避开白二女，向张树儿讲述了国家关爱女性的政策，以当时的情况申请两癌救助也用不上。高玲玉带上白二女的身份证、贫困证和户口本，向民政部门申请了临时救助。

"我只能做到这点，让这位老人能体会到政府的关爱，暖暖她的心，也对得起她那一席感动人心的话。"高玲玉说。

郭华女是高玲玉的邻居，身患脑梗、肺癌，她的丈夫常年在铁矿打工。高玲玉只要吃一口好的，总要给郭华女送过去。过年期间，高玲玉回城了，正月初八回到村里，就做好饭给郭华女送过去。郭华女说有十来天没吃上菜了。看到行走不便的郭华女，高玲玉给她的儿子打电话，安顿他领着娘好好做一下检查，接受治疗。高玲玉也经常提醒郭华女的丈夫要好好关注妻子的身体状况，不要就想着挣钱，人没了，钱也没用。在高玲玉的劝说下，郭华女的儿子领着母亲去做了检查。

一个人做一件好事并不难，难就难在一辈子做好事，难就难在坚守。高玲玉就是这样一个人，一直坚守着。她在村民们的家长里短和鸡毛蒜皮中历练、提升着自己，为村民服务，为妇女维权。

2019年夏，高玲玉在和村民们的聊天时，听出几户村民想喂养小鸡。高玲玉到县城为村民买了300多只小鸡，分给包括自己在内的7户村民。

不知何时，村里来了一只野猫，不时地偷吃村民的小鸡。这只野猫还带着3只小猫，尤其喜欢偷吃张二女家的鸡崽，把张二女气得手足无措。一天，这只野猫蹿进了一户吕姓村民的屋里，正巧张二女过来串门。70多岁的张二女顿时怒火燃烧，扑上去逮猫，却被猫咬伤了，她满手是血，血流不止。张二女吓得面如土色，急急忙忙去找高玲玉。高玲玉看到身子颤抖的张二女，一边安慰她不要害怕，一边告知张二女的儿子和闺女，并且及时联系车辆送张二女到县城注射狂犬疫苗。张二女说自己手里没有一分钱，高玲玉说她想办法解决，不能拖延治疗。高玲玉和养小鸡的几户人家商议资助张二女，高玲玉带头拿出100元，让张二女打了疫苗。

李春桃是一位60多岁的女性，早年丧偶，十多年前和村里一个单身汉搭伙过日子。李春桃患有糖尿病、风湿性关节炎、冠心病，常常惆怅，儿子一家在外谋生也照顾不了她。福无双至，祸不单行，本来病痛已把她折腾得够呛，又得了带状疱疹，李春桃疼痛难忍，想自寻短见了此一生。

就在李春桃想不开的时候，高玲玉走进她家，看到她的面前摆放着一堆药。

"嫂子你这是做甚了？"

李春桃哽咽了。

高玲玉紧紧拉着李春桃的手，一边安慰，一边给她讲道理。

"吃五谷哪有不生病的，在医院救不活是没有办法了。你好端端的一个人说不活就不活了？还要寻短见！你应该替你86岁的老妈妈想一想，你死了她咋办，她能经受这么大的打击吗？作为子女，即使你无法回报老人，也不能给老人添麻烦啊。"

高玲玉的话，让李春桃如梦初醒，打消了轻生的念头。后来，孙子给买回5只绵羊。如今，李春桃养着羊，情绪稳定，脸上常常挂着微笑。李春桃每每看见高玲玉就说："大妹子，是你救了我。好死不如赖活着。"这件事传到了镇里，镇党委书记刘迎旭组织几名工作人员带着一些礼品去看望李春桃，鼓励她战胜疾病，好好生活。

文三是吕天仓渠一位70多岁的老人，过日子仔细节俭，老两口以种地为生，日子也过得去。一日，文三心痛难忍，可过一会儿就不痛了，但是第二次心痛又发作了，不得不去医院治疗。高玲玉几乎每天过来向老嫂子询问文三的病情，从文三妻子和女儿的通话中，高玲玉听到文三怕花钱，不愿做检查。高玲玉在一旁说："让你父亲尽管安心住院，没钱我给拿上5万，包他看病。根据你们家庭的收入情况，可以申请低保。"事后经医院做检查，文三是毛细血管堵塞，不需要更多治疗。

村民们在生活中遇到问题就想到高玲玉，心里有想法也和她说。高玲玉把村民鸡毛蒜皮的小事当作大事对待，积极主动为村民解难题。谁家有个病痛她就主动上门安慰，解开人们心里的疙瘩，鼓励他们该放下还得放下，要敢于直面人生。

一个严寒的冬日，高玲玉带我到幸福院看看。幸福院看上去整洁有序，一排排红瓦房整整齐齐。我们走进了刘晓女和高如林的家里。

两位老人居住的屋子有点凌乱，但热气扑面，地上放着几颗大南瓜盈盈喜人。高如林说这是他在院子里自己种的。庄稼人永远热爱并依恋土地。我上下打量着两位老人，高如林是一个朴实的庄稼汉子，看上去身体硬朗；刘晓女佝偻着身子，个子不高，但心里明白着。

"高玲玉对你们好不好？"

"对我们可好了。"

"咋的个好法？"

"过来给我们理发，还给我洗头。"

一个身体残疾、生活不能自理的年迈的女性，时刻不忘政府的关怀，心里也懂得感恩。虽然嘴上说不出什么，但她懂得珍惜眼前的幸福。

高玲玉给刘晓女洗头，理发。高玲玉理发看上去并不专业，但刘晓女的脸上荡漾着幸福的笑容。高如林接着说，再给他剃个光头吧。看得出这老两口与高玲玉很亲近，这是高玲玉日常的给予和付出换来的，热情周到的服务，换来了春暖人间。

写到这儿，我想起一名"拉话话"志愿者讲的一幕情景。夏日的午后，幸福院的一群老人在树荫下纳凉。老人们穿戴得整齐干净，说："现在社会好，共产党好，让我们这些庄稼汉住进了幸福院，娃娃们（"拉话话"志愿者）三天两头来看我们，我们这些没有力气的老家伙真的幸福了。"这是幸福院老人们的心声，他们的脸上洋溢着红光，在他们爽朗的笑声中，我感到一名"拉话话"志愿者的荣光。

黑沙沟里一抹红

初见于敏，是在雪后的冬日，在皑皑白雪掩映下的前黑沙村是于敏工作的村委会所在地，一条河沟从村子中间蜿蜒而下，一直流到后黑沙村。老人们把前黑沙村和后黑沙村统称为"黑沙沟"。于敏从出生到结婚一直住在后黑沙村。1998年，她进入村委会工作；2000年，被选为村妇联主席。前黑沙村委会有色登沟、索尔图、刘家村、独龙图、前黑沙、后黑沙6个自然村，647户1600余人，常住277户400余人。于敏除了承担村委会、驻村工作队工作外，也是"拉话话"志愿服务队队长。对于脚下的这片土地和人，对这条沟，于敏有着太多的记忆和太深的情感。

黑沙沟是贫穷的，三面环山，土地稀少而贫瘠，村民们基本靠天吃饭。随着城镇化建设步伐的加快，年轻人陆陆续续走出村庄，加入城市建设的队伍，村庄成了留守的故乡和记忆。于敏和丈夫张挨厚也曾想着要离开村庄，去外面的世界打拼，然而，或许是因为在村委会任职，或许是放不下某些牵挂，她成了留守村庄的年轻人，始终守着这片黑色的土地，这片她深爱着的土地。她说，黑沙沟村面朝白桦林，背靠樱桃树，夏天，满山的樱桃花开了，挺好看；秋天，一片一片金黄的白桦林，挺美的。于敏做事干脆利落，说起话来急匆匆的，因常年风吹日晒而变得红通通的脸上总是带着微笑。说起村里的人和事，她如数家珍。听她叙述和邻里交往的种种，我想起了我的村庄，曾经的邻居，曾经的家长里短，而于敏仿佛就是邻家那个热心肠的大姐姐，一种遥远而温暖的感觉涌上我的心头。

52岁的张权亮是贫困户，留守村里的单身汉，和于敏同村。独居多年的他，性格孤僻，寡言少语，很少与村里人来往。经济上有政府的政策扶持，足以满足他的基本生活需求，可他的精神世界里，似乎只有"独处"这个词。村民们遇到事情互相帮忙，他从不参与，也从来不让邻居帮他什么忙，见到邻居也不打招呼。2019年11月，张权亮感到胸口疼痛，于是独自到下湿壕镇卫生院就诊，被诊断为心肌梗死。几天的治疗也未见明显好转，张权亮有点害怕了，他知道心梗的危害，但多年不与人交往的他，实在想不出该怎么办。于是，他想到了于敏。

"于敏，我难过了，在下湿壕镇卫生院看了几天也不管用，想去包头住院了，还是该咋办了……"

听到电话里张权亮磕磕巴巴的讲述，于敏急了，骑上电三轮就匆匆赶往张权亮家，商量去哪家医院治疗。张权亮自己没有主张，于敏决定送他去包头一附院。心梗一旦再次发作，后果不可预见。于敏很快联系好出租车，亲自把张权亮送到医院。那天正好是周六，不能办理住院手续，于敏很着急，这可咋办？她楼上楼下找值班大夫，在大夫的指引和帮助下，办理了急诊住院。之后，她通知了张权亮的姐姐。直到第二天，张权亮病情稳定，她才离开医院。张权亮虽说平时不与人来往，但于敏和他从小一起长大，他遇到事情只能想到于敏。而于敏也把张权亮当成自己的亲人，他生病住院了，她不由得担心和挂念。隔天，于敏拨通了张权亮的电话，张权亮告诉她自己已转入普通病房，胸口不痛了，呼吸也顺畅多了。

一周后，张权亮病情缓解出院了。他来到于敏家，少言的他，对于敏说："那天要不是你及时送我去医院，估计我今天就回不来了，你是我的救命恩人！"

张权亮的脸上露出少有的笑容，于敏和丈夫也都笑了。

于敏口中的"王大叔"叫王有贵，68岁，是退伍军人。多年前搬离前黑沙村，在下湿壕镇一家企业打工。2018年，王有贵的老伴被确诊为乳腺癌晚期，多次辗转医院，做手术，及时化疗，病情得到一定的控制，但也花光了老两口多年攒下的积蓄。

屋漏偏逢连夜雨，2020年春节，突如其来的疫情让老两口的生活雪上加霜，生活只能靠王有贵老人每月几百元的退伍军人费维持，老伴吃药的钱只能靠子女接济。病痛带给家庭的不仅是经济上的负担，更多的是精神上的压力，面对病中的老伴，王大叔一时陷入无助。3月初，于敏和丈夫去看望两位老人。王大叔说他想回村了，但种地收入太少，养羊又没有买羊的资金，该咋办？于敏从老人的叙述中感受到无助和忧虑。她首先想到的是最快享受可以享受的政策，于是，于敏和驻村书记商量，按照政策把王有贵和他的老伴识别为边缘户，并向县妇联为他的老伴申请了"两癌"补助1万元。

于敏知道，帮助王大叔解决买羊的事情才是最关键的。可眼下申请贷款，王有贵已超龄，不符合政策。于敏想到周边村子里有很多养羊专业户，丈夫张挨厚都认识，她便和丈夫商量，两人给王大叔担保向乡邻们借羊。想到做到，干脆利落，是于敏的特点。多年以来，于敏所做的点点滴滴积累起来，使乡亲们对她有足够的信任。几天后，她和丈夫便给王有贵借来了13只母羊，每只按2000元担保，总共26000元。随后，她和村党支部书记给王有贵申请了每只羊800元的补贴资金。

"圈里有羊，心里不慌。"有了这些羊，王有贵和老伴的生活渐渐地有了底气。勤劳吃苦是后山人的本色，王有贵每天都会把羊圈打扫一遍，再摆好饲草料。付出就会有收获，上天总会眷顾勤劳付出的本分人。秋去冬来，老人家的羊已经从13只变成39只，还有几只待产，估计到了春节，就会变成50多只。

我们进院的时候，王大叔正在圈舍侍弄他的羊，小院两边都搭建了羊舍。

"咩……咩……"羊儿的叫声此起彼伏，日渐增多的羊儿在圈舍里显得有些拥挤，老人说准备在大门外再盖一处圈舍。

两位老人邀我们进屋，一股暖暖的气息扑面而来。小屋收拾得干净整洁，我们和两位老人聊起来。

"姨，身体挺好的哇！"

"好多了，我看了3年病，没想到，我这身体还就好了。"

"叔，每天喂羊累不累？"

"不累，这点营生，苦不重。唉，要不是于敏两口子帮着，哪能养成这么多羊！"

于敏告诉我们，森林防护是村委会的一项任务，整个夏天，王有贵一边在自家门前的空地上给羊喂草料，一边观察对面山坡上有没有毁坏林木的蛛丝马迹，当起了义务防护员。后来，驻村工作队队长朱万荣通过县林草局把王有贵聘请为森林防护员，王有贵每月还可以领到几百元补贴家用。

日子就这么暖暖的过起来了。送我们走出院子，王大叔冲我们挥挥手，说："你们再来哇！下次杀羊，吃炖羊肉。"他的脸上绽放的笑容，是我们每个人心头的一股甘泉。

留守儿童，就像歌里唱的，"没妈的孩子像根草"，是于敏内心始终放不下的牵挂。

9岁的高雨蒙是色登沟村的一个小女孩，说起她，于敏就不由得心生怜悯。都说孩子是父母的心头肉，高雨蒙的父母却在几年前离婚了。父亲外出打工，仿佛始终在忙碌，母亲也丢下孩子改嫁了，只留下高雨蒙和奶奶相依为命。2020年秋天，高雨蒙到了上学的年龄。于敏知道，高雨蒙的父母不管，村子里没有学校，奶奶也没办法陪她去县城读书。但不读书，高雨蒙能干什么？可能孩子的一辈子就毁了。她和村委会的同志商量，让高雨蒙去县城的小学读书。驻村工作队队长朱万荣和于敏一起走进县教育局，经过协调，让高雨蒙在固阳县团结巷小学上学，平时食宿都在托管班，奶奶可以继续在村子里种地生活。然而，于敏还是放心不下。放暑假时，高雨蒙回到村子里，于敏就买了些必需的学习用品送过去，安顿她要好好学习。她说，孩子小，可能说不出什么话，但人们多关心一下，她的心里肯定会有感触的。

相比高雨蒙，尚浩辰也许更为不幸。尚浩辰原本还有个完整的家，尽管爸爸不是很上进，但他可以隔三岔五见到爸爸。然而，2020年，尚浩辰的爸爸再次过量饮酒后去世了，母亲因此离家出走，至今杳无音讯。一时间，尚浩辰成了孤儿。当时才8岁的他，在于敏的帮助下到固阳县新城小学上学，食宿在托管班，放假了就和爷爷奶奶居住。虽说尚浩辰上学的问题解决了，平时也有爷爷奶奶照顾着，但帮尚浩辰找妈妈，一直是于敏心里牵挂的事。说起高雨蒙和尚浩辰，于敏停顿了一阵，长长地叹了一口气，同行的刘老师问她怎么了，于敏没有答话。那一刻，我的眼圈有点儿发热，都是做父母的，可怜这些孩子。

见到于敏的那个下午，我不时地想，于敏仿佛不知疲倦，每天做那么多村委会工作，又经常走村入户，面对的都是乡亲邻居们的烦心事，她自己家的生活是怎么打理的？她有什么样的感受呢？

于是，我试着问："于姐，你成天做这些，心里是咋想的？家里的主要收入是靠什么呢？"

"这是'官太太'。"旁边的村书记打趣说。见我满脸疑惑，于敏赶紧说："我家那个放着一群羊，是羊倌……"大伙都笑了。

"唉，有时候心里也难过了，可是总觉得和他们捣拉捣拉，也能给他们宽宽心。有几次，我去村里五保老人家里头给收拾家，送去给他们捎的药，他们抓住我的手问长问短，我觉得自己就像是他们的儿女。"

"姐夫不对你发牢骚吗？"

"不，我每天骑个电三轮，去哪儿也挺快的，家里不误事。"于敏很快恢复了急匆匆的语调。

结束行程，于敏送我们出来，她的红色电三轮就停在村委会门前。我的脑海里浮现一幅长长的画卷：一个穿着红色马甲，骑着红色车子，风一样的女子，在山沟沟间穿梭着，给村民们带来了一片红。

山沟沟里那树解语花

听说香房村有一支神奇的"拉话话"志愿服务队，队长叫任海霞。

七拐八转，终于在香房山坡上找到了正在村头柠条地里放鼠炮的任海霞，和她一起的还有几名村干部。他们笑着迎过来，说这地里的老鼠估计过不上大年了。

任海霞咪咪地笑着，向后撩了一下齐耳的短发，然后朝我们点头打招呼。她的脸蛋像一颗熟了的苹果，耀眼的"拉话话志愿者"红马甲松松垮垮地裹着她小小的身体，红马甲上面醒目地印着"怀朔"二字，这是怀朔镇的"拉话话"志愿者。

我们一路聊着往村西张花女老人家的方向溜达。

进屋的时候，张花女在缝纫机上缝着防蚤袜，见我们进来她显然吃了一惊，说的话也停顿下来："你这娃娃又……"张花女的笑容凝固在脸上，诧异今天怎么来了这么多人。我和其他随行人员共7人一下挤进张花女的家，让这个平时只有燕子往返窗前的小小农家，骤然间热闹非凡。

张花女放下手里的活计，转身去拉任海霞，声音很小，几乎是贴着耳朵说："这都甚人哩？我说你昨天才和我拉呱了大半天咋又来呢，耽误你正事呀哇。"

任海霞回头笑着看大伙，说："我姨姨总把我当亲人呢。她耳背，基本听不见咱们说甚呢。"

任海霞说着把张花女扶到炕沿边坐下，接着说："她的老伴不久前去世了，俩人以前好着哩，我这姨姨接受不了生离死别，硬是人前背后地念叨着不想活了，说活着没意思。我怕她想不开，三天两头过来看看，她就愿意听我的话。这不，村里防鼠疫急需防蚤袜，我姨姨主动要求给做的，你看，这做工还真不赖呢。"任海霞说着，把张花女缝好的防蚤袜拿给大家看。

"我命苦，老汉撇下我就走了。就这娃娃成天地跟我拉话话，搭照我，米呀面的给我往回背……"张花女像是听见了任海霞的话，用手背抹了下眼泪，"我也想通了，我就活着，我就好好地活，党的政策这么好，我咋也不能再瞎琢磨了。"

一行人出了门，张花女送出来，一个劲儿地向任海霞摆手，说："你就放心吧，啊，娃娃。"

任海霞从后面紧走几步赶了过来，扯了扯我的袖子，说："想通了其实也就不觉得苦了，你说是不？"

我回头，佯装警觉地问："嗯？你也要跟我拉话话吗？"

众人都笑了，任海霞也笑了。"拉话话"的职责时刻警醒着她那双弯弯的慧眼，在每一个不快乐的人身边，定时绽放温暖，解救孤寂。

任海霞说话的声音小小的，笑起来歪一下头，别看她年纪不大，担任香房村妇联主席也有些年头了。从2002年开始，任海霞就走村入户为村里服务，村民们大大小小的事情，她都了如指掌。她见不得乡亲们受苦，力所能及地帮助他们。

村里有一对婆媳，儿媳妇白梅患有癫痫，2020年冬天做了一次开颅手术，如今卧床不起。白梅的丈夫有轻微智障，常年给人放羊。婆婆84岁，已经瘫痪在床5年了。

任海霞时刻惦记着这一家人，隔三岔五必定要登门看望。进常年卧床的人的家，扑鼻的臭气熏得人睁不开眼睛。任海霞顾不了那么多，一进屋，第一件事就是帮他们烧水、做饭、洗衣服。他们家的米在哪、面在哪、水舀子在哪，任海霞比谁都清楚，她还经常把自家的衣物吃食带过去。

婆婆曾经几次泪眼婆娑地跟任海霞说自己生不如死，任海霞就逗她说："那要是你没了，你儿子放羊回来连个妈也没有了不得哭死啊？有妈才有家，有妈才叫个家，是不？"

婆婆哭着哭着就笑了，说："你这娃娃真好，以前咋从来没听人说过这话呢。要是我哪天能行动了，我就要去政府门前夸夸你，这样的好干部，暖到我们心窝窝里了。"

任海霞是全能的，能理解，会包容，忍得了苦，受得了累。她的心里装的都是爱，是对党的事业、对人民的爱，是对孤寡弱残、老病妇孺的爱，因此，她学会了背老人，学会了爬山坡，学会了理发，也学会了"拉话话"。

那些孤苦的乡邻，在无所依伴的人生中，因为任海霞和他们"拉话话"而得到了温暖、爱与关怀。

老吾老以及人之老。任海霞以一颗平常的心，成就着一个共产党员的事业，践行着一个"拉话话"志愿服务队队长纯洁而高尚的初心。

香房村有位老妈妈，叫高果仁，一生4子3女，然而，在一个阴云密布的午后，一场突发的山洪骤然夺去了她的3个孩子。不久之后，老伴也随之去了。剩下的两个儿子，一个一生未能成家，而老三，那个本来一肚子诗书的儿子，在娶了一个疯婆娘并生了两个女儿之后，也突然地疯癫了。他在大街上走着走着就突然跑上前抱住某个过路的女子不放，其状瘆人。

高果仁虽然已90岁高龄，却不能被列为贫困户，也不能享受五保待遇，因为她有儿子。而今，大部分的生活来源就是靠二儿子的五保生活费。

去看望高果仁的时候，我本想在街边买点水果，可任海霞不同意，她知道他们的需求，坚持买了牛奶之类的食品。

进屋的时候，高果仁一眼就看到了任海霞，她拄着拐杖一步一挪地走到床边，半靠着床，说："哎，娃娃，你不用老来看我了，我这命啊，活着就是个累赘。"她开始不停地用袖子抹着眼泪。

任海霞顾不上搭腔，她来是要追问老三生的那个有点迟钝的大女儿的下落的，听说前段时间不见了，可能是被人拐走了。

那个女孩虽已成年，但在任海霞心里，对她仍然如家人般牵挂。她跟高果仁的二儿子详细询问女孩的一些蛛丝马迹，然后打了几通电话，并在笔记本上记着什么，最后回头看我，说："我看这事得报警，可不能糊里糊涂的，这么大的一个人，走了也不给家里来个电话，指不定有别的甚事了。"

任海霞急得一直在那里嘟囔着。

"唉，这个女女啊，我说，你就别老来了，我就是个废物。"高果仁老太太突然自言自语。

任海霞走到她身边，把牛奶打开递过去，说："你这不是还有老二相依为命吗？要不是老二照顾你，你哪有这么高寿啊。你要知道啊，有钱有势的也不一定能有你这个岁数。这叫福，这就是福，知道不？"她弯下了腰对老太太笑。

老太太接过牛奶嘬了两口，小声念叨："嗯，挺好喝的。"

任海霞赶紧接话："那你就别叨咕这事了，我再来还给你买牛奶喝，你好好保养的好不好？"

老太太抿着嘴点点头说："我知道，你每次不都这么嘱咐我的吗？我听你的呢。"

任海霞下车的时候，夕阳从山外照下来，她通红的志愿者背心与晚霞相映相融，像一树盛开的花，能解语解人的盛放的鲜花。

她转身向我挥了挥手，说："你回吧。"说完，她向山的深处，向香房村走去。

背后，斜阳正暖。

一个"情"字拉近了距离

敖拴报一家是一个特殊的家庭。20多年前，他的妻子得了精神病。开始时，敖拴报根本不相信这个事实，好好的人，竟然得了这个病。他领着妻子去呼和浩特市、包头市的大医院进行咨询、诊断并接受治疗，但多家医院给出的结果是一致的。敖拴报实在没有办法，只能带妻子回家养病。因为妻子生病，家庭经济状况不好，女儿跟着他们也吃了不少苦头，受了不少罪。好在女儿懂事，从小就为家庭担着忧愁，平时能够帮助父亲照顾母亲，从来也不说累不言苦。然而后来，还是发生了不测。敖拴报的女儿十年前出嫁，出嫁的第二年因与丈夫吵架，生气过度，生病了。经过医院诊断，她也患了精神疾病。真是天有不测风云，妻子的病还没有好，女儿又生病了，她们每年都需要住院治疗，否则正常生活会受到影响。女儿生病之后，没有回自己的家，就住在了敖拴报家里。

敖拴报一个人照顾两个病人，她们经常争吵，不听他的安排。他60多岁了，不能出去打工挣钱，但看病需要花钱，只能依靠土地里的微薄收入维持家庭生活。之前，敖拴报和妻子属于特殊残疾家庭，享受国家低保有关残疾人的待遇。

"我给你说说第一次去敖拴报家的感受吧，真让人揪心。"下湿壕镇新建村委会妇联主席亢小平给我讲述她第一次到敖拴报家时的情况。

敖拴报家住的是两间窑洞和一间新近盖的房子，窑洞在后面，是敖拴报父母亲留下来的，前面是一间小平方米的房屋。家里就3个人，每个人住一间，妻子和女儿住窑洞，他住平房，她们娘俩不愿意住在一起，只能分开住。

当时，敖拴报的妻子站在窑洞门口，蓬头垢面，穿着一件脏兮兮的军大衣，眼神发呆，嘴里嘟囔着，看见人也不管不顾。敖拴报的女儿住在另一个窑洞里，刚与敖拴报吵完架，正在气头上，因此，不吃不喝，也不出来见人。敖拴报住在那间新房子里，但由于没有人收拾，屋里堆满日用杂物，乱七八糟，根本不像个住着人的家。

亢小平听村里人说，敖拴报是个能干的勤快人，他的妻子年轻时很漂亮，是远近闻名的美人，但他们一家现在的样子让亢小平不由得感到心酸。一家人怎么过成了这样？这样的人家必须得到帮助。从那天开始，亢小平就成为敖家的常客。

"有时候，我也觉得活得憋屈，老婆和闺女都有病，她们还不听话，经常吵架生气。我也不知道惹谁了，犯了什么错，老天爷对我太不公平。但生气归生气，总不能把她们扔下不管吧，我只有硬着头皮过日子，也不能和别人说说，活得真难。"敖拴报十分苦闷地说着。一个人担负这样重的担子，真有点担不动呀。我也为敖拴报的生活揪心。

"'拉话话'志愿服务活动刚开始时，亢主席他们就来到了我们家。她说，今后我们家就是她帮助的重点对象，让我不要再苦恼，振作起来，有党的政策和政府的关心，把日子过好。从那天起，她经常来我家里问有什么困难，需要什么帮助，过节给我送来了米、面、油，还把外面的慈善好人领到我家，慰问我，给钱给东西，我真是感激不尽。虽然每天照顾她俩让我感到枯燥和孤独，但一想到有那么多人帮助我关心我，我的心就宽多了，世上还是好人多。"

听了敖拴报的话，可以感觉到这是他发自内心的话，亢小平的帮助让敖拴报一家过上了充满希望的生活。

"现在，敖拴报全家享受国家政策的各类补助包括精神残疾补贴、低保金、独生子女奖励扶助、独生子女特殊家庭一次性救助金等，基本保障了敖拴报一家的正常生活。我们还经常联系公益组织慰问他们家，让他们感受社会的温暖。"亢小平欣慰地说。

"我这个家，全凭亢主席他们的关心和帮助，要不是这样，我的家早散了，他们就是我的大恩人，我们一辈子也忘不掉！虽然我的老伴不能说话，但我代表她感谢他们。"敖拴报发自肺腑地说。

袁保柱，66岁，是享受慢性病待遇的低保户。当我和村委会妇联主席亢小平到袁保柱家的时候，他正拄着拐杖站在院子里等候着。看得出来，他是个十分精干的人。寒暄几句，我们一起进了家。

"你们又来看我了，快坐在炕上。看我家乱七八糟的，老伴腿疼，我也有病，收拾不了家，你们不要嫌脏。"袁保柱客气地说。

"不嫌，不嫌，你也坐吧。这个人是宣传部派来的，专门来采访你的。"亢小平说。

"我想了解一下你们村委会'拉话话'志愿服务活动情况，特别是帮助你的事情，请你简单说一说。"我说明来意。

"我年轻的时候，身体很好，干活从来不怕劳累。我们村人均土地少，我想多挣点钱，过好日子。刚开始时，队里派我去石拐下煤窑，我年轻力大，专挑最累最苦的活儿干。下煤窑的活儿，苦不是一般人能吃得下去的。每天提心吊胆，那个时候安全设备也不先进，煤窑上经常发生事故，特别是瓦斯爆炸，会炸死人的。苦、累，加上害怕，时间长了，我的肺出现了毛病，肺气肿、肺结核都有，可我也没当回事，在矿上卫生院配点药，吃了药就不管了。后来，我们村淘金子，我有技术，在山上打眼放炮炸石头。由于劳累过度，我的肺病越来越重，不能干重活儿了，除了每天一早一晚吃药，还必须靠吸氧器呼吸。现在我赶上了好政策，已享受国家的慢性病待遇。"袁保柱详细说了自己得病的根源。

"我看了一下，你的房子在村里是数一数二的，你挺能干的。"我说。
"是了哇，我的房子是80年代盖的，那个时候，我可厉害了，全村人都来帮忙盖房子。竣工那天，放鞭炮、吃油糕、喝烧酒，真是红火热闹。哎，你看我现在成了这样，回想起以前，我真的挺心酸。"袁保柱低下了头。

"你不要担心，不要愁，有病看病。现在条件好了，国家的政策也好，能享受不少补贴，我们也能帮助你解决一些问题，你就好好过日子吧。"亢小平赶忙说，她理解袁保柱的心情。

"是了，要不是你们帮助我，我的麻烦就更大了。这个同志，你不要写我，应该把他们好好写一写。我现在办的低保金、养老保险、慢性病待遇都是他们帮助我办的。现在办手续虽说简化了不少，可也得填表、用身份证、摁手印，内容不少，我又不懂这些，小平他们可细心了，从来不怕麻烦，还经常给我解释，怕我嫌麻烦。我和老伴的腿脚都不好，有的营生不能干，他们经常来帮我们家打扫卫生，帮我们拉炭，安火炉子，还从外面买日常用的洗涤灵、洗衣粉、醋和酱油。我们的儿女不在身边，他们比我们的儿女还顶用。"

袁保柱越说越激动，那是他想说的贴心话。

"马上要过年了，老人们更需要我们的帮助。从今天开始，咱们挨家挨户过一遍，看看他们还有什么困难，年前把困难解决了，让他们欢欢喜喜过大年。"这是下湿壕镇新建村委会妇联主席亢小平在"拉话话"志愿服务工作会议上的安排。会后，大家按照各自分到的农户立刻行动起来。

村委会副主任张凤珍积极支持亢小平的工作，带领"拉话话"志愿服务队员走进了倪兰女家。

倪兰女的心情极差，已经好几天不吃饭了，说不想活了。

"孩子他爸活着的时候，我什么也不用干，家里的柴米油盐不用管，外面地里的活更不用做。人们都说我才是个好活人。去年7月，他患前列腺癌去世了，我感觉天都塌了，整天六神无主，出来进去就是个哭，也不想见人。"

张凤珍听着倪兰女的诉说，看着家里冷清凌乱的状况，心里也不是滋味。

"老大姐，孩子他爸走了，你不是还有孩子们嘛，你现在这样，孩子们都心疼你。人们常说，有妈才有家。为了你的孩子们，你要坚强起来，活得像模像样。"

张凤珍握着倪兰女的手开导她，队员们也你一言我一语地劝说、安慰她。听了大家的话，倪兰女的情绪好多了，哭声停止了，只是还在叹息。张凤珍抓住这个机会赶忙说："快过年了，孩子们也要回来了，我们帮您做点年货吧。"

倪兰女被大家的热情和善意感动了，从凉房里取回来白面、胡油和面粉，大家一起动手做麻花和粉条。看到大家的辛苦忙碌的身影以及做好的年货，倪兰女激动地说："你们来开导我，还帮我做年货，我也想开了，孩子们过年还能回这个家，他们虽然没有爸爸了，但还有妈在。天寒地冻，你们这样帮助我，我不知道该咋感谢呢。"

"老大姐，这是我们应该做的，以后你有什么事就联系我们，我们会照顾好你的。"

张凤珍看到倪兰女的脸上有了笑容，心里也舒展了。队员们也说他们的工作没有白干。

倪兰女的家在村子的最南边，院子很大，干净利落，有一排窗明几净的大正房。我去采访的时候，她的心情十分激动，把"拉话话"志愿服务队如何帮助她走出痛苦，帮她办了什么事情，对她怎么样好都告诉了我。她说："老伴去世后，我真的不想活了。凤珍他们知道了我的情况，主动找到我，几次来我家，帮助我做年货，打扫家，给我拿牛奶、鸡蛋，还解释开导，我确实被他们感动了。我一个老婆子让这么多人操心，实在是感激不尽。"

"'拉话话'志愿服务队就是帮助你们解决生活困难的，有什么困难只要说出来，他们就会想办法帮助解决的。"我插了一句。

"是了，他们经常来我家里，怕我一个人孤单，还经常和我捣拉捣拉实心话。有了他们我一点也不感到冷清了。"

腊月二十三，张凤珍和队员们来到单身汉张毛的家。张凤珍和队员们一进门就看见张毛坐在凳子上抽烟，家里根本没有准备过年的样子。队员们问他话，他也表现得很冷漠。

"多少年出来进去就一个人，过年也没甚意思。团圆的人家喜喜乐乐，大小人高高兴兴，我一个人有甚，一个人饱了全家不饿，哪管平时还是过年，每天都一样，每天也是瞎活的了。"

"今天我们就是来帮你收拾收拾家里家外，让你过个好大年。"张凤珍边说边吆喝队员们开始行动。一上午的工夫，张毛家里的被子、褥子、枕头、枕巾、炕单和脏衣服等该洗的都洗了，家具、灶台、玻璃等该擦的都擦了，里外的卫生也打扫了，各类什物摆放整齐，一副焕然一新的样子。院子里的雪清扫了，杂草也处理了，整理了一下凉房炭房，顺便贴上了对联，还挂了新年日历。

看到家里家外变了样，整洁干净，张毛高兴地合不上嘴："哎呀，我多年单身，从来没有人给我收拾过家，你们给我弄得这么好，我该咋感谢你们呀！要不是你们帮忙收拾，今年过年还是跟以前一样，真没有想到老了还能有人关心帮助。"

这是张毛过得最好的一个年。

为了发展壮大集体经济，新建村委会落实了养殖绒山羊的项目。张毛一个人生活，无牵无挂，身体健康，村委会决定让他去养殖场上班，住在养殖场，每月发工资，就负责给工人做饭、下夜看大门等打杂差事。张毛十分满意，高兴得逢人便说，"拉话话"给他"拉"了个好工作。

亢小平告诉我，他们帮扶的这个村常住528户970人，其中五保户、留守儿童、孤寡老人84人，全部由他们负责服务。由于村里的青壮年大部分都出去打工了，家里留下的老人遇到生活困难时，自己无法解决。自从开展"拉话话"志愿服务活动以来，队员们积极深入农户，及时发现问题，解决了许多老人行动不便、办事困难的问题。比如，帮助他们办理生存认定、低保手续，处理邻里纠纷，还帮助他们理发、洗衣服、维修电器等。

　　"我们为了群众，不辞辛苦、任劳任怨地干事，有时顾不上吃饭，有时半夜还在给他们解决问题，他们看到我们的所作所为也很有感触。有的说，干部真是棒；有的说，这是真正的为人民服务。我觉得，其实我们干的还很少，离党和政府的要求和群众的满意还有很大距离。村干部是基层干部，连接着千家万户，我们有责任把群众的事办好，成为群众的暖心人。"亢小平的一番话看似平常，却道出了村委会干部的工作觉悟和责任。

　　现在，村委会15名"拉话话"志愿服务队队员活跃在田间地头、农户家里，解决群众眼前出现的亟待解决的困难，使村民们"话有说处，难有人帮"。一个"情"字，拉近了干部与群众的关系。群众十分欢迎"拉话话"志愿服务队，对队员的工作也比较满意。同时，"拉话话"志愿服务队也在不断扩大，有许多热心人愿意为群众做好事，做实事，村风民风得到了很大的改善与提高。

树根根连着那树梢梢 满山山颠来满村村跑

郭靖和柴秀英都是从村里走出去又回到村里的。离不开的黄土地，喝不够的家乡水，割舍不下的故乡情，在他们的心里延伸，他们把情一点一滴融进了村庄，把爱给了乡亲们。"头一回眊你来，十里路途过了一道河，转了个沟沟爬了一道山，累了一头汗，走到你家大门口，心里头跳呀脸蛋蛋烧，进又不敢进，退又不想退呀，做了个难！"粗犷洒脱、率直真诚的陕北民歌在车厢内环绕。我们行驶在回乡的路上，这一次并不是"眊亲亲"，而是采访西斗铺镇刘伟壕村委会妇联主席、"拉话话"志愿服务队队长——郭靖，一位普普通通的农家妇女。

阳光洒满归乡路

7月的田野，油菜花黄，荞麦花白，青纱帐似的玉米地夹杂其间，像是有意编织的一块彩色地毯，在后山大地延展。前方的天空湛蓝湛蓝的，是那种渗入骨子里的纯净。我在头脑中搜寻记忆里"郭靖"的样子，却始终没能找合适的定位。出发前再次接到她的电话，依然是叮咛了一遍又一遍的话："开车慢点，路上注意安全。"淳朴的话语回荡在耳边，一种温暖的感觉涌上心头。

新时代文明实践志愿服务活动在固阳县遍地开花，农村的"拉话话"志愿服务队在短短几个月的时间内，把实实在在的掏心话拉进了老百姓的心坎里……

刚进村委会，"拉话话"志愿服务队已经在那里等我了，红色的马甲映衬着每一张笑脸。还没坐稳，村党支部书记李美仁就开始介绍村里的基本情况："西斗铺镇刘伟壕村委会共25个自然村，常住人口907人，居住分散，其中60岁以上老人占90%，大多是空巢老人、孤寡老人、独居老人。"

我从小生活在这块土地上，知道如今为了孩子上学，年轻人都到了城里，留守村庄的多数是老人。"真心帮助他们，热心嘘寒问暖，知心地说说家事。儿女们不在身边，我们能做的就是操他们生活上的心。"郭靖的几个"心"一出口，便抓住了我的心。这是一个有"心"的人，她把群众的事装在自己的心里，话里话外流露出浓浓的真情。

自刘伟壕村"拉话话"志愿服务队成立以来，只有6个人的队伍就走遍了村里的困难群体。难事、病事、喜事、丧事，只要有需求，就有"拉话话"志愿者上门服务，并且每一次都少不了队长郭靖的身影。

杜付喜、杨金梅夫妇是从苏计坝村搬迁到忽鸡兔新村的。集中新建的忽鸡兔新村院落齐整，张贴在屋里白墙上的"明白卡"引人注目。"郭靖可是我们的贴心人。"杜大爷抬起头，眼神里凝结着见到"拉话话"志愿者时的欢喜与真诚。杨大娘虽说精神有些问题，但见到郭队长，就一个劲儿地往炕里挪，还拍打着炕，示意我们坐下。说起"拉话话"志愿服务队，杜大爷有说不完的话："平日里靠他们大事小情的帮忙，不然我这瞎老汉东南西北也找不到，可是误下大事了。"

在杜大爷心里，有件事同天一样大，甚至比天还大。疫情期间，在城里打工的儿子担心多日未见的父母，便利用休息日向朋友借车来看望老两口。他想躲过防控疫情关卡，却因违章被查扣。儿子被拘留，受罪不说还会丢掉工作，对老两口来说无疑是比天还大的事。在村里，杜大爷想到的唯一的办法就是求助郭靖。"别急别急，我来想办法。"她怕老两口急出个三长两短，就把事应承下来。郭靖打电话求助，开具证明，一系列的忙乎后已是万家灯火。从家到村委会，十几公里的路程，一个瘦弱的女人，硬是骑摩托车来来回回跑了好几趟，天没大亮，就把证明辗转送到警察手上。听说儿子被放出来了，杜大爷搀着老伴要向郭靖致谢，还没走出大门，郭靖就来了。杨大娘竟能激动地跳起来，嘴里叽里咕噜的，不用猜，那肯定是发自肺腑的感谢。

郭靖说："能为乡亲们解决一两件操心事、烦心事或揪心的事，我特别有成就感。"郭靖边走边对乡亲们亲切地招呼着："大爷，回来住了！""大娘，孩子们陪您住了好几天了吧？""您的菜吃完了吗？明天我给您再送点。"

苗花女，一位80岁的孤寡老人，因年轻时做了苦重的活儿而落下严重的腿疾，还患有哮喘，一个人生活困难多。大女儿住在几公里外，也因病不能时常来看望她。郭靖隔三岔五来帮忙，洗衣服，收拾家，还帮助她洗头发……

厨房里的案板上搁着几样蔬菜。"这是儿女们送来的？"我好奇地问。"哪是了，娃娃，这都是郭靖买来的。"苗大娘说。"我只是代购。"郭靖忙解释道。"代甚了，大娘心里有数，要不是我假装生气，你十块八块能收了？"苗大娘嗔怪着。"我们年轻能赚钱，咋也比你强。"郭靖笑着说，"前几天夜里下雨，我怕大娘家院里积水，出来进去滑倒，大清早就把水引出大门外了，看大娘睡得踏实，没敢惊扰。"要不是这次"逼"着队长讲实情，恐怕这事不只是大娘，所有人都不知情。"党的政策就是好，培养出的干部比儿女都强。"苗大娘一个劲儿地夸赞着。

群众在哪里，新时代文明实践志愿服务活动就延伸到哪里。为患病妇女筹措医药费，鼓励她们坚强地活下去；一家一户上门进行养老保险"刷脸"生存认证服务，解决了许多人因出行不便而无法到镇上办理相关手续的难题。从村通往镇里的道路上，有一处在雨水的冲刷下塌陷的路段，郭靖担心村民们进出的安全。"我一会儿就联系镇上，可不能让乡亲们出来进去不小心受伤。"就是这样一位队长，始终将"情"贯穿在新时代文明实践志愿服务活动中。从清早忙到中午，郭靖骑摩托车时不慎摔倒，手掌处一寸长的伤口正隐隐地往外渗着血滴。到镇上门诊时，大夫说："真够坚强的，估计要缝上四五针。"

郭靖手掌心滴下的血，像每一名志愿者的真心一样鲜红！

了解村民烦心事

又是一个春天，阳光像孩童的肌肤一般蹭在我的身上。行驶在回乡的路上，心中装满了家乡的气息，风中吹过泥土的清香，是那种纯净的、清凉的井水的味道。哪怕只是路过这片土地，心里都会涌出难以名状的感情。这一次经过了我生活过的村庄，只是经过，一路向北，寻找一路阳光。

沿路的村庄早已脱胎换骨，每每经过熟悉的村口，造型独特的村名牌仿佛一位位故人亲切地等候着。徐磨坊、刘伟壕，向北，再向北，我就能找到郭靖居住的地方。

熟悉的水泥路在车轮下延伸，抬眼时，郭靖已经等在那里。春天的风侵蚀着她瘦弱的身形，红色的马甲在春日暖阳中显出几分生动。每次她领我到别人家后，进门不用说话，直接烧水倒茶，不知道的人还以为她回到自己的家。

"郭靖这个娃娃一来，就省了我不少心。"郭金元老人颤巍巍地挪了挪自己的身体，脑梗遗留的伤还在他的身上灼痛。这个家并不大，一张床和双人沙发就占了大部分地方。靠窗户的床上躺着郭金元的老伴，她冲着郭靖挤出了一丝笑意。"大娘，我来看看你，你这两天看起来精神不错。"瘫痪在床的大娘似乎听懂了郭靖的话，咿咿呀呀地发出些声音。郭靖熟练地跪到床上，双手揽住大娘的腰和脖子，说："躺累了吧，是想起来了？"郭靖双手轻轻用力，右手随着大娘的身子缓缓抬高，一床被子就垫在大娘的腰下。"得劲儿不？"郭靖问道。大娘欠了欠身子，郭靖熟悉大娘的身体动作，小心地把她放平整，自己始终保持着跪的姿势，等待大娘的回应。

阳光想从窗户探进来，却不小心被挡在了屋檐下，没有阳光照在大娘的脸上，她的笑容却如同阳光下的花一样灿烂。安顿好大娘，郭靖转身下床。"大娘，这个红马甲好不好？"我试探着问道。大娘的左手缓缓抬起，伸出大拇指翘出一个大大的"赞"。就这么一个举动，你想象不到对一个瘫痪的病人来说有多么艰难。这一赞把红马甲背后的"拉话话志愿者"几个大字点缀得更加鲜亮。

打小我就生活在这样的村庄，东家耕种忙了西家帮，西家秋收慢了东家就赶着替西家割上几镰。远亲不如近邻，互帮互助是家常便饭，更是值得传承的传统。这片土地虽然贫瘠，但长了羽翼丰满的一代又一代，接连飞出了村庄，飞向丰硕的远方。一年又一年，祖辈们老了，父辈们老了，但依然生活在故乡。

郭靖也离开了村庄。当年小学文化、初中文化程度的，甚至没上过学的玩伴都相继离开了，归乡后都沾染了城市的味道。有的姐妹还在城里成了家，户口跟着走了，俨然一副跟村里脱离关系的样子。郭靖是高中文化程度，却守着每月200元的计生助理工作生活。因此，为了生活得更好，为了孩子的将来，郭靖放弃了坚守多年的乡村。

大城市里处处是生存的机会。郭靖看准了学校旁边的资源，凭着自己的满腔热忱和勤劳辛苦办起了精品托管班。一日三餐，作业辅导，全天保姆加老师的服务，很快赢得了家长的信任。生活逐渐宽裕了，但郭靖总觉得少了什么。谈论的话题里没有了家长里短，有时甚至只有冷冰冰的利益，习惯了跟憨厚朴实的乡亲们打交道，习惯了互帮互助的生活方式，郭靖觉得总有一天自己是要返回故乡的。

郭靖担起了村委会妇联的工作。她隔三岔五就要坐上绿皮火车回来，处理乡亲们的事，和左邻右舍的大爷大娘说点城里的事，再和多日没见的姐妹们唠上一会儿，似乎就会生出无穷的力量。辛苦怕个啥，能为乡亲们做点事才是最快乐的。

照亮郭靖返乡路的是一次选举。说实话，郭靖已经离开了十几个年头，偶尔回来处理手头的事，跟乡亲们见面的机会着实少了些。让她意想不到的是，在选举时，自己竟然全票通过，还得到了乡亲们一阵热烈的掌声。在大家信任的目光中，郭靖遵从自己内心的决定，毅然决然选择返乡。刚刚才红火起来的托管班要散了，家长们不舍，孩子们也不舍，但让她割舍不了的是纯朴的乡风和自己喜欢的村委会工作，以及像婆家娘家人一样的乡邻。

孩子已经上大学了，郭靖在城里没有牵绊，但孩子每月的生活费依然需要她努力赚取。无法想象的是，周一至周五，郭靖忙村里的工作；周六周日，她坐绿皮火车进城，干起了小时工，两天时间能挣个四五百块。她把钱寄给儿子，再返回来投入村委会的工作。这个妇联主席开始时没有多少事，凭着自己在城里学会的电脑帮村委会写写文、制制表，得空了就和乡亲们"拉话话"，有事了就搭把手。她凭着一腔真诚，尽力帮助乡亲们做力所能及的事。

挥洒一片儿女情

新时代文明实践志愿服务活动像春风般吹开后山大地，吹进千门万户百姓家。当村委会指定郭靖当"拉话话"志愿服务队队长的时候，她有些不知所措。

"和乡亲们应该拉什么样的话话，就宣讲政策？"

"光是拉话话就能解决乡亲们的难事吗？会不会被骂？"

太多的疑问像云一般飘过来。

第一次穿上印有"拉话话志愿者"字样的红马甲，她忽然不知道该跟乡亲们说点啥了，想上手帮帮忙，但乡亲们一下子显得有些生分。"这忙还得帮，需要真心实意地帮！"郭靖心想。

郭靖如今居住的村，是整合过的村庄，村里大多住着留守老人或鳏寡病残的人。许多人搬离了原来居住的山沟沟，住进镇旁边的小院。后山大地的土坯房变成了漂亮齐整的四方院落。然而，有人因为搬离而结起了愁云，特别是那些上了年纪的人，离开居住了大半辈子的村庄，空落落的感觉和难离故土的情结，让他们难过。郭靖有过同样的心情，能感受乡亲们的愁肠百转。于是，她开始一户一户走访，一户一户了解情况，一户一户"拉话话"。

原本以为"一搬百样好"，然而，搬迁后也有各种意料之外的烦恼。一些老年人面对光洁崭新的屋子感到无所适从，还有一部分人连烧火取柴都成了难题。郭靖知道大家的难处后及时送柴上门，接济不上的时候，她甚至自己到野外捡柴草，再送到老人家中。一户从山沟沟里搬出来的大爷，东家不认识，西家不认识，想串门都没有地方去。郭靖就主动领着大爷和邻居们说长道短，并叮嘱大爷有事就找她。

夏天，院里的草有人铲，冬天更不用操心。一夜的雪覆盖了整个村庄，为了老人安全出行，郭靖天不亮就扛起扫帚来到院里，一条条清晰的道路延伸至院外。

在无声的影响下，"拉话话"志愿服务一传十十传百，文明的新风在乡村的上空刮起，也钻进留守少年张敏君的心里。

张敏君已经14岁了，但因为智力问题没有办法走出山村，每天见到的只有古稀之年的爷爷奶奶。父母和弟弟每周回来看她，但日子久了，她都感到陌生，不愿意靠近。当郭靖和"拉话话"志愿服务队的同伴们走进她的家里时，她更是吓得躲进凉房不敢出来，只拉开门缝瞧着他们。郭靖和同伴们拿出花袄比画着让她来穿，她扒住门框远远看着，不敢挪近半步。"唉，我可怜的娃娃！"爷爷奶奶只剩下叹息。郭靖的儿子刚去外地上学，带着对儿子的无限思念，她决定当一回"爱心妈妈"。

"敏君，我来看你了。"还没进门，郭靖就喊起孩子的名字。一次两次，她把芭比娃娃、毛绒玩具带给张敏君；三天两头，十几里的路程，她把零食、生活用品放在张敏君家的炕头。慢慢地，孩子像是一只胆怯的小猫，一点一点地开始接近"食物"。

中秋节到了，郭靖和"拉话话"志愿服务队的同伴们带着月饼去看张敏君。才走到大门口，只见张敏君从屋里使劲一推，把家门敞开，脸上露出喜悦的表情。"常叹不如慢磨"，郭靖这个"妈妈"心里窃喜。刚巧张敏君的妈妈也在，忙着招呼众人，张敏君的弟弟跟在妈妈后面像只小猴子一样上蹿下跳，张敏君只是直直地站在门边呆呆地瞅着。"来，上妈妈这来。"张敏君的妈妈招呼她，没想到她一下子扑到郭靖的身上，头伏在郭靖的胸前，两只小手紧紧地箍着郭靖。

"谁家的娃娃也是娃，谁家的娃娃也需要爱。"郭靖头一回当"爱心妈妈"，一当就上瘾。她听说吕碾坊村的小男孩马溥遥留守在村里，这个孩子患有先天性心脏病，父母为他做了一回手术，但他还是经常感冒，身体瘦弱。马溥遥的父母还得培养他的哥哥上学，家庭生活比较困难。郭靖了解到基本情况后，就与"拉话话"志愿服务队的同伴们经常接济马溥遥一家。为了让孩子过一个难忘的生日，郭靖专门和村两委班子带着蛋糕、慰问金和衣服来到村里，为马溥遥过一个有意义的生日。"那天孩子笑得好开心。"郭靖说起那个生日，依然沉浸在喜悦中，"我就是不想让娃娃觉得他没有人理。"说这话时，郭靖俨然是马溥遥又一位慈爱的母亲。

心里装着村里人

采访了郭靖很多次，自然就熟络起来。我对她说："进城了，有需要我的

肩并肩搀扶着你的身，雪中送炭融化你的心

地方你吱声。"她每次都说好，然后就说："我根本就没你笔下写得那么好，都是些零零碎碎的小事，可想为乡亲们做点大事。"小事小吗？小事多了就是大事。你认为是一件小事，对一位老人或一个家庭来说就是比天还大的事，"拉话话"志愿者搭把手就解决了天大的事，乡亲们怎能不高兴？

郭靖打来电话时，我有些诧异，她开口便说："县医院你有认识的人吗？"

"有啊，你怎么啦？"我首先想到的是，郭靖是不是又受伤了？她手掌心的那个口子让我至今想起还觉得疼。"不是我，是黄叔家的事，你还记得吗？就是一对父子一起生活的黄叔。"

黄叔已经是古稀之年了，拖着一条假腿，搀扶着患脑梗的儿子在练习走路。黄叔的腿是在大集体赶车时坏掉的，集体照顾他，为他申请了五保。为了有人能为他养老送终，乡亲们还帮助他收养了一个儿子。平日里，儿子外出打工，郭靖就帮着黄叔收拾收拾家，做上一顿饭。逢年过节，打工回家的儿子陪着黄叔，爷俩其乐融融。

有些意外总是猝不及防。黄叔儿子帮别人家耕种，却不料从车上摔下来，脑梗了。这可急坏了黄叔，郭靖一边安抚老人，一边和"拉话话"志愿者们一起想办法，跑医院、报销以及护理等问题，样样都要操心。黄叔的儿子出院了，却落下终身的残疾，打工是不可能了，但只靠黄叔五保户的费用，生活还是有诸多困难。药得买，油盐酱醋也是钱，原来两个人挣钱两个人花，现在一个人挣钱两个人花。后来，郭靖就想到为黄叔的儿子鉴定一下，办理残疾证，申请低保，缓解他们父子的生活。如果鉴定的级别高点儿，或许各方面的补助就会多点儿，可惜我没能帮上忙。郭靖一整天跑医院，去残联，没顾上吃一口像样的饭。她错过了班车，错过了约好的私家车，只能在路上拦一辆三轮车，突突地行进在回村的路上。阳光依然暖暖地照在车玻璃上，可郭靖一点儿也没觉得明媚，为黄叔办的事终究没有办好。

就是这样一个女子，心里装着的永远是李家、王家、很多家的事。2021年，开展党史学习教育，"我为群众办实事"推动学习教育由学习向实践延伸，以志愿服务小切口融入为民服务大主题，我从郭靖这样的"拉话话"志愿者身上忽然找到了最贴切的答案。

作为女性，作为一名"拉话话"志愿者，除了搭把手、帮个忙，她还能和村里的姐妹们心贴心地"拉话话"。屈家壕村贫困妇女高三莲一家，丈夫前几年因脑出血导致瘫痪，完全失去劳动能力，整日躺在炕上，生活不能自理，儿子患有先天性小儿麻痹症，同样需要照顾。高三莲既要照顾丈夫和儿子，又要种地、养家畜来维持生活，家里家外全靠她一个人担着，心中的苦和闷就像炊烟一样升起。郭靖知道后，就经常领着"拉话话"志愿服务队来到高三莲家，和她聊天，给她鼓励，帮助解决她家的难事。有了"拉话话"志愿服务队的帮助，把"苦水水"和大家倒一倒，高三莲觉得心中的烦心事少了，苦也没有那么多了。"苦"没有了，剩下的该是甜蜜。高三莲激动地说："大家都关心我们家，帮助我们解决了生活中的很多难事，让我觉得心里很暖，也轻松了很多，我们的生活一天比一天好过了。"

"面对面聊天你和我，暖心的花儿融进心窝窝。"有时候，有些话不用说也懂。郭靖进城开完会就总不忘去一趟药店，惦记着为老人们买药。距离上回买药已经过了一段时间，北三泉村奶奶的降压药估计快喝完了。买好药，她还要赶公交车回家，再骑摩托车送到村里。当她风尘仆仆地把药递给老人时，她的一双手总会被老人紧紧地握着："天可凉了，我给你暖暖。"

笑，是长在脸上的美丽，有了笑，人们的感情就沟通了。倘若你看见郭靖的微笑，总会以为那是与生俱来的。郭靖给我发过一张图片，图中的她正在帮助村里的祁英桃老人理发。老人脸上的笑容成了最动听的语言，胜过千言万语。这样的笑，总会给人一种温暖的力量。"以后理发就找穿红马甲的志愿者。"老人一定是笑着说的。

好善乐施汇暖流

后山的冬天才叫真正的北方的冬天，西北风呜呜地嚎，从门缝窗缝直往屋里钻，屋里的炭火一天也不能灭，炉火稍微下去点，一会儿工夫屋里就会冷得像冰窖。后山的冬天冷得早，这个冬天煤价一下子飙升，许多乡亲们没储备多少煤，如今又有些拉运不起了。

为了保障乡亲们温暖过冬，政府紧急调运暖心煤、平价煤，解决乡亲们的忧心事。在刘伟壕村委会的暖心煤发放现场，乡亲们开着农用三轮车、四轮车来拉煤，个个脸上沾了不少煤面，却都洋溢着幸福的笑容。一通忙活过后，村两委班子认真核对还有谁的煤没拉走。"十三分子王大娘家的煤还没有拉走。"说起王大娘，大家都知道，70多岁了，一个人生活。王大娘一早就去请村里人帮忙拉煤，但老的老，忙的忙，一时还真顾不上，王大娘的心里干着急，却没办法。"叫上个车，我们送！"村党支部书记刘宝林当机立断，郭大爷开出自家四轮车，祁大爷和村委会工作人员一锹一锹地把煤装上车。当四轮车突突突地行驶十几公里，开进王大娘家的院子时，王大娘激动得老泪纵横。众人知道王大娘家没人手，于是就一揪一揪、一块一块把煤摞在了王大娘的炭仓中。他们不喝一口水，没抽一根烟，王大娘实在过意不去，悄悄压了几十块钱在车座下。"热了我的炕头是小事，这可是暖在了我的心头上啊！"王大娘坐在火炉边，看着红红的炭火燃得正旺，满屋子的人身上也涌动着阵阵暖流。

志愿是一种习惯，一经形成就会延伸出无穷的力量。从观望到感动，从感动到行动，许多村里的贤能人、驻村干部以及村委会工作人员就地转化为志愿服务者，主动开展志愿服务。人的信念会影响命运，信念正确了，生命就会升起一股蓬勃向上的力量，这种力量会感染，会传递，成为源源不断的山泉，浇灌后山大地，让真情一寸一寸地拔节生长。

如今的郭靖不是一个人在"战斗"。志愿者总会一次次地与忽鸡兔新村的残疾老人郝换秀"拉话话"。郝大娘的老伴前几年患脑梗，如今第三次复发，正在包头市的医院救治，一双儿女在医院陪护。郝大娘因患脑出血而瘫痪在床，现在家里无人侍候。"拉话话"志愿者承担起照顾这位瘫痪老人的责任，每天按时做饭、打扫家、洗衣服……郝大娘无法用语言表达，只是不停地打手势，内心升腾起无限的感激之情。

驻村第一书记刘钊带队分别下村看望刚脱贫的几户人家，了解在春耕备耕季节生产生活当中的困难。"有啥困难尽管说，我们驻村工作队帮您解决。"看他们穿着单薄，在春风中瑟瑟发抖，就买来衣服送给他们。

村党支部书记刘宝林及两委班子成员主动为哈不沁村解决村民纠纷。村委会工作人员联系镇里的民政工作者，下村为北湾村患慢性病的独居老人刘永利以及北三全村的黄和平收集资料，申请五保。

村主任、驻村工作人员组织召开村民大会，向村民们宣传预防鼠疫、预防非洲猪瘟以及种植、养殖业知识。党员志愿者给居住在十三分子村的老党员李云光送去党史书本，和老党员一起回顾党所走过的光辉历程。

会算账的志愿者走村入户，为异地搬迁的人们核算低保；熟练手机操作的志愿者为村民办理养老保险"生存认证"。理发队、杀猪队、抹房队、拆卸队、安装火炉队等应运而生，只要群众需要，就会有"拉话话"志愿服务队。

穿着"拉话话志愿者"的马甲，走在后山大地的田间地头和村间小巷，"红马甲"成为一道亮丽的风景。"勿以善小而不为"，日复一日的坚持，成就了固阳县"拉话话"志愿服务队在百姓中良好的口碑。

"群众在哪里，文明实践就延伸到哪里。群众需要什么，文明实践就提供什么。"宣传政策、服务百姓、凝聚群众，与"最后一公里"的距离越来越小，文明的光芒在后山大地上延展……

乡里乡亲帮个忙是应该的

"今天下午在村委会理发的时候，有人说咱们村委会不如每个月固定一天作为理发日，更方便村民们，我当时没有过多考虑，就同意了这个想法。负责理发的几个人商量了一下，就把每个月5日作为理发日。从下个月开始，每个月的5日我就在村委会等着村民们。"

"行吧，反正你答应了干这个活，就得给人家弄好，不要丢三落四、心不在焉，出了差错，让人家说三道四。"

"那天的拌食、喂猪和打扫猪圈你就一个人干吧。"

"我能干，饿不坏这些小东西的。你就放心给他们理发吧。"

刚进门，柴秀英就把下午村委会确定理发的事情告诉了丈夫，丈夫很支持她。柴秀英出去给村民理发时，家里的活儿都是她丈夫一个人干。他还说："一定要给人家理好发，你是人家选中的理发师，不要让人家说咱们是在应付。"

小山村的夜安静而清爽，窗户外面的风也听到了两个人朴实的对话，它分享了温馨带来的暖意，为他俩的融洽和相互体谅而高兴。

"我是在20世纪90年代出嫁离开家乡固阳的，丈夫是一位军人，我随军去了河北省张家口市桥西区。1994年，丈夫从部队转业分配到包头市煤气公司，我也和他一起回到包头市青山区。每天他上班，我坐在家里闲得无聊，于是，就在青山区向阳市场租了一间30平方米的小房子，开了个理发店，店名叫'828美发'，主要业务是理发、烫发、染发，还带了两个小徒弟。那时候年轻气盛，虽然忙，但心里舒服，觉得这样的日子也挺好的。"柴秀英爽快地介绍着，一下子拉近了我们的距离。柴秀英从小生活在农村，养成了勤快、朴实、不怕苦、不怕累的好品德。她心直口快，思维敏捷，在与她的交谈中，我能够看出丰富的经历磨炼了她。

在去采访柴秀英的路上，明胜村委会书记闫翠英告诉我，柴秀英是他们村回乡创业的女能人。2018年，柴秀英回到家乡，发展养殖业。她和丈夫都不太懂养殖业的门道，但他们有一股不怕困难、勇往直前的闯劲。当年建的圈舍有400平方米，根据掌握的市场情况，他们选择了养兔子，共养殖兔子500只。他们的举动引起周边村民不小的轰动，有人说这是瞎胡闹，不好好过安稳的日子；有人说他们是好样的，为他们高兴。他们的努力最终换来了甜美的收获，兔子给他们带来了满意的经济收入，成功的喜悦也给他们增加了扩大规模的信心。2019年、2020年，每年养猪20头、养鸡100只。柴秀英和丈夫天天围着猪、鸡，喂食、喂水，清扫圈舍，他们喜欢这样的生活，虽然住在乡村，但从不觉得有什么不满足的，小日子过得热热闹闹的。

当我进入柴秀英家的院子的时候，这个院子给我留下了特别深的印象。院落不太大，但十分整洁，有两间正房，一排南房，东边是圈舍，里面有猪，鸡在旁边的栅栏里面。小院收拾得利落干净，有条不紊，根本看不出这是养殖户。不用说，这家人肯定是勤快的。屋内给了我更大的惊喜，房子是前几年新盖的，虽然是平房，但装修都是按照楼房的格局设计，卧室、客厅、厨房、书房、卫生间应有尽有，甚至比楼房的设计还合理实用。阳光照在几盆花上，温暖的气息扑面而来，住在这样的屋子里肯定感觉很舒服。

"理发本来是一件小事，但现在，已经成为村里一件不容忽视的大事。村里人少，会理发的几乎没有。条件好的，头发长了可以去镇里理发，留下来的都是老弱病残。住在偏远村子的人，就没有那么方便了，头发再长也无法剪掉，实在是一件苦恼的事。为了开展理发这项工作，我也费了好大的劲，由于找不到会理发的人，有人需要理发时，我就带上工具，自己上门给理发。我也不会，只能边学边理。为了这个事，我着急上火，害怕给人家理不好。再就是村子多居住分散，一天下来，时间都耗在路上，理不了几个人的头发，真是愁人。"闫书记说。看得出来，闫书记是个急性子，她的述说情真意切。

"后来是怎样找到柴秀英的？"我很想知道这件事的原委。

"就在我们村委会寻找会理发的人的时候，有个村民告诉我，沙湾子新二村从包头回来的养殖户柴秀英以前在包头开过理发店，会理发。我一听，太好了，马上就去了柴秀英家。我跟她村委会需要理发人员的事，把全县开展的新时代文明实践志愿服务活动以及'拉话话'志愿服务活动的情况也都告诉了她，柴秀英当下就答应免费为村民理发。她还要求加入'拉话话'志愿服务队，做一名志愿者。通过与柴秀英见面交谈，我感觉她是一个心地善良、乐于助人的热心人。我们村委会决定让她担任理发队的队长，专门负责村委会的理发工作。"原来如此，我也为闫书记找到合适的理发人员而感到高兴。

柴秀英是个说干就干雷厉风行的人，从给第一位村民理发开始，她就暗下决心，既然答应了做这件事，就必须把事做好，让村民满意，让村委会满意。

"你去理发的时候，家里的猪和鸡怎么办？它们一天也不能离开人呀。"我问柴秀英。

"我已经和丈夫说好了，我去理发，他负责猪和鸡的吃喝。不过，我每次都会提前把家里的事安顿好，既然要干就得干好，我也能踏实理发。"柴秀英兑现了承诺，把给村民理发当作头等大事，没有因为家务事而影响理发。

在给村民理发的时候，细心的柴秀英听见有人说，要是能给卧床不起的老人去家里理发就好了，他们出不了门，来不了村委会，理不上发。柴秀英记住了村民的话，回家后就给闫书记打电话，问有多少不能出门的老人需要理发。其实，闫书记早有安排，只是由于现在理发的人多，集中一天理发已经够柴秀英忙的，村委会暂时不愿意给她增加负担，等再联系好理发人员后，就开始入户理发。闫书记把实际情况告诉了柴秀英。柴秀英听了闫书记的话后，主动提出上门为老人们理发。首先确定给两位老人上门理发，第一位是大圪堵村村民段二金的老伴石翻女，80多岁，生活不能自理；第二位是西明胜村村民刘桃女，也是80多岁，下不了地，住在镇幸福院。

石翻女住在大圪堵村，常年腿疼无法下地，老伴段二金也有病，但照顾妻子的担子落在他的肩上，老两口相依为命。过去能到县城理发，但他俩现在都在家中，头发长了也没有办法。段二金听到村委会免费给村民理发的消息后，赶忙给闫书记打了电话，问清楚详细情况。当他得知闫书记专门安排人员上门给他们老两口理发的时候，激动得不知道该怎么感谢才好。

"那天，我和理发的同事一起去了石翻女家，他们已经洗了头发，早早地等上了。我们一进门，段二金就搬了板凳，再把老伴石翻女扶到板凳上。他一边扶一边说：'太感谢你们了，我们的头发都让你们这样操心，实在是过意不去。'看到两位老人的生活状况，听了段二金的话，我也觉得他们太难了。像这样子女不在身边的老人，确实需要有人搭把手帮个忙，生活才能过得好一点。不一会儿，理发就结束了，我让他们都照了镜子，看看理得满意不满意。石翻女盯着镜子，先是惊诧，接着是微笑，后来眼角溢出泪滴。真是'原来发乱乍蓬蓬，现在变成袭人人'。石翻女拉着我的手久久不放开，说：'我做梦也没有想到，活了这么多年，从来没有人能上门给我免费理发。你是好人，你就是我的亲人。'我看到他们很高兴，对我的理发也很满意。我笑笑说：'我不会别的，只能给你们理个发，这也没有什么苦累，乡里乡亲帮个忙也是应该的。'"柴秀英说。

"乡里乡亲帮个忙也是应该的。"这句话是柴秀英的口头禅，也是她发自内心的想法。从回乡创业到参加"拉话话"志愿服务活动，这个理念一直都是她的原动力。

她给我讲了一个关于"帮忙"的小故事："过去村里谁家有事大家一起帮忙，盖新房子、抹旧房子、秋收、办红白肆筵等。这些年，村里的年轻人差不多都跑到外面打工去了，留在村里的都是老人，谁家有了事不是不帮忙，而是根本找不到能帮忙的人。就说今年，镇里有杀猪队，免费给杀猪，但是人手不够，排不上队。我养的猪已经订出去了，到时候人家要来取猪肉，于是，我找到一个杀猪的，说好了杀1斤给付1元钱。杀猪的来了一看，我养的猪是小香猪，4头猪没有500斤，人家说不给杀，不合算，几个人二话没说就走了。哎呀，买猪肉的人眼看着要来了，杀不了猪怎么办？我抱着试一试的想法，赶快去村里找人。那天也巧，村里回来不少人，我一说这种特殊情况，大家都来了，不一会儿就把4头猪杀了，没有耽误一点儿时间。买猪肉的人高高兴兴地走后，我才把心放在肚子里。那天如果不是大家帮忙，这个事可就麻烦了，也会影响我的养殖信誉。"好故事，帮忙的事不是小事，听了柴秀英的故事我也很有感触。

"来吧，你们大家喝一喝我种的雪菊茶。"柴秀英把茶水端到我的面前。

"雪菊茶？雪菊茶不是新疆那边才有吗？"我好奇地问道。

"这是我在自家地里种的，喝吧，不比新疆的差。"

"你就是个能人，咱们这儿还能种雪菊？"一同来的闫书记也感到吃惊。

"就是咱们这儿种出来的。雪菊苗苗是我从亲戚家要的，他们大棚育的苗。春天，我在家门口找了一块地，把苗苗种进去，也是想看看咱们这里能不能种活。没有想到，雪菊在咱们这里也能活下来。这东西就是采摘费功夫，到了成熟的时候，得天天采摘，要不落在地上就浪费了。"

我品尝了一口茶水，果然不错。柴秀英能够在地里成功种植雪菊，一方面，证明她是一个喜欢动脑筋的人；另一方面，说明她是一个不怕苦累的人，在养殖的空闲时间还大胆探索。

柴秀英是一个情感十分浓郁的人，讲述了自己的养殖经历和参加"拉话话"志愿服务活动的事情之后，讲述了她在理发过程中接触的两位老人的事情。

有一位老人，老伴去世了，有3个子女，都在外地工作，回来的次数很少，但经常给老人打款，老人不缺钱。老人过去都是去县城理发，顺便吃饭、买些日用品，看看县城的热闹。自从"拉话话"志愿服务活动开展以来，固定每月一次在村委会理发，这位老人十分积极，也很高兴，早早就来了。他每次都不着急理发，总是让其他人先理，他最后才理。但在整个过程中，他与村民们交谈得十分融洽。过去发生的事，现在身边的事，他都讲得绘声绘色，仿佛他不是来理发而是来参加交流活动的。

另一位老人也很特别，虽然他说话少，但是说出来的话人们都爱听。他夸现在的社会好，人人不愁吃不愁穿，有困难还能有人帮忙解决。他举了很多例子，既生动又感人，特别是说到"拉话话"志愿者上门服务时，他说干部回到老百姓中间了，真正把老百姓的困难当作自己的困难，认真对待每个人。虽然干的就是一些鸡毛蒜皮的小事，可老百姓觉得他们的举动是实实在在地为人民服务。

"我给你说这两个人的事，真正想表达的是我的一个不太成熟的看法。现在农村老人的生活无忧无虑，闲暇的时间很多，可交流的机会极少，多数人只是吃饭、睡觉、看电视节目，子女也只是电话联系一下。时间长了，他们就会感觉十分孤独，也无法排遣这种困惑。理发的事看似一件小事，但老人们却把它牢牢地抓住，每到这一天他们就很高兴，充分利用这个机会释放一下心里的孤独感。这个活动很好，如果能坚持下去就更好了，也不知道我说的对不对。"柴秀英坦然地说。我知道，柴秀英从城市回来是有想法的，想融入新时代的农村生活，也想为父老乡亲做点实事。

新时代文明实践志愿服务活动已开展一段时间了，金山镇的宣传委员孙晓光对此有自己独到的理解："我们镇开展的'拉话话'志愿服务活动，覆盖面广，共有18支服务队伍，志愿者近千人。这个活动真好，志愿者把真情和爱心给了老百姓，老百姓感到温暖，而且活动的开展符合新时代的要求。虽然现在人们衣食无忧，但一些农村老人的困难急需有人及时帮助解决，这些问题解决好了，他们更觉得共产党好、中央的政策好。志愿者到家里与他们"拉话话"，在无形之中解决了孤独寂寞的问题。经常有人夸赞这个事，老百姓十分喜欢，也充分肯定了这个做法。我想一直坚持下去会有更好的效果。"

又到了每个月的理发日，由于理发的人多，柴秀英必须早早地去村委会。做她学徒的两个女孩也来了，已经参加了几次理发活动，还对师傅柴秀英说，一定要让被服务的村民满意。柴秀英有条不紊地准备好理发的工具，将桌椅擦得干干净净。每次理发她都是这样一丝不苟，不放过任何细节，在她看来，理发虽然简单，但这个工作不简单，它既是一种义务，也是一种责任。

抖落尘土一身轻　一门心思为百姓

"拉话话"志愿者生于乡村，长于乡村，坚守着一方热土，把对乡村的爱给了村民们，给了那些特殊的社会群体。他们在人生的轨迹上留下了浓墨重彩的一笔。"拉话话"志愿服务队，既有女性细腻的温情，也有男性粗犷的力量，共同撑起了一片天空，温暖了一个个困难人群。

"水泉"暖流扑面来

春雨绵绵，浸润大地。

2021年的春天来得格外早，春分刚过就迎来了春天的第二场小雨。俗话说，"春雨贵如油"，可见这两场雨的珍贵。和这春雨一样滋润心田、温暖人心的举措，我们叫它"拉话话"。"拉话话"拉的是家长里短，拉的是人与人之间的情感，拉的是伸手相援。因此，"拉话话"拉出了彩虹云天，拉出了寒夜明灯，拉出了信任和感恩。

苏建军是土生土长的银号镇人，大学毕业后在外地谋生。2011年，他选择回到家乡创业，创办合作社发展养殖业。在此期间，村党支部老书记把他招纳进村委会任会计。几年后，他任村党支部副书记。2021年初，村委会换届，他当选为村党支部书记、村民委员会主任。

在与苏建军面对面交流的过程中，我对眼前的这个年轻人有由衷的好感。从他不温不火、慢条斯理的讲述中，我听到一个又一个故事。他为村民代购生活生产用品，代销农副产品，为村民带来了很多便利，在干部和村民之间架起了一座连心桥。

2018年，已有两个孩子的苏建军，仅靠自己微薄的工资收入，无法满足正常的家庭开销。一方面是生活的重担，另一方面是村民的寄托。妻子看在眼里，毅然决然地帮着挑起了家庭生活的担子。她在固阳县开了一个超市，从那时起，苏建军利用小超市的便捷开始为村民捎东西。刚开始，只有个别村民让苏建军捎一些日用品，多数村民还不好意思让他捎带东西。

2020年春节刚过，一场突如其来的疫情打破了这个小山村的节日氛围。减少人员流动、避免人员聚集是疫情防控工作的主要措施。苏建军主动为村民代购物品，担任起村民的代购员。从日常的粮油蔬菜、老人的药品到小孩的文具、零食，从养殖户的饲料、兽药到生产生活需要的工具、配件，苏建军的车上装载着村民需要的东西，在从村子通往固阳县的道路上，开启了苏建军的便民服务旅程。

代购服务一直进行着，随着服务范围进一步扩大，采购的物品种类越来越多，光靠苏建军的小超市已经无法满足村民的需求。每天早上，苏建军要做的第一件事就是收集货物，但组织货源既费时又费事，常常不能按时回到村委会上班。在为村民服务之余，苏建军常常思考着，如何能既帮到村民，也不影响工作。俗话说，办法总比困难多。苏建军充分利用各种有利资源，让左邻右舍的商铺送货上门，他的妻子也承担一些组织货源的职责，省出不少时间，为村民服务更加便捷了。

苏建军的超市成了收货点，先把货物集中到超市，第二天再装上车，一溜烟就到了村委会。便宜、实惠、新鲜、快捷已经成了苏建军代购的特色。苏建军充分利用网络平台继续为村民服务，努力满足村民的需求。网络购物平台也走进村民的生活，村民吃上了新鲜的瓜果蔬菜。

这不仅是便民途径，也拓展了儿女们孝敬老人的渠道，架起了在外打拼的儿女孝敬留守村庄年迈父母的桥梁。老人们不舍得买的东西，出门在外的儿女直接给苏建军发个红包，安顿他为其父母代购食品。苏建军从最初的捎东西、组织货源，拓展到网上代购、接收快递，再发展为送货上门，把快递和购买的货物送到每一户。一位有心人统计他给村民代购的数量，20天共为村民购物200多件，日均10多件。

"平时，我给人们代买东西，多半是垫付，回村后送东西时，村民再给我购物款，有时找不开钱，我也不记得村民欠我几元钱，但他们自己记得，到下次买东西时再给我。到了冬春季节，村民们买牛奶喂养羊羔，牛奶的价格或高或低，一天一个价，相差一元两元，我也不因为涨了一元两元而向村民要涨价的钱，我不想让村民觉得我在漫天要价。你只要真心对待他们，他们真的从心里感激你。"这是苏建军的感触，以心换心，春风化雨，春暖花开。

2020年大年三十晚上，村民白继生打电话给苏建军，说："我看到村委会发救济品了，为什么没有我的？"白继生的电话让苏建军一头雾水。年后，苏建军搞清了白继生打电话的缘由，原来他给村民上门送货，让白继生误以为是村委会在给村民发放救济物品。后来，白继生终于明白苏建军是主动为村民义务帮忙，并不是发放救济物品，他感到惭愧。

"先捎东西后捎人，服务村民送上门。'拉话话'拉出真感情，干部和村民心连心。"这是流传在水泉村的一首民谣，是每一位村民发自内心的声音，也是对苏建军的赞美，更凸显了干部和群众心连心。

苏建军从固阳县城开车回村里，几乎每天都有搭车回村的村民。每次回村，苏建军都会等待他们，有时还影响到上班。后来，在苏建军的引导下，凡是搭车的村民都保证不耽误时间。村民们说，宁愿自己等他，也不能让人家等咱！村民们善良、淳朴，只要你触动了他们的心，他们感知到你的付出，就会理解你、支持你。

从银号镇出发，沿平展舒缓的水泥路一路向南，拐几个弯道，就进了高明渠村。村中央是一条硬化道路，两侧是村民们的院落，白墙红瓦，在灿烂阳光的照耀下，熠熠生辉。

我们走进了彭梅梅的院落，院落里打扫得干干净净，满圈的羊羔活蹦乱跳。从彭梅梅的口中我听到了"军军"这个称呼，这是村民对苏建军的昵称。一声"军军"，道出了村民的信赖，拉近了村干部与群众的距离，让人们感受到村风和气。彭梅梅快言快语，打开了话匣子，给我们讲述"先捎东西后捎人"的故事。

"从家里用的醋、酱油、米、面、油，到猪羊吃的兽药，没有一个不捎的。先是捎东西，后是搭车。我们想去固阳了，给军军打个电话，他下班就过来接上我们，到固阳再把我们一个个都送到地方，给我们家家户户带来了便利，还省了车费。"说到这里，彭梅梅的脸上泛起了红晕。

这是沙尘暴过后的第二天，我走进高明渠村，本想去采访闫存生，看看这个特殊的家庭，不巧赶上闫存生和妻子去县城办结婚手续了。闫存生的家里坐着一位年近花甲的女性，旁边熟睡的是闫存生的孩子。这位女性叫彭改过。看我纳闷，彭改过说："他俩去县城结婚，没人给照看孩子，我过来帮着搭照一下。"闫存生是残疾人，村民们平日里都会主动帮他干点零活儿，这是高明渠村的风气。

有了好的支部班子带头，村里风清气正，村民互相搭把手，村风向好向善向美。

2020年冬天，闫存生的妻子在医院生了孩子，孩子出生时不足6斤，属于营养不良，未达到接种疫苗的体重指标。2021年3月底就3个月了，到了接种疫苗的最后期限，应去医院接种疫苗。3月27日星期六，苏建军从村里接上母子俩，原打算送到固阳县后，让母子俩乘公交车到包头。到了固阳县后，苏建军却改变主意了，看到年幼的孩子和瘦弱的母亲，不忍心让他们乘公交车。为了把工作做稳妥，苏建军打电话叫上村干部马果玲，帮助他们去包头，在包钢三医院为孩子接种疫苗。返回村里时，已是下午3点多。苏建军安顿马果玲把母子俩送到家里。彭梅梅知道苏建军还没有吃午饭，便把他叫到自己家吃饭。

过了一会儿，只见闫存生挂着双拐来到彭梅梅家，对着正在吃饭的苏建军说："应该到我家吃饭了哇！"这个朴素的庄稼汉不会用过多的语言表达感谢，只坐着，偶尔插一两句话。在他淳朴的脸上，显露出感激之情。

闫存生本有残疾，又是单身汉，村委会给他办了五保户。几年前，闫存生娶了外地女人郝补女，成了两个孩子的父亲。苏建军觉得闫存生的境况已不在"五保"的范围之内，不能继续享受五保户的政策了。如何能既符合国家政策，又使这个家庭的生存和生活不受影响，是苏建军心里牵挂的一件事。

帮人帮到底，既然不能享受五保，就要考虑其他的社会救助渠道。闫存生的境况符合申请低保的条件，但是他和郝补女没有结婚手续，两个孩子还没有户口。苏建军盘算着给闫存生申请最低生活保障，同时也得为这两个孩子将来上学考虑。

一环扣一环，环环紧相连，终于让苏建军理出了头绪，摆在他面前的问题是，需要给闫存生和郝补女补办结婚手续。苏建军和马果玲领着闫存生两口子到县民政局婚姻登记处咨询，婚姻登记处让郝补女从原籍出一份婚姻状况的证明。于是，村干部带着村民就踏上了回原籍的路程。

5月5日，夏季来临，阳光明媚，绿意迸发。苏建军驾驶着自己的汽车，协同马果玲，领着郝补女，一路奔波到山西省应县。第二天，苏建军一行向当地派出所咨询郝补女迁移户口、办理婚姻登记的事宜，接着又去当地民政部门查找郝补女的婚姻信息，婚姻信息空缺。当地民政部门反馈的信息是，按照当地政策，无法出示郝补女婚姻状况的证明，只能提供一份政策文件。"来回500公里的车程，总不能白跑吧。"苏建军心想。苏建军打电话通知村党支部副书记到固阳县民政局。他们一个在山西省应县民政局，一个在内蒙古自治区固阳县民政局，让两家民政部门电话沟通协商解决，终于达成一致意见，带上山西省有关婚姻登记的文件，回固阳县办理婚姻登记手续。

5月6日，苏建军一行风尘仆仆地赶回固阳县；第二天，闫存生和郝补女在固阳县办理了婚姻登记。接下来，苏建军为郝补女办理了户籍迁移手续。

用苏建军自己的话来讲："我做的事情很小，小到自己过几天就忘记了。村里的事情小到点滴，但能连接村民的心。我不希望村民对我说感谢的话，平平常常彼此对待最好。虽然我做了一些事，但也不会说这是我应该做的，尽量平淡化，我觉得这种感觉最舒服。"

千里之行，始于足下。村民外出务工，村里土地闲置，苏建军思考着村里的发展远景，对此有了新的规划。村委会想把村民的土地集中起来耕种，村民以股份制入股，进一步壮大村集体经济的实力，为乡村振兴添上浓墨重彩的一笔。

"拉话话"就是好做法

2020年11月，新时代文明实践志愿服务活动在固阳大地如火如荼地开展，兴顺西镇也相继成立了"拉话话"志愿服务队，通过志愿者上门为老百姓提供代销代购农产品、打火筒、捎东西、维修家电、抹房子、打扫房子、清扫院落、杀猪等服务，解决老百姓的急事、难事。其中，为老百姓免费理发是一项深受欢迎的服务。但考虑到理发是一个技术活，光凭热情和主动并不能解决实际问题，如果让一些不懂理发技术的人去做，很容易出现差错，导致群众不满意。镇党委开会决定，每个村委会先把理发队建立起来，购买理发工具，再落实具体理发人员，选择会理发的人加入队伍，一边学习一边开展工作。同时，镇政府联系另一个镇的理发店，让理发师进村，为给抗击疫情的值勤人员理发。镇里的行动带动了全镇的工作。

余媛媛,女,40多岁,兴顺西镇史家营子村委会八顶账房村民小组村民。4年前,她意外摔倒导致脑部损伤,小脑萎缩,身体瘫痪,卧病在床。丈夫不顾她生病的状况,带着儿子离开了家,余媛媛只能去娘家,由母亲陪护。60多岁的母亲,平时照顾她实在是困难重重,但没有别的办法,母女俩只能相依为命。

自"拉话话"志愿服务活动开展以来,史家营子村党支部书记、"拉话话"志愿服务队队长张兰弟首先就想到了余媛媛一家。她将余媛媛确定为重点服务对象,经常去余媛媛家里,嘘寒问暖,帮助她家解决实际困难。她的母亲经常在村里夸张兰弟为人善良诚实,把她家的事当作自己的事,从来没有怨言,比自己的亲人还要亲。

"她们母女俩活得真的很可怜,一位母亲每天看着自己生病的孩子,真是痛苦万分,真不如自己得了这个病,让孩子免受病痛折磨。"张兰弟很理解余媛媛的不幸,认真地说,"我们'拉话话'志愿服务队就是要承担起为群众排忧解难的责任,群众的事没有小事,我们只有把群众的事办好了,心里才舒坦。所以,我与余媛媛成为一帮一的朋友。余媛媛家别的事情还好做,唯一难做的事,就是给余媛媛理发,这已经成为我们镇里经常谈论的话题。当然,谈论归谈论,我们还是要把这个事与解决群众的难事结合起来,群众的事再难也要想办法解决。每次去余媛媛家,我都约几个队员一起去。余媛媛由于瘫痪,不能站立行走,也不会说话,只能用手比画一下,但大部分手势我们都看不明白,只有她的母亲可以理解。余媛媛常年在家,不愿意见陌生人,也不愿意与我们搭话,给她理发难度极大。但我们不能放弃,想尽办法给她理发,让她高兴。我们一边和她说话,一边扶她的身体,让她坐起来,她不但不配合,还用手打、用头撞我们。她母亲说也无济于事。我们等她稍微平静后,让她的母亲扶她,最后她只能半躺在母亲的怀里,我们才开始理发。由于很长时间没有理发了，头发又长又脏，洗头发挺费劲的。可能是闻到了洗发水的香味，也许是洗得舒服，余媛媛忽然就不闹腾了。洗完头，我们已经汗流浃背，但谁也顾不上什么，几个人一齐上手，一门心思就是给余媛媛理发。余媛媛的母亲一边和我们配合，一边安顿余媛媛，让她听话不要乱动。她的母亲也没有想到，给她理发这么困难，被我们的耐心和坚持深深地感动了。经过大家的努力，终于给余媛媛理好了发。当我们拿着镜子对着余媛媛时，她看到镜子里照出了不一样的自己，就不乱动了，盯着镜子看，还和母亲比画着。不知是我们的行动触动了她，还是她从镜子里看见一个让她满意的自己。她的母亲看到自己的孩子高兴了，也激动地对我们说，你们对她太好了。"

张兰弟说完松了一口气，他们完成了一项硬任务，这个记忆刻骨铭心。

"在我们的服务中经常会遇见难事，但我们不退却，只要是群众的事，我们从不推诿，他们既然信任我们，我们还有什么理由不去好好做呢？"

站在门口瞭亲亲

兴顺西镇敬老院的老人们一大早就等上了，今天"拉话话"志愿服务队要来给他们理发。

"不知道赵书记什么时候来，又给我们带什么好东西呀。"

大家说的"赵书记"是兴顺西镇哈达合少村党支部副书记、"拉话话"志愿服务队队长赵玉娥。

"我为敬老院老人们理发，心里挺高兴，这个主意还是我提出来的。镇里敬老院的老人们岁数都挺大了，平时理发不方便，也不愿意花钱理发，一来二去的头发长了，实在不好看。乡里乡亲的，理发也不复杂，所以我决定做这个工作。与村委会领导商量，他们都一致同意。理发活动开展了几次以后，敬老院的老人们也很满意。"赵玉娥自豪地说。

庄稼汉病了有人管，志愿者上门送医院

赵玉娥在村委会干了很多年，干过计划生育助理员，做过妇联工作，由于工作出色，担任了村党支部副书记，还是镇和县的人大代表。

"其实，我们理发的事很普通，给老人理发的故事很多，我们说说下面这两位的故事。刘存宝，80多岁了，行动不便，说话困难，耳朵还有点聋。我们给他理发时，先把他从床上抱到椅子上，扶着坐稳。老人身体不好，别人抱他，他觉得不舒服，总是不太配合，我们只有轻轻地抱，不让他感觉不舒服。接着，开始给老人洗头，必须洗两次，因为还要刮胡子，所以脸也要洗干净。第三步才开始理发，虽然是理光头，也不能有丝毫马虎。老人的身体状况使他不能长时间坐着，我们几个人分工合作，一人负责扶正头，一人负责扶住身子，一人快速理发。老人虽然说话困难，但还想与我们交流，我们一边理发，一边跟他说话，有时想起来也很有意思。无论有多大难处，我们都想方设法克服，一心一意给老人理发。最后一步是照镜子，我们把准备好的镜子拿到老人面前，让他仔细看看有没有不满意的地方。刘存宝老人很善良，每次照镜子后都夸赞我们。虽然他说不清楚，但我们能够明白他的意思，他的笑容很甜。我们做了应该做的事，群众就夸赞，我们只有多做好事，解决实际问题，才对得起群众的信任。"

采访中发现，赵玉娥干工作有一套自己的经验，能够理解群众、关心群众，实实在在帮助群众。

残疾人张桃女一见到赵玉娥就说是她的亲戚来看她了，赵玉娥也就顺着她，认了这个亲戚。

"每次听到我们要来敬老院理发，张桃女就早早地站在大门口等着，别人劝她回去等，她说她就想出来等她的亲戚。虽然她患有智障，但见了我们十分高兴，说这说那，真像见到自己的亲人一样。张桃女理发时很听话，坐在椅子上一动不动，从她的表情可以看出，她很愿意我们为她理发，而且觉得理发的过程是一种享受，仿佛能感受到温暖正滋润着她。也许，她从来没有这样的感受，现在遇见了，就不想放过每一秒钟。她很感激我们，理完发总是要握住我们的手长时间不放开。张桃女才50多岁，身体残疾挺可怜的，去了敬老院以后，她的生活好多了。"

赵玉娥生动形象的讲述，我听得都入迷了。

"今天，我给你们带来了油炸糕，中午你们就可以美美地吃了。"赵玉娥一行人来到了敬老院，像往常一样，放下带来的东西，便开始为每位老人理发，陪他们度过快乐的一天。

不叫书记叫"丽丽"

"丽丽，你又去下此老村看那个残疾人了？"

"丽丽，我得感谢你，要不是你及时给我办手续，我的低保可能就错过了。"

"丽丽，我儿子给我打电话了，说他收到了我给他拿的东西，为了捎这点东西，我可愁上了，太感谢你了！"

被村里人亲切地称呼为"丽丽"的人，就是下湿壕镇白洞渠村党支部副书记、妇联主席、"拉话话"志愿服务队队长苏丽。

"要不是苏书记连夜把挨栓送到县医院及时治疗，他可能就戳下大拐了。苏书记一个女人家大半夜的在医院里忙前忙后，为了村民的事真是不容易呀！"

村民马二伟逢人便说这件事。

2021年1月，天寒地冻，村民马二伟半夜给苏丽打来电话，说李挨栓病了，村医不在，能不能把李挨栓送到镇卫生院。一听是李挨栓，苏丽一下就紧张起来，她知道李挨栓单身一人，智力有点问题，在村里也没有亲人，平时吃饭都是东家一顿西家一顿，生了病更没人照顾。苏丽没有犹豫，在电话里告诉马二伟租上车把李挨栓送到镇卫生院，她直接去卫生院。由于李挨栓病情严重，镇卫生院的大夫建议马上去县医院检查治疗。苏丽二话没说，拉上病人直奔县医院。到了县医院，苏丽让马二伟照看病人，自己楼上楼下跑着办理手续。经过大夫做心电图、彩超等检查后，李挨栓被确诊为急性重感冒，医院及时安排了打针、输液。等李挨栓的病情稳定时，已经是凌晨3点多了，苏丽的心也放下来了。她自己掏钱垫付了住院费、出租车费，临走的时候，苏丽把自己的棉衣盖在李挨栓的身上，还告诉马二伟照顾好他，过几天还来看他。

武梅女，也是村里人，当她知道自己病情加重就产生了轻生的念头。苏丽放下家里的活儿，风风火火地去了武梅女家。苏丽刚进门，视力极差的武梅女放声大哭。

"我不想活了，男人没有音讯，儿子见不上面，自己又得了这种坏病，活的还不如死了，死了算了，也不用给众人找麻烦了……"

武梅女的丈夫离家出走30多年，唯一的儿子因刑事案件被判刑，她只能依靠政策和邻居的帮助维持生活。2021年，她的股骨头坏死，病情加重，病痛难忍，连起码的自理都难了。

"你不要想不开，咱们的生活一天比一天好，暂且不管你的丈夫，你也要想想你的儿子，再过两年他就回来了，你不是一直盼着母子团圆吗？你有什么困难就跟我说。"苏丽安慰她。

"要不是你们成天给我送吃的喝的，我怕是早就饿死了。"武梅女说的是心里话。

"有病咱们看病，不要担心。"苏丽的话打动了武梅女。

从武梅女住院治疗到出院，苏丽一直联系医院，照顾武梅女。但由于武梅女体质弱，无法实施手术治疗，只能靠药物缓解疼痛。后期的报销医药费、重新核定低保以及申请临时救助等，苏丽不知道来来回回跑了多少趟。

苏丽组织人去武梅女家维修房子漏水的时候，武梅女拉住苏丽的手不放开，流着泪说："咱们非亲非故的，你没把我这个瞎子忘了，为我办了这么多事，我不知道该咋感谢你呀！"

武梅女过去由于自身残疾，家庭又遭遇磨难，所以不愿意与村里的人来往，现在，通过大家的帮助，她也愿意主动与村里的人交流了。

"咱们都是乡里乡亲的，办这点小事不算什么。今后你的事就是我的事，你就好好养身体吧。"苏丽的心也踏实了。

白洞渠村委会有14个自然村，常住人口中有391人属于老弱病残。苏丽把每个人都记入台账，根据每个人的不同情况，落实帮助服务的内容。凡是群众需要解决的事都在范围之内，从生存认定、调解纠纷、宣传政策，到捎东西、打扫室内外卫生、理发洗衣服、维修房屋等。

苏丽说："我们做的只是搭把手、帮个忙，解决一下群众眼前的急事、难事。刚开始的时候，群众不理解，认为这是在做表面文章，是应付检查。但是通过行动，他们发现我们是真的干事。在解决一个又一个困难的过程中，群众也信任我们了，还与我们成为交心的好朋友。有的群众还积极参与进来，我们感到很欣慰。"

在我采访苏丽的时候，一位老大娘送来了从自家地里摘下来的西红柿、黄瓜等。一听说我要写苏丽，老大娘激动地说："一定要好好写写苏丽，她可是好人，谁家有个大小事都想找她。她是个热心人，愿意为我们这些老人办事，从来也没有怨言，就是亲生子女也不一定能做到。现在，我们村的人都不叫她苏书记了，就叫她'丽丽'。"

你是我的眼

都说基层工作琐碎、繁杂、忙碌，有时候更是千头万绪，而刘俊林作为银号镇西营子村党支部副书记，工作尤其繁重。她所在的西营子村委会有18个自然村，户籍人口3071人，总户数1225户，常住户282户，常住人口514人。2019年，固阳县开展"拉话话"志愿服务活动，她任"拉话话"志愿服务队队长。她的忙碌更多来自于帮助乡亲们解决烦心事，是不是工作职责范围内已经不重要了，重要的是能帮什么就帮什么。

刘俊林同大多数农家妇女一样，温和善良、勤劳朴素。她和丈夫吃苦耐劳、勤俭节约，多年坚守在村庄，种地、养殖、开油坊，把生活打理得殷实、富足又安逸。她有一个女儿，在内蒙古师范大学从本科读到研究生，两年前已毕业留校任教。在大多数人眼里，刘俊林完全可以离开日渐冷清的农村，到城里享受生活了。也许是因为多年的生活习惯，也许是不想轻易放弃油坊生意，她和丈夫依旧坚守在村庄。在村委会工作多年的刘俊林，在新一轮村委会换届选举中被选为副书记，她的肩上多了一份责任。对于她而言，离开村庄，也许并不是追求美好生活。

谈到那些孤寡残疾老人的际遇，刘俊林眼圈发红，声音哽咽了。她说："村里的老人很多都很可怜，温饱是不愁，但生活过得不滋润。"老人们虽说经济上有政府的保障政策，吃喝不愁，可要谈到生活质量，特别是精神生活，无疑是孤独的。

谈到"拉话话"志愿服务活动时，刘俊林舒了一口气，说："自从'拉话话'志愿服务活动开始，我和队员们变得更勤快了，和乡亲们说的话更多了，也发现自己长本事啦！"

人们在劝慰经历苦难的人时，常这样说：老天在关上一扇门的同时，总会为你打开另一扇窗。但对于张美连老人而言，老天几乎关闭了她通往幸福的所有门窗，使她终生与混沌、杂乱为伴。家住官井村的张美连，75岁，早年丧偶，一生育有3个儿子，其中两个有智障，终生未娶，和老人相依为命。

5月的北方，春意悄然而至，树木吐出新叶，一切生命都在孕育之中，而张美连却经历着一场生死劫。那天，刘俊林正在村委会工作，接到张美连邻居打来的电话："俊林，你快来看看哇！二小把他妈拴在三轮车上拉了好几米啦，我们咋也吼不住……"

刘俊林和村委会的人立刻赶到现场，邻居们正围在跟前，你一言我一语，总算把二小劝住了。二小和他的两个弟兄，都还是气鼓鼓的模样，张美连在车后面，全身是土，蓬头垢面。

"二小，你说，你是咋来了？那是你妈，你想做甚了！"平日里温和的刘俊林冲着二小劈头盖脸喊了起来。

"做个饭……也做不熟……饿得……麻烦……"二小磕磕巴巴地说。

"甚也做不成！"兄弟俩都挺有说辞。

"你们，啊呀！"面对无知混沌的三兄弟，刘俊林感到既愤怒又无奈。

乡亲们和刘俊林七手八脚地把张美连从车后面抬起来，搀扶着回到家里，张美连始终闭着眼，任凭大家怎么搭话，一句话也不说。垂暮之年，混沌世界，张美连此刻大概只盼着能安然走向生命终结。刘俊林担心智障的二小或是他的兄弟再次撒气，出现严重的结果，于是苦口婆心地劝说，软硬兼施，最后，想到让他们给村委会写保证书，保证好好对待母亲，否则就要让法律来制裁他们。其实这样的保证书是没有法律效力的，但对于混沌无知的兄弟们来说，或许可以起到一些震慑作用。

说起当时的情形，刘俊林哽咽着，好几次停下来抹着眼泪。她接着说："我的老人和张美连大娘年龄差不多，觉得她就像是我的老人，真可怜。"是啊，面对和自己父母同样年迈的老人，怎能不感同身受，我的双眼也层层迷雾。"风波"过后，好在"保证书"真的起了作用，兄弟3人再也没敢冲母亲撒气，张美连也支撑着孱弱的身体，艰难地为儿子们做力所能及的家务，哪怕是熬一锅粥，烙一张饼。

"姨，茹茹在不，我一会儿过去呀！"刘俊林一边和我们交谈，一边联系着，她说今天说好了要去看茹茹。

　　刘俊林口中的"茹茹"是南营子村的，姓雷，42岁，有些痴呆。我一时愕然，为什么这里的残疾人这么多？刘俊林说："雷茹茹年轻的时候结过婚，有个儿子，但丈夫终究还是接受不了她，离家出走了，多年来杳无音讯。茹茹只能和父母在一起生活。老两口也因为有个残疾的茹茹而没要第二个孩子，一直与她相依为伴，如今已风烛残年。"

　　我驱车，刘俊林带路，一路向南，几分钟后到了南营子村。如同固阳县的大多数村落一样，南营子村依山而建，抬头可以看见南山坡上有几年前建起的厂子，不远处有一群羊，如珍珠般散落在山坡上。

　　茹茹的家在村南边。我们进院的时候，茹茹的父母亲正在准备午饭，茹茹刚从外面回来。老人家邀我们进屋，茹茹坐在床边，她的身板健壮，双手却有些不听使唤。看见我们五六个人，她拘谨地低下了头，不停地揉搓着不听使唤的双手。

　　"茹茹，你放羊去了？她能听见，就是不会说。"刘俊林拉着茹茹的手，像姐姐般笑着看着她。"平时我一来，她可高兴了，也咿咿呀呀地说话，今儿是和你们不惯。"

　　"你那天送月饼来，给的那个牛仔裤子，可爱见了。"茹茹的母亲说。即使生命残缺，对于父母来说，儿女依旧是他们的心头肉。

　　"她这是天生的，还是后来得病落下的？"同行的刘老师问。

　　"刚出生时没发现，等到三四岁发现了去看大夫，大夫让过几年再来，过两年去，又说是看得迟了，唉！"茹茹的父亲叹着气，说不出是后悔还是认命，也许一辈子都活在阴影中，这世间有多少疾苦是来自一念之差。

　　"其实，茹茹也能做不少营生了……"刘俊林拍了拍茹茹的肩。茹茹抬起头，朝着刘俊林笑，又挪了挪身子，拍着床示意刘俊林坐下，然后，抬起她的手腕，指着那只绿色的玉镯子。

　　"挺好看的。"刘俊林边和茹茹说，边给我们解释，"茹茹挺爱美的，经常让人们看她的衣服。"

"过两天再来，姐姐再给你拿一件好看的衣裳。"

时间很快过去了，我们道别，离开。

"叔，姨姨，你们好好保重身体，有甚事给我打电话。"刘俊林叮嘱着。

走出院子的时候，众人心里阴沉沉的。刘俊林叹了口气，说："不行，我咋也得找见茹茹的那个娃娃，也有个十八九了。哪一天，她爸和她妈都走了，茹茹的后半生咋办？不得靠那个儿子？"

谁也没想到，刘俊林会认张涛做干儿子。张涛，23岁，智障，和爷爷奶奶生活在水泉村。当年健康的父母生下先天智障的张涛，无论如何也接受不了这样的事实，于是又坚持生了张涛的妹妹。爸爸、妈妈、张涛和妹妹在水泉村一起生活到妹妹上小学前，之后，爸妈带着妹妹去县城上学生活，把张涛留给爷爷奶奶照顾。

小时候的张涛身体孱弱，走路时身子向一边斜着，有些失衡。面对这样的张涛，他的父母只能默默承受，对于张涛的成长，他们几乎是认命了，张涛就这样顺其自然地长大，长成一个大小伙子。长大后的张涛更成了家人的苦恼，因为没事干，他常常在村子里溜达。也许是男孩子天性里的淘气所致，张涛经常捣乱，而且常常是带有破坏性的，邻居的摩托车、三轮车、小汽车、收割机等都是他破坏的对象。今天把这家的车轱辘扎了，明天又把那家的车门砸个坑，年迈的爷爷奶奶跟着到处赔不是。乡亲们都同情张涛，同情他们家人，每次砸坏东西，也不会向他索赔，但时间久了，大家都开始嫌弃他，看见他在谁家院子附近溜达，总想办法撵他走。张涛几乎被这世间的美好遗弃了。

我问："刘姐，你咋想起来把张涛认作干儿子的？"

刘俊林回忆，那是2019年，水泉村一位村民去世，请来唢呐班子为老人送葬。张涛跟着去凑热闹，趁人不注意时，偷走了一把唢呐，找了没人的地方捣鼓，等被发现时，他已经把一支唢呐折成了好几截。唢呐师傅和邻居气不打一处来，想把张涛狠狠揍一顿，被刘俊林劝住了。那天，她忽然觉得张涛还这么小，再这么下去就越发没样儿了。

刘俊林说："也就是那次，我想了个主意，和我家那个商量说把涛涛认成干儿子，说不定能调教得有点样儿，少给乡亲们添堵。我家那个也没说什么，这不，就认了。"刘俊林将一将额前的头发，笑了。

刘俊林也不过是普通的农家妇女，能给予张涛的也只是多一份关心和爱护。从此，刘俊林经常让张涛在自己家吃饭，有爱心人士捐赠时，她常为张涛争取一份，并且亲手送给他。张涛的头发长了，她给剪，还给他送需要的衣服。过年的时候，她还会给张涛红包。很多时候，她都会耐心地告诉张涛哪些是不能干的事。

觅食的鸟儿，知道哪个枝头有虫吃，就会一直前往。张涛便是那只鸟儿，虽说有些智障，但干妈刘俊林对他的好，他是能感受到的，因此，他有事没事总爱往刘俊林家里跑，常常一住就是好几天。刘俊林家的油坊常有工人进出，见了张涛，都会笑着问："涛涛，你又来寻你干妈了？干妈对你好不好？"

"好了，我干妈给我吃好的。"

张涛渐渐变得懂事，不再那么捣乱了，刘俊林对张涛也多了一份牵挂，她已经在想要为干儿子谋一份营生了。

"你是我的眼，带我领略四季的变换。"回程路上，我忽然想到这句歌词。刘俊林这样的"拉话话"志愿者们仿佛就是那双眼，领着乡亲们渐渐融入变化的世界，走向文明。"拉话话"志愿者们正在做，也能做到。

东方一亮满村村暖　好干部进了农家院

"你在那高处我在那沟，瞭见了妹妹就招一招手。肩并肩回屋坐在热炕头，面对面拉话泪蛋蛋流。"

这是一首传唱在银号滩的民谣，唱起来情感奔放，听起来悠扬动人，描述的是老百姓对"拉话话"志愿服务队的由衷赞美。

银号镇位于固阳县东北方向。雄伟壮观的秦长城沿着色尔腾山盘旋绵延到银号镇的长发城内，在这里诉说着一个个传说故事，给人们留下无穷无尽的遐思。"银号"曾经是一个票号，清代时期，这里商贾云集，是一个热闹喧嚣的地方，"银号"之名由此而来。

银号镇紧跟新时代文明实践志愿服务活动步伐，坚持为民办实事办好事、为民排忧解难的理念，组建起一支支靠得住、拉得出、打得赢、暖人心的志愿服务队伍。他们的工作得民心、顺民意，老百姓拍手称赞，精彩纷呈的剧目正在山乡大地上演。

"拉话话"唤得春风来

一个数九寒天的上午，我走进了银号镇。宣传委员张飞有条不紊地为我介绍银号镇新时代文明实践志愿服务活动的开展情况，看似腼腆的小伙子，说起来如数家珍，滔滔不绝。从他口中我听到了一个个感人的故事，有的撼动人心，有的扣人心弦，有的让人难以忘怀……

我在银号镇的第一个采访对象是镇党委书记刘迎旭。刘迎旭中等个头，红扑扑的脸上闪动着一双智慧的眼睛，说起话来快言快语，声音高亢洪亮，言谈举止中透露出一种自信。

2019年冬，银号镇按照县委、县政府的工作部署，成立了银号镇新时代文明实践所，刘迎旭兼任所长；组建了银号镇志愿服务队，队长由镇长担任；在每一个行政村都成立了工作站，站长由村支部书记担任。工作的主要内容是向镇村干部及村民宣传习近平新时代中国特色社会主义思想，以人民为中心，为人民群众解决生产生活中遇到的实际困难。

按照县委、县政府的要求和工作部署，银号镇的新时代文明实践志愿服务活动积极开展，以走村入户"拉话话"为工作切入点，根据村民的生活需求，组建了"拉话话"队、代购队、代销队、手机队、调解队、普法队、义诊队、杀猪队、理发队和代东队10个志愿服务队。为了便于沟通，银号镇"拉话话"志愿服务活动开始的时候，充分考虑到女性的特殊优势，就选派各村委会妇联主席担任"拉话话"志愿服务队队长。

深冬的后山，滴水成冰，寒气袭人。一个个"拉话话"志愿者奔走在山乡小道上，走村入户，"拉话话"志愿服务活动如火如荼地开展起来。

刘迎旭是土生土长的固阳人，在村里长大的他，目睹了贫困。30年乡镇工作的经历使他见证了村民们是如何一步步摆脱贫困的，同时，更深刻地理解了做好农村工作的重要法宝，那就是从群众中来，到群众中去。

刘迎旭参加工作的第一站是原新建乡，后来走上领导干部岗位，先后在怀朔镇、西斗铺镇工作，在银号镇工作也有几个年头了。无论是在镇长还是在党委书记的岗位上，他深知工作责任重大，需要用心用力去做，用情用爱投入。他深爱着这块土地，爱着土地上的人。在多年的乡镇工作中，他找到了工作的切入点，老百姓的需要就是他们的工作。在这800平方公里的土地上分散着170个自然村，有许多村成了老人村、空壳村。银号镇的幸福院，集中居住了100户老人，刘迎旭经常去看望他们。看着这些深居简出的老人头发凌乱、胡子拉碴、脏兮兮的，他的心情也很沉重，要想办法改变这一切。

从幸福院回到办公室，刘迎旭一直在思考一个问题。如今，贫困户都实现了"两不愁三保障"，应该设法改变一下老人们的精神面貌。

理发队应运而生。从幸福院开始，银号村"拉话话"志愿服务队队长高玲玉第一个拿起了理发工具走进幸福院，挨家挨户给老人理发。

一位老人说："头发长了，人的心情也不舒展。"

另一位老人说："我们不赶时髦，清爽点就行。"

还有一位老人说："理了头发，我觉得精神多了。"

这是来自幸福院老人们的感慨。看似简简单单的理发，不仅理短了头发，而且改变了一个人的形象。给幸福院老人理发的消息在银号镇传开了，成为后山大地上最亮丽的风景，同时，影响并带动了整个银号镇的"拉话话"志愿服务队都拿起了推子。

一把推子，理出了精神面貌；一把梳子，梳理出好心情，更拉近了干部与群众的距离。刘迎旭在幸福院里看到老人们精神多了，对在场的几位老人说："理短了头发，干净利索，要经常洗头发，人看上去也精神。你们放心，以后高玲玉就是你们的理发师。"几位老人眉开眼笑，连声说："好，好，好。"

一日三餐，离不开柴米油盐。刘迎旭常常惦记着村民的购销问题，不能因为买不到油盐醋酱而影响村民的正常生活，不能因为手里的鸡蛋卖不出去而让村民烦心。

在村里生活的老人由于行动不便，出出进进成为难事，需要买东西时，到不了县城，买不回来；手里头有点儿鸡蛋，也卖不出去。这些小事是村民们的烦心事，影响到他们的生活。自"拉话话"志愿服务活动开展以来，村委会工作人员、驻村干部、包村干部了解到这些情况以后，主动承担起职责，把村民要买的东西记在手机上，周一再把买到的东西送到村民手中，这已经成为一个习惯。他们时而也能帮个小忙，把村民的土鸡蛋带上卖到城里。到了每年初夏栽种西红柿苗时，有的干部还专程为村民代购柿子苗。代购代销不仅为村民买回了日常需要的生活用品，也买回了信任和真诚；不仅为村民卖了一点儿土特产，也使那些烦心事一扫而光。

刘迎旭到村委会检查工作时，遇到村民张大爷，张大爷把他的烦心事和盘托出：一只绵羊下了3只小羊羔，母羊的奶水却不够吃，需要用牛奶贴补，但买不到牛奶，老两口心急火燎。刘迎旭了解后，安顿"拉话话"志愿服务队给张大爷送来了两箱牛奶。张大爷看着两大箱牛奶，眉开眼笑。

"大爷以为'拉话话'志愿服务队就是坐下和村民捣拉了，今天大爷才明白你们这个志愿服务队，捣拉是了解我们村民有甚困难和需要，我们需要什么，你们就帮助我们做什么。大爷77岁了，赶上了这好时代，好政策。谢谢你们！"张大爷激动地说。

"'拉话话'拉出了好关系，'拉话话'拉出了亲兄弟。'拉话话'拉出了情和义，'拉话话'就是为人们解难题。"这是我在一个村口听到的又一首民谣，这话话拉得好啊。

银号镇新时代文明实践志愿服务活动开展得有声有色，刘迎旭曾代表包头市在全区宣传工作会议上发言，受到了自治区党委宣传部的好评，给银号镇村干部巨大的精神鼓舞。银号镇"拉话话"志愿服务活动的步子迈得更大，那鲜红的马甲在山乡小道上依然是一道亮丽的风景线。

遇到事情搭把手

银号镇驻村干部朱福，是我多年的老朋友。在送我回县城的路上，我问他："作为一名驻村工作队员，在新时代文明实践志愿服务活动开展以来，你做了什么？你觉得'拉话话'有哪些好处？"

两个问题打开了朱兄的话匣子。

"驻村以来，天天在村里，每天接触的多是70岁以上的老人。到了村里，遇到老人干活儿，就主动去帮忙。遇见什么，就做什么，提过水，擦过玻璃，安过火炉，收晾晒的麦子，杀猪杀羊，扫过雪，教老年人使用手机……"他娓娓道来，还特别强调一点，"我帮助村民干这些活儿，都是在村里时遇到的，人家年龄那么大了，不去搭把手真的不好意思。这其实没有多么高尚，是出于关心和同情。有一天，我走进银号镇幸福院，一位70多岁的老人登高擦厨房的天花板，颤巍巍的，真叫人担心啊，我立即过去搀扶老人下来。我虽然个头不高，但我登高安全，我帮着擦了天花板。说穿了就是举手之劳。专门为他们做的事情也有几件，我开着车拉上他们去信用社查一卡通，去卫生院体检，还去县城办事，都是些平常事。"

没想到平日里慢言慢语的朱福，说起"拉话话"的事情变得妙语连珠。我最欣赏老朱那句"遇见什么，就做什么"，这不就是我们平日说的"搭把手"吗？搭把手，也是千百年来中华民族孕育的传统美德，出手相援。既解了难题，解了忧虑，解了心宽，也让人与人之间有了亲切感。

南来的燕子垒砌窠　为百姓筑起幸福窝

宋保和吴子建都是从市直机关下派到银号镇村委会的第一书记，一个在腮林忽洞村委会，一个在大营子村委会，王学峰是包钢下派到西斗铺镇公合当村委会的第一书记。他们紧紧团结村委会一班人，把党的扶贫政策送到千家万户，积极开展"拉话话"志愿服务活动，做无怨无悔的志愿者。他们用行动践行了共产党员的初心和使命，为老百姓解决急难愁盼，拉近了干部与群众的距离，让老百姓看到了新时代干部的好形象，真正感受到党和政府的温暖。还有从甘肃远嫁固阳的高金瑞，与左邻右舍水乳交融，30年时间，使他乡成了故乡。

一步步走进你心里

初识宋保是在一场大雪过后。

腮林忽洞村委会坐落在山脚下，鲜艳的五星红旗照耀着村庄，洁白的飞雪映衬着村落，让人感到一种祥和明亮的美好。

2020年4月1日，宋保肩负组织的重托，带着一腔激情，来到了腮林忽洞村委会。他是团市委下派到固阳县银号镇腮林忽洞村委会的第六任第一书记。

后山大地乍暖还寒，村里人烟稀少，一种荒凉感令人压抑。初来乍到，年轻的宋保很不适应。不幸的事情一件接一件发生，让没有乡村工作经验的宋保手足无措。他不知道该如何打开工作局面，如何同村民交流，也不知道如何融入工作，脑海里一片茫然。

只有经历过，人才会成长和进步。回头再看这些事情的时候，宋保坦然一笑，一副志在必得的样子。年轻的宋保就在这样的环境中历练成为一名志愿服务的引领者。

在宋保驻村的第二周，村民向村党支部书记杜英反映，有几天没见五保户贺福来了。于是，宋保和杜英几人一起去了贺福来家。院门紧锁，看样子院里没有人活动的痕迹。大伙一起翻墙进入院落，只见家门也锁着。大家撬开门，看到的是贺福来老人已去世多日。

宋保与村委会工作人员一起筹划料理老人的后事。"说句心里话，一个在城市里长大的年轻人，哪见过这种场面，确实有点害怕。"宋保直言不讳地说出自己当时的想法，"况且我与这位老人素未谋面，非亲非故，这件事却让我遇上了，我的心里十分忐忑。但是既然遇上了，也躲不过，更不能跑。我是第一书记呀！"

经过了激烈的思想斗争，只有勇敢面对。村民们思想上也有顾虑，不敢接近老人。

在现场时，宋保说："我虽然是第一书记，但与老贺非亲非故，遇上了，就得料理后事。你们和老贺在村里生活了几十年，不能不送老贺最后一程吧！"

宋保的一席话打开了村民们的心结，当即通知了老贺外地的亲戚。在村委会工作人员的支持和全体村民的帮衬下，去民政部门办理了丧葬补贴，买了棺材，穿衣入殓，简单地办了一个白肆筵。

这件事让宋保看到了老百姓的善良。宋保觉得自己该为村民做点实事，只有走在前面做事，才能得到村民们的认可，他们才会支持自己的工作。这是宋保心里最大的感悟。"这个小伙子,办实事了。"这是村民对宋保的评价。村民们看到干部在关键时刻走在前头,感受到党的政策好,即使无儿无女的人,后事一点儿也不差。这件事让宋保融入村里,成为腮林忽洞村的一分子。要安下心来,踏踏实实做工作,这是宋保对自己的要求,也是对村民的承诺。

2020年国庆节后,村里有一位叫周作新的老人,刚从包头女儿家回到村里。老人的女儿给村党支部杜书记打电话,让杜书记去看一看她的父亲。杜书记正在镇里开会,他的妻子领着宋保等人去看望老人。这次依然是翻墙而入,撬开门锁。周作新的身体悬在炕沿,看样子还有意识,嘴巴张了张却说不出话来。宋保的第一反应是打开窗户通风,担心周作新是一氧化碳中毒,于是赶快拨打120求救,同时把几粒丹参滴丸放入周作新口中。接着,宋保联系周作新的女儿,把情况告知她。救护车过来以后,大家听从医生指挥,用担架把周作新抬到车上,并安排一人护送并接洽其女儿。经过医生检查,周作新因一氧化碳中毒而发生意外,经及时救治,转危为安。

2021年3月23日,村里的五保户甄德明骑电三轮翻车摔坏了膝盖,甄德明第一个就想到了宋书记,就拨通了他的电话。当日,宋保和村委会工作人员立即把甄德明送到包头救治。甄德明有个弟弟在包头,让送到三医院医治。到了三医院,却因CT出故障而做不了检查。时间不等人,宋保一行又急忙把甄德明送到市中心医院。市中心医院排队检查的患者多,宋保怕耽误医治,于是把甄德明送到平禄骨科医院。在医院走廊里,用轮椅推着甄德明做检查,到下午6点多才办理了住院手续。整整一天,跑了3家医院,没顾上吃一口饭。甄德明做手术的费用不够,宋书记和杜书记每人为他垫付手术费用3000元,为他做手术赢得了时间,手术特别顺利。

既然来了,就得沉下身子,静下心来,为村民做一点实事。宋保是这样想的,也是这样做的,他以自己的实际行动感化着每一位村民。

为了让村民在精神上有新的变化,宋书记在银号镇腮林忽洞村委会率先开展"爱心超市"积分道德奖励，用来参与最美家庭、最美妻子、最美丈夫的"最美腮林人"评选活动。宋保协调爱心企业拿出一定的资金支持"爱心超市"，道德积分的奖品是生活日用品，如牙膏、香皂、毛巾等洗漱用品，也有一日三餐离不开的米、面、油，每件物品根据价格标了分值。根据"善行使者、圆梦行动、平安腮林、清洁能手、乡风文明"等13项积分细则统计积分，以实物奖励来鼓励村民文明向善。评选前，各村小组提名上报，村委会工作人员和驻村干部统计积分，再经两委会评选。西湾子村的魏林忠因对瘫痪的妻子不离不弃的照顾，赢得村民的认可和赞誉。

"爱心超市"的开展，促进了邻里关系，促进了乡风文明，改善了人居环境，村民们争先恐后做好事，向"爱心超市"进发。

回过头来看走过的路，宋保对我倾吐心声："在城市里长大，作为一名机关干部，到乡村工作，担任驻村第一书记，总觉得与村民们有距离。穿上红马甲，入户与村民拉话话，真有点儿不好意思。我在认识上有想法，思想上有畏难情绪。后来，去的次数多了，和村民们熟悉起来，村民们有想法、有困难主动向我倾诉，我也了解了不少他们的所思所想。搭把手，为他们解决一些生活上的难事，他们打心眼里感激你。'拉话话'确实是一种载体，融洽了干群关系，使志愿服务走得更远更接地气，让干部和群众走得近，融得进，合得来，有力推动和促进了工作的开展。"

订单农业+电商平台

在银号镇，我听说一个叫吴子建的人，是银号镇大营子村第一书记。一个冬日的午后，我随镇干部走进大营子村。

吴子建，中等个头，一口河南话，我在采访中听得似懂非懂，我反复追寻着每一个字每一句话，认真记着他讲述的事。

　　吴子建说，每一次走村入户，他总是做一个倾听者，认真听每一位村民讲述的事。他有一个习惯，把听来的事记在自己的小本子上，分门别类地归纳整理，然后想办法付诸实施，给村民们一个个满意的回答。

　　初春的后山春寒料峭，寒意袭人。初来乍到的吴子建领略了农产品销售不畅的残酷。

　　车铺村黄芪种植大户李英向第一书记吴子建讲述了种植黄芪的事。

　　为了把村里的黄芪销售出去，吴子建带着黄芪样品拜访了从前的老朋友——包头市远大恒成医药连锁有限公司总经理骆飞。吴子建掏心窝子的一席话感动了骆飞，骆飞决定到村里看看。骆飞在大营子村做了实地考察，仔细察看黄芪加工厂。在吴子建的策划下，一场关于正北芪特色产业的研讨会在银号镇大营子村委会举行。骆飞向村民讲解黄芪种植的知识，并且强调只要按照他的种植方法生产，就可以签订订单，产品全部包销，价格上还给予优惠。

　　在吴子建的鼓动下，骆飞做了一个大胆的决定，在村里租100多亩地做试验田，对正北芪进行无害化、绿色化培育种植，同时，引领村民解放思想，科学种田。

　　大营子村的岳富举承包着村养殖场，猪肉能不能销售出去，事关村集体经济，也关系到岳富举一家的收入。

　　30多头该出栏的猪无人问津，心急火燎的岳富举茶不思饭不想，只把希望寄托在吴书记的身上。吴子建看到岳富举不安的神情，心里更是着急。他安慰岳富举："不要急，我会给你想办法的。"怎样才能让岳富举的猪尽快销售出去，吴子建反复思考着，忽然冒出一个想法——电商平台！坐在办公室桌前的吴子建激动地从椅子上站起来，带上公文包，便驱车向县城的方向疾驰。吴子建抱着试一试的态度，和几位朋友谈有关出售的细节。他认为，出售猪肉环节多、烦琐，不如直接销售生猪，既便捷又省力。经几个好朋友出谋划策，便在平台上发布出售生猪的消息。

消息发出去不到一周的时间，有几家屠宰场打来电话，想批量购买生猪，有多少买多少。这可乐坏了岳富举，经吴子建协调，岳富举最终以每斤16.5元的价格出售，30多头生猪被抢购一空。

看着生猪装车的情景，看着岳富举神采飞扬的神情，虽然吴子建显得有点严肃，但其实是把微笑藏在了心底。

"拉话话"结下姐弟情

2018年5月，包头钢铁集团固阳矿山有限公司矽石矿作业部党支部书记王学峰受包头钢铁（集团）有限责任公司委派，到固阳县西斗铺镇公合当村委会开展帮扶工作，任驻村第一书记兼"拉话话"志愿服务队队长。

王学峰中等身材，整洁的短发、宽厚的前额透露出睿智与儒雅之气，嘴角微微上翘，脸上带着倦容，但那坚毅的目光分明散发着别样的魅力。

办公桌上是一大摞笔记本，封面右下角有王学峰的名字。他打开一个笔记本，扉页上写着："初心就是从拉话话开始，担当使命就是从搭把手做起。"交谈中，王学峰不时地接着电话，用手里的笔记录着。

"想听听王书记在新时代文明实践志愿服务活动中'拉话话'的故事。"我刚说完，王学峰合上笔记本，打开了话匣子。

王学峰初次见到范大姐时，她心情沉重，眼睛红肿，两鬓稀疏变白，腿脚也不灵便，拄着拐杖，看上去像六七十岁的老人，说不了两句话就泪流满面，泣不成声。

"王书记，你看我这活的有甚意思，还不如早点死了算了。谁能有我这样的遭遇，一年捧回两个骨灰盒，留下我一个人咋能活下去！"

范大姐的爱人身患硅肺病多年，因病情加重，不久前去世了。作为一家之主的丈夫撒手人寰，让范大姐悲痛不已。福无双至，祸不单行，噩梦接踵而来。不满24岁的小女儿查出了淋巴癌，医治无效，也离她而去。父女俩相继去世，这个家从此支离破碎，给范大姐的身心带来了无情的打击，几乎精神崩溃。

听了范大姐的家庭遭遇，王学峰的心情变得更加沉重。要树立起范大姐对生活的希望，要从思想上开导范大姐，就要面对面、心贴心地去"拉话话解心结、搭把手去帮扶"。回到村委会，王学峰与"拉话话"志愿服务队的队友进行交流，从"拉话话"开始，走进范大姐的心，帮助范大姐重获对生活的信心和勇气。

王学峰上门安慰范大姐："你要多保重自己的身体，坚强地活下去。病来如山倒，谁也没办法阻挡，你给丈夫和孩子治病花费了不少钱，也算尽心尽力了。以后的日子还得过，如果你再倒下了，怎么办？有什么困难，尽管和我说，我今天来看你就是要帮你渡过难关，还要让你以后的日子好起来。"

"王书记，你和我非亲非故，你咋帮我？我的心病谁也治不了。"范大姐哽咽地说着。

"要相信党，相信政府，大家都在关注你、关心你。没有过不去的坎儿，天无绝人之路，你要坚强地活下去，你过得好了也是对他们父女二人最大的告慰，你想想对不对？"

范大姐沉默了，由泪眼婆娑变成一声长长的叹息，这一声叹息，就像寒凉点燃炽热，悲伤点燃欢喜。

接下来的日子，王学峰便和队友们经常到范大姐家中坐一坐，听她诉诉苦，陪她聊聊天。范大姐问："你们大家忙的还有空来眊我，我还诉苦，会不会嫌我烦？"王学峰却说："不会烦的，你愿意对我们说，就是对我们的信任，我们愿意听你诉苦。你说出来，我们才能想办法去解决问题，去帮助你。"

就这样，日子一天天溜走，与范大姐"拉话话"成了王学峰每周的必修

养殖服务技术有保障，满圈羊儿膘肥体又壮

课。在王学峰的耐心开导下，范大姐也想明白了，眼前的路只能自己坚强地走下去。

在多次"拉话话"的过程中，王学峰按照国家政策，协调村委会给范大姐争取了农村低保金和资产收益性补贴，范大姐从心里相信王学峰是诚心实意在帮助她。

"'拉话话'拉到心里头，解开心结化忧愁。"经过一段时间的"拉话话"，范大姐从忧伤中走了出来，主动和大家进行交流，有时还给王学峰打电话聊上一会儿。范大姐逐渐有了改变，不再逢人诉苦，也不再掉眼泪了，这也让王学峰看到了希望。

村庄的早晨沐浴在雾中，原野、薄雾、转动的风车和不远处羊儿的叫声，构成一幅大美乡村图。

王学峰上午在镇里办事。在镇里一家银行营业网点前，人头攒动，门前排起长队。他无意中扫了一眼银行门前拥挤的人群，看到了范大姐。她踮着脚，用拐杖支撑着自己，努力朝前面的门张望着。王学峰看看手表，8点多，银行9点才开门。老人们挤成一堆，范大姐被夹在中间，进退两难，本来腿脚就不好，再加上长时间站立，随时都有摔倒的可能。

在路边停车后，王学峰小跑来到范大姐跟前。"啊呀，大救星来了，快来，快来帮帮我吧！"范大姐喜出望外，跟排队的人说，"这是我们村里的王书记。"

王学峰把她搀扶到人少的地方坐下，递上了一瓶矿泉水，叮嘱她先歇歇，自己去排队帮她办理。从复印身份证到录入信息，一上午奔波，跑了好几个地方，终于替范大姐拿到了银行卡。

"王书记，要不是你，我这个银行卡就办不成了，咋感谢你呀？中午叫你吃饭吧！"

"范大姐，这又不算个事，你腿脚不方便，还是我请你吃饭吧，吃完饭你正好坐车回村。"

范大姐认真地说:"不能让你请,我得请你,你要请我,我就不吃了。"王学峰考虑到自己还着急去镇里办事,只好把范大姐送到车站。

中秋节过后,在外地亲戚家住了几天的范大姐回来了,王学峰主动去看她。隔院门而望,只见她一个人坐在屋檐下,不住地唉声叹气。原来,院里的荒草长到半人高,进出不方便,范大姐看着有些堵心、犯难。王学峰对范大姐说:"这不是个事,就交给我办吧,明天全部铲除干净。"

王学峰回到宿舍,正要梳理一天的工作日志时,电话响了起来,是"娘家人"。王学峰嘴里的"娘家人"就是他的工作单位包头钢铁集团固阳矿山有限公司,通知他回单位参加主题党日活动。不知道王学峰在电话里说了些什么,次日清晨,蓝白相间的大客车停靠在村委会。

阳光下,党旗鲜红,金色的镰刀锤头熠熠生辉。主题党日活动的最后一项就是为范大姐打扫院落。得知这一消息后,范大姐迎了出来,王学峰走在前面,肩扛铁锹、手提扫帚,20多名党员和村委会的志愿者在范大姐的院子里干了起来,蒿草、废旧砖瓦被清理掉,院落既平整又干净,愈发显得宽敞。这时,范大姐坐在门口依旧愁容满面,闷闷不乐。大家上去询问,范大姐说,早上在院子里晒被子的时候,不小心把一只金耳环弄丢了,应该是掉在杂草里了,院子里的草又高又密,找了很长时间也没找到,这可是她的老伴留给她的唯一念想。范大姐的双手颤抖着,身体倚靠在门框上,不停地责备自己,眼泪止不住地往下流。

王学峰对大家说,从范大姐晒被子的位置开始,进行地毯式寻找。大家在院落的草丛中仔细搜寻,把铲倒的蒿草等杂物重新翻一遍,再抖落杂草。功夫不负有心人,终于在一处虚土堆里找到了这只耳环。范大姐一边用手抚摸着,一边喃喃自语:"不该丢,不该丢。"大家松了口气,同行的小王调侃道:"范大姐找到了念想,心里美不美!"范大姐望着干净整洁的院子,手里拿着失而复得的金耳环，脸上露出了久违的笑容。

几天后，王学峰再次到她家的时候，范大姐像换了个人似的，怎么看都像年轻了十几岁，不再是六七十岁的样子了。拐杖不用了，走起路来腿脚也利索了，面色红润，精神焕发，说话间还带着微笑。

"王书记，你帮了我这么多，今天在我家吃个饭吧。我给你做老家的饭，你尝尝。"

王学峰安顿范大姐说："这顿饭肯定要吃的，等不太忙的时候一定主动上门让你做。"

"王书记，多亏了你帮我，你对我这么好，我也不拿你当外人，你就像我的兄弟一样，以后我叫你兄弟吧。"

"好哇，以后咱们就是姐弟。"

从此以后，就有了"范大姐"这个称呼。范大姐把王学峰送出大门外，直到王学峰背影消失了，她才进了家。

看着范大姐一天天坚强起来，似乎从过去悲伤的阴影中走了出来。王学峰和"拉话话"志愿服务队的队友们也觉得她有了新的想法。梅开二度，枯木逢春。在"拉话话"志愿服务队和乡亲们的热心撮合下，范大姐找到了后半辈子的依靠，一个能和她搭伙过日子的人，余生也有个人去照顾。那天晚上，月亮分外得圆，特别得亮。

远在上海打工的大女儿和女婿回来看她，得知母亲多了一个"拉话话、搭把手"的像亲人一样的兄弟，非要与王学峰约个时间见上一面。由于时间仓促，最终没有见到。人虽没见到，电话却往来不断。

不幸的事又一次降临，范大姐查出了乳腺癌，并伴有淋巴转移。大女儿把她接到上海治疗。

寒来暑往，2021年3月的一天，王学峰接到了范大姐的电话。范大姐亲切地说："大兄弟，4月我就能领养老金了，你帮我去办理一下。可能还得交点钱，看需要交多少，要是交得多了我就不办了，还不一定能活多久……"王学峰说："大姐，你不要想太多，把心放宽了，该交就交吧，到老了至少有个保障。"

范大姐的话让王学峰辗转难眠，天边的弯月一斜，天亮了。几天的跑前忙后，办理得比较顺利。当王学峰把需要补交的金额告诉范大姐时，电话里的范大姐怎么也不相信需要补交的钱这么少。"大兄弟，你帮我办事就已经麻烦你了，你可不能给我倒贴钱呀，那怎么能行呢？"王学峰对范大姐解释办理的政策和费用，自己并没有给她贴钱。事后，范大姐的大女儿再三向王学峰表示感谢。

路途隔开了距离，但范大姐的大女儿与王学峰通过电话及微信联系得更加频繁，开启了线上"拉话话"。

"王书记，我妈刚出院，有5万多元的医疗费，麻烦您帮着报销一下吧，我们在那边也没有什么亲人，只能麻烦您了……"

"不麻烦，你把报销单据给我寄过来，以后有什么需要尽管说，不要见外。"

…………

"王书记，报销的钱我们收到了，太感谢您了！"

"王书记，我妈又有一笔放疗的费用……"

复查中，范大姐做了33次放疗，花了近10万元，范大姐的大女儿把报销单据从上海邮寄过来。

报销医疗费时发生了一个小插曲。医保局认为，这10万不符合报销规定，决定不予报销。王学峰多次到医保局咨询，寻求解决办法，最终经医保局协调县扶贫领导小组，才得以顺利解决。王学峰第一时间就把好消息发给范大姐的大女儿小牛。

"小牛，县扶贫领导小组已经同意按大病救助报销，我刚去医保局填了表。"

"王书记，大热天的又让您跑这些事，真不知道说什么好。太感谢您了！我们送您一面锦旗吧！"

"小牛，心意我领了，锦旗不能做。"

…………

"王书记，您好，我妈的报销款收到了，真是万分感谢您。"

"别客气，不用谢，以后有什么事随时联系。"

"我们运气好碰到您这样的好人。"

"没什么，我只是做了点力所能及的事，要感谢，就感谢这个好社会好时代，是党的好政策帮助了你们。"

"是呀，感谢党，也感谢您这样的好干部！"

远在上海的范大姐依旧隔三岔五打来电话，倾诉她的心里话，电话这头的王学峰静静地倾听，不时安慰着……

30年，他乡成故乡

听好几个人提起过高金瑞，她是兴顺西镇李四壕村委会妇联主席，同时也是"拉话话"志愿服务队队长，不同的是，高金瑞是甘肃人。

34年前，高金瑞高中毕业，从甘肃省远嫁到内蒙古自治区固阳县兴顺西镇张四壕村。1990年，高金瑞和丈夫郭满园结婚3年，当时的村支书了解到高金瑞的文化程度，对这个外地媳妇的为人处世更是看在眼里，于是让她进村委会干妇女工作，一干就是30年。

30年里，高金瑞见证了张四壕村的变迁。她说，当地的方言称她为"侉子"（指口音与本地口音不同的人），但对她很好，她也用真情与村民们和睦相处。做工作时，村里的人都很好沟通，平日里她对邻居们的一点儿好也都被

农忙时节搭把手，解了忧愁乐心头

记着。后来，越来越多的人离开村庄进了城，村子里的年轻人越来越少，留下的大多是老人和残疾人，曾经热闹的村庄渐渐变得落寞。这些留守的人失去了依靠，曾经约定俗成的规矩也渐渐变得模糊，邻里之间也渐渐变得不再像往日那么亲密了。为此，高金瑞也曾犹豫、苦恼过，不知道自己该如何与他们像往日一样和谐相处。

近几年，国家出台了许多关于农村和农民的优惠政策，高金瑞认识到，村委会和她的工作就是确保村民们能享受到这些政策。于是，她带着特有的实诚，一次次走访入户，谁家能享受什么政策，该怎么办理，她认认真真地了解，尽可能地帮忙。高金瑞信心满满地说，村里人憨厚，总有一天会理解的。

2019年底，固阳县开展"拉话话"志愿服务活动。高金瑞体会到，多年来村民之间的你来我往，其实就是"拉话话"志愿服务活动的内涵。她被选为"拉话话"志愿服务队队长，很快吸纳了在村居住的8位村民做队员，及时开展"拉话话"志愿服务活动。高金瑞是个做的比说的多的人，有了组织的保障，她和队员们日常与村民邻里的交往都变得更加重要了，也不再因为他们的不理解而苦恼。

在张四壕村见到高金瑞的时候，她刚从邻居贾贵家出来。贾贵前一天去世了，他的老伴一早就哭哭啼啼地给高金瑞打电话，说自己伤心难过，不知道怎么处理贾贵的后事。贾贵69岁，两年前瘫痪在床，吃饭需要人一勺一勺地喂。由于常年卧床，身体生了褥疮，皮肤一点一点溃烂，各个器官也渐渐衰竭，最后走向了生命终点。活着的时候，老伴每天伺候着贾贵，常常累得全身酸痛。看着贾贵忍受疼痛，老伴偶尔也曾想过，也许早点结束痛苦更好，可这一天真的到来，她一时难以接受，于是，高金瑞成了她的主心骨。按照当地的习俗，人去世后，不是直系亲属，大部分人是不愿意到场的。高金瑞接了老人的电话，没想那么多，立刻去了贾贵家，帮着张罗后事。冬天的早晨，天气格外寒冷，清瘦的高金瑞不住地搓着双手，脸冻得通红通红的。

"可怜的，腿疼拄双拐多年，前两年瘫痪在床，今年才69岁，就没了。"她的口音仍然不像本地人，有一点混搭的味道。看得出，高金瑞是不太爱表达的人，特别是在我这个陌生人面前，显得有些拘谨。

来之前，和我同行的镇宣传委员已和高金瑞打过电话，于是，我们跟着高金瑞一起往前走。高金瑞领我们去了老人赵巧女家。她说，昨天和老人家说好了，今天要帮她炸糕。进门的时候，赵巧女的女儿正在收拾屋子，赵巧女坐在炕沿上，看见高金瑞，露出微笑。

"大娘，我来给你蒸糕了。"

"你今天忙得能顾上了？"

"能了。"

赵大娘用手撩了撩满头的白发，张罗着要下地。

"大娘86岁了，耳不聋，眼不花，就是腰腿疼的走不动，走路就得拄拐。"高金瑞扶着赵大娘的肩膀，一边和我们说，一边示意她安心坐着，说话间又进了厨房，麻利地收拾，然后开始蒸糕。

赵大娘的大女儿也进了厨房，笑着说："我也有腿疼的毛病，我妈家里有点儿营生，就高主任忙乱的给做了，可是个好人了。"

厨房里，两个人烧火，拌糕面；厨房外，赵大娘和我们攀谈着。赵大娘有7个子女，大部分在外地生活，一年也回不来几次。老伴几年前去世了，她常常感到很孤独。高金瑞和赵大娘曾是门挨着门的邻居，有事或孤独的时候，赵大娘总会想起高金瑞。

"娃娃们离得远，全凭这个媳妇关照我，一天往我这儿跑，跟我捣拉，给我做营生，可实在了。"

都说远亲不如近邻，高金瑞这个近邻更是没得说，赵大娘说起她，言语间满是发自内心的赞许。

很快，黄澄澄的年糕出锅了，热气腾腾的。赵大娘的脸上依旧带着慈祥的微笑，张罗着要给我们几个炸糕尝尝，我被这份邻里情深深地感动了。告别赵大娘一家出来，冬日的暖阳正照着小院，照得我的心里也暖暖的。

王二黑眼，76岁，十多年前，不小心摔坏胯骨，因未能及时治疗而落下了后遗症，双腿无法站立，行走只能靠双拐。王二黑眼原本可以安度晚年，生活虽不富足，但很平静，儿女也很孝顺。

2016年，相伴王二黑眼多年的老伴因积劳成疾离开人世，王二黑眼陷入无助。"少年夫妻老来伴"，对于王二黑眼来说，更不仅于此。腿摔坏后的十几年里，老伴包揽了家务活儿，柴米油盐的置办，逢年过节的打理，王二黑眼早已习惯了依赖老伴，可老伴却突然撒手人寰。面对空荡荡的房子和自己行动不便的身体，王二黑眼整天只有以泪洗面。高金瑞把王二黑眼的难处看在眼里，记在心上，一有空就跑过去，帮他收拾家，做饭，像亲人一样给他最温暖的关怀。她不是能说会道的人，但用实实在在的关心舒缓着王二黑眼难过的情绪。

2016年底，在王二黑眼渐渐走出失去老伴的伤痛时，他的儿子因肝癌医治无效而离开人世。王二黑眼的天真的塌了，他扔下拐杖，不再起来，也不吃不喝，想一死了之。那段时间，高金瑞去他家的次数更频繁了。面对伤心欲绝的王二黑眼，她依旧默默地为他撑起一把遮风挡雨的伞。高金瑞说，那些日子里，她默默地陪他掉眼泪，帮他做家务，抽空就"拉话话"，哪怕是只有自己在说，她真的怕老人想不开。进入腊月，村里人都开始置办年货，高金瑞也帮王二黑眼置办，给他拆洗被褥，收拾家，蒸馒头，炸年糕，做熟食。高金瑞的丈夫及乡亲们也来帮忙，大伙你一言我一语，有一句没一句地和王二黑眼说些闲话。

世上没有不经历伤痛的人，无论多痛，都需要时间来治愈。日子一天天过去，王二黑眼终于熬过了生活对他的一次次打击，开始有了话，只是双腿行走更加艰难了。几年来，高金瑞始终像亲人一样关照着王二黑眼。谈话间，她开始计划，过几天再和队友们一起去帮助王二黑眼拆洗被褥。

对于大多数人来说，50岁应该是个安稳的年龄了，很多年轻时争的、努力想要的事情，即便无法达到，也会坦然接受，只盼着眼前的一切可以相安无事，比如健康以及幸福美满的家庭。

2019年，刘根树却在这样的年龄患了胃癌，确诊时已是晚期。女儿刚成家不久，儿子大学刚刚毕业，求生的欲望对刘根树来说尤为强烈，患难与共的媳妇刘存花也竭尽所能要治好他的病，从此便踏上了求医问药的艰难历程。好在经过多次化疗，刘根树的病情得到了一定的控制，可也花光了他俩多年来辛苦攒下的积蓄，家庭从此背上沉重的负担。高金瑞和驻村工作队的同志们沟通，及时把刘根树纳入贫困边缘户，按照政策，治病花掉的十几万，除了医疗保险报销外，还可以享受医疗扶贫救助。高金瑞还帮着办理了靶向药的补助申请，解决了后续治疗的费用。

刘根树是个勤劳的人，会电焊技术，多少年来未曾离开村庄，辛勤侍弄着家里的几十亩土地，农闲时，给周边的乡亲们搞搞服务，挣点零用钱，生活过得殷实安逸。一场大病，一家人原有的平静被打破了，刘存花常常一个人抹眼泪，心情不好的时候，就和高金瑞倾诉。这一切，高金瑞都在心里盘算着，想帮这个勤劳善良的家庭尽早摆脱困难。

2020年春天，高金瑞和刘根树商量养羊的事，她说这两年羊的行情好，养几只羊能增加点收入。刘根树家买了12只羊，通过申请，得到了每只羊800元的补助。

夏日的7月，雨水充裕，庄稼长势喜人。高金瑞吆喝"拉话话"志愿服务队的6名队员，帮着刘根树家锄地。骄阳似火，热情也似火，两天时间完工，刘根树和刘存花的脸上露出了久违的笑容。秋天庄稼成熟的时候，刘根树望着沉甸甸的果实，喜忧参半，一年的收获就在眼前，可家里只有妻子一个壮劳力，几十亩地的收割成了大问题。这时，又是高金瑞领着"拉话话"志愿服务队的同伴们来了，收割、晾晒、脱粒……几天后，望着成堆成堆的饱满的果实，刘存花高兴得泪流不止。刘存花从鸡窝里抓了一只鸡宰了，要感谢高金瑞这个相伴多年的邻居，感谢总在关键时刻帮助他们的人。那顿饭，大伙吃得很香。高金瑞说，那天她的心里很踏实，很激动。是啊，相伴多年的姐妹，早已情同手足，她在乎着姐妹的喜怒哀乐。

高金瑞是实在人，虽然不善于表达，但聊起李四壕村委会的人和事却如数家珍，李四壕的高三病了，三九圪卜的陈学文年纪大了行动不利索，公中滩的五保老人身体不好，谁谁的医疗保险该交费了，谁谁的残疾证该换了……她牵挂的人太多了。只言片语中，能感受到她对这些友邻实实在在的关心，不只是工作任务，更多的是发自内心的情感。这份执着让我感动，毕竟她曾经是异乡人。

我问她："高姐，这么多年，还想着老家吗？"

"想，刚来的那几年，想得厉害。"

"现在呢，老家还有亲人吧？"

"父母亲过世了，还有哥哥姐姐在。"

高金瑞的丈夫郭满园当过兵，在我们说话的时候他进屋了，看上去是个开朗健谈的人。我开玩笑说："大哥，大姐一天天忙着给这家帮忙、陪那家拉话话，你不说她是瞎忙乎？"

"说了哇，不过也就是说说。"言语中流露出对高金瑞的支持，"她这个人，实在。前两天，村里换届选举，她又得票最多，选成妇联主席了，我们这口子人缘好。"

有一种坚守，在心底深处，总会默默地开出一朵朵小花。30年，高金瑞一点一点地把自己融入这片宽广的土地，把这里当成自己的故乡，而乡亲们也早已把她当成了故乡人。

话话拉到心里头　犹如春风拂杨柳

　　"'拉话话'拉到我心里头，数九天穿单衣也不抖；'拉话话'拉到我心窝窝，打起精神我把好日子过。"这是我在一次酒桌上听到的歌声，歌声唱出了新时代文明实践志愿服务活动"拉话话"志愿者走进百姓、贴近百姓，让百姓感动的情怀。

　　或许是因为我生于农村长于农村，在我的内心世界里，总有一种深深的农民情怀。每每走进村民的院落，我就有一种亲切感。我喜欢在炕头上与他们促膝谈心，到田间地头与他们一起拥抱丰收，更喜欢聆听村庄的故事。

　　"两年来，我为贫困户发展养殖业、安置公益岗、报销医药费、办理残疾证等做了一些工作，这是我的职责所在，是我作为一名'拉话话'志愿者应该履行的责任和担当。帮杨八斤入住幸福院，帮助张二柱和杜柱小维修房屋争取款项，帮助高玉、张玉宝、朱玉兴建羊圈争取补贴，为村里安装路灯等，让我感觉到一份责任和光荣，我心里踏实，心灵得到慰藉。"这是一位"拉话话"志愿者的话。

杨八斤住进了幸福院

杨八斤是金山镇二社村的村民，是我帮扶的贫困户。他因脑梗后遗症而生活不能自理，孤苦伶仃，独自生活。隔三岔五，我总要到杨八斤家里走一走、看一看。

每当我走进杨八斤那孤零零的院子，推门进入屋内，屋里弥漫着令人作呕的气味，呛得人难受，映入眼帘的是因无人打理而又脏又乱的居住场所。我来时，他总是问："在哪来了？"我离开时，他倚在门框上说："再来哇！"每每看到这一幕，我的心里就愈发难受。

杨八斤生活不能自理，吃喝拉撒成了大问题，好在他人缘好，年轻时身强力壮常给乡邻帮忙干活，村民们都记着他的好，时而有人自愿给杨八斤送点饭菜。虽然有乡邻的接济和照顾，但时间长了，总有照顾不周或疏漏的时候，杨八斤有时一天能吃上两顿饭，有时能吃上一顿饭，有时一顿饭也吃不上。看着杨八斤吃了上顿没下顿的困难生活，我的心情愈发沉重，心里暗暗下定决心，一定要改善杨八斤的生活现状，让他过上舒适安逸的日子。我常说："杨八斤和我同岁！"我把帮扶杨八斤的事情记在心上，苦苦思谋着解决办法。

一次，看到杨八斤拄着拐杖吃力地挪动脚步，要迈出半步是那样艰难，我突然间有了一个想法，送杨八斤入住进幸福院，彻底解决他的生活困难。我当即拿起电话咨询县民政局，得到的答复是，年满60周岁或者有二级以上残疾证的人才能入住幸福院。可杨八斤距离60周岁还远着呢，虽然身体偏瘫，但无残疾证，也不符合条件。要想让杨八斤入住幸福院，首先得有残疾证。于是，我来到了县残联，讲述了杨八斤的状况，咨询杨八斤是否符合办理残疾证的条件。县残联对杨八斤的事情格外关注，积极协调县人民医院的医生，在一个周日，县人民医院的医生到二社村为杨八斤做了残疾等级鉴定，确定为肢体二级残疾。

2019年12月23日，杨八斤的残疾证办下来了，每月能享受残疾人补贴了。那时，我真正体会到助人为乐的快意，是那样美好和幸福。在帮助他人的过程中，总能让人看到希望，能让人在内心深处感到欣慰。

最重要的是，杨八斤有了残疾证，就可以顺顺当当入住幸福院。

我趁热打铁，与县民政局取得联系，沟通杨八斤入住幸福院一事。因临近年底，按照常理，局里不再办理入住幸福院的相关手续，但他们对杨八斤深表同情，痛痛快快地说了4个字："特事特办。"从"特事特办"上，我们看到了政府职能部门工作作风的转变，看到了人民公仆的良好形象，看到了一种善意和高尚。

我清楚地记得，那是2019年12月31日，是年末岁初的一个美好日子。县民政局工作人员来到二社村委会，就杨八斤入住幸福院一事做入户调查，留下影像资料。县民政局随即召开会议，按程序商定杨八斤入住幸福院的事。

一名"拉话话"志愿者办了一件好事实事，切实解决了一个孤寡残疾人的生存生活问题。这普普通通的一件事，对我来说是一次成长和历练，是参加新时代文明实践志愿服务活动的收获；对于杨八斤而言，是改变命运的大事，解决了生活问题。

2020年的第一场雪，比往年来得早一些，让人感到既惊喜又惬意，雪欢天喜地下着，后山大地已是白茫茫一片。1月9日，雪后放晴，真是个好日子，明媚的阳光照在雪地上熠熠生辉。我和"拉话话"志愿服务队队员一路兴高采烈地来到二社村。村民们听说杨八斤要入住幸福院，纷纷前来道别，站满了杨八斤家的院落。人们欢呼雀跃地打开了话匣子，你一言我一语："杨八斤能入住幸福院，能吃上饱饭，有人照顾，这日子就安顿住了，这真是托共产党的福，党的政策就是好！"在村民的欢呼与赞许声中，我提着杨八斤的随身用品，同事小王和小武搀扶着他，开启了迈向幸福院的第一步。

幸福的车轮驶向县城，杨八斤难以掩饰激动的心情，甜美的笑容洋溢在满是皱纹的脸上。一行人来到固阳县聚福鑫幸福院，几位志愿者把杨八斤搀扶到楼门口，他的房间被安排在4楼。我们一左一右两个人挽着杨八斤的胳膊，另外一个人托住他的臀部用力往上推。每上一个台阶，就得把杨八斤的一条腿往上抬一次，一个又一个台阶，连拖带抬从1楼抬到了4楼。抬着一个身高1.7米、体重70多公斤的人，每挪一步，每上一个台阶，大家都累得气喘吁吁，满头大汗。上台阶的时候，杨八斤的一只鞋脱落了，我随手拿在手里。到了4楼走廊，大家搀扶着杨八斤坐到沙发上，都松了一口气。我一边弯下腰给杨八斤穿鞋，一边说："你再也不用愁吃不上饭了。"憨实的杨八斤，只是咧开了嘴角表达着对我们的感激。杨八斤满脸的皱纹看上去舒展了许多，脸上泛着红光。

大家给杨八斤办理了入住手续，领了新被褥，并把他的随身用品摆放好。我嘱咐这里的工作人员，杨八斤还年轻，是个可怜人，要照顾好他。我又叮嘱杨八斤，这里就是他的家了，要听护工的话，配合人家工作。我们这才放心地离开了幸福院。当时，我感觉到格外的轻松与痛快，和自己同龄的杨八斤有了落脚的地方，我放心了。

张二柱的房子得楞楞

见面面容易拉话话亲，不是亲人胜亲人。在梳理贫困户的家庭状况时，我总是想到新民村的张二柱，一想起他就仿佛看到了那两间很难入眼的房屋。那两间房屋与周围的房屋很不协调，酷似一个在风雨中飘摇的耄耋老人，看上去使人心生怜悯又心情不快。

张二柱的房屋年久失修，地基、墙体需要加固，后墙的水泥斑驳脱落，白一片灰一片，难看极了。要是能维修该多好啊，增加房屋的牢固性，延长使用年限，冬暖夏凉，美观漂亮。我多次上门和张二柱商谈维修房子的事，可他总是面露难色，说自己生活困难拿不出钱。我不厌其烦地给他讲道理，说："你要抓住时机，这是最好的机会，千万不要错过。你也不能有全靠政府拿钱给你修房子的想法，自己也要出点力。"经我三番五次上门做工作，耐心开导，最后张二柱表态自己出3000元。我和同事小王将张二柱维修房子的想法和经济上的困难情况一并上报金山镇政府，很快得到了批复。

张二柱买好了砖。施工场面热火朝天，从加固地基、垒砌砖墙、擦沙灰到粉刷涂料，仅用了一周的时间，张二柱的房屋焕然一新。老两口的眼角眉梢处露出难掩的喜悦。张二柱用一句土话形象地形容维修后的房子："这下我的房子得楞楞（内蒙古西部方言，"崭新，结实"之意）了！"镇政府考虑到张二柱的实际困难，最终没有让他承担维修费用。张二柱握着"拉话话"志愿服务队的刘文永的双手，激动地说："一万个感谢也不多，你帮了我的大忙！"张二柱的一位婶娘韩桂梅对我说："你们把二柱的房子弄好看弄结实了！"这是村民们对"拉话话"志愿者的褒奖和赞誉。

对弱势群体的同情，是对善良的追寻，是爱的延伸，也是对爱的诠释。

一社村民杜柱小的房屋，冬天透风，夏天漏雨，坐在炕头上可以仰望到蓝天。我多次到杜柱小的家，每每看到这场景时，心里真不是滋味。看到炕头上躺着杜柱小80岁的老母亲，我联想到自己的母亲住的是窗明几净、温暖舒适的楼房，就觉得应该想办法帮助这位老妈妈。

2020年春天，我和同事小王与金山镇一名副镇长及二社村党支部书记多次察看杜柱小的房屋，将其列入危房改造计划并及时上报。在危房改造过程中，杜柱小一是为了一排4间房屋整体安全，二是为了节省资金，只把屋顶揭开重新维修，没有推倒墙体重新兴建。理论上讲，这不属于危房改造范畴，不能享受危房改造补贴款。

我听到这个消息时心里很不平静，觉得对杜柱小不公平。我急忙到杜柱小那里察看实情，杜柱小向我陈述了事情的经过及自己的想法。杜柱小计划改造两间房屋，推倒两间房屋的墙体，但担心另外两间受损，所以没敢轻易推墙。

两年来，我多次接触杜柱小，他给我留下了善良的印象。对杜柱小的怜悯和同情始终印在我的脑海里。我找到副镇长，陈述了杜柱小的近况，又专门到金山镇就此事向镇长做汇报："镇长，实话实说，我与杜柱小不沾亲不带故，杜柱小是一个善人。虽然他在危房改造过程中走了捷径，不属于危房改造范围，我坚决拥护政策，但是我们不能连一点善心和同情心都没有吧！"

镇长认真听了我的陈述，说："我再做进一步了解，安顿村委会，拿村集体经济给补贴一下吧。"

我善于讲实情，镇长惯于落实。在村委会的大力支持下，履行会议、公示等程序，杜柱小拿到了一万元补贴款。

照亮人心暖了村

2019年初冬，固阳县审计局领导班子来到了二社村委会，与村委会班子及村民代表进行了一次民情恳谈，倾听村民意愿，解决实际困难。村民们建议审计局帮助机电井加盖，加固水泥路路基，再给两个自然村安装路灯。我一边听着村民的诉求，一边认真做记录，把这几件事牢牢地记在了心里，随后与局长协商，争取财政部门立项支持。

转眼间已是2020年初春，尽管后山的春天来得晚，但在希望的田野上，在阳光的沐浴下，小草争先恐后地探出了头，吐出了嫩绿的新芽，告诉人们春天来了。在充满希望而美好的日子里，县审计局局长和财政局一位主任科员来到二社村委会实地察看机电井、水泥路路基以及一社与新民两个自然村的基本情况，我为领导们介绍几个项目的详细情况。

夏季来临，二社村党支部书记从镇里得到项目准备实施的消息后，急匆匆地赶回村里，到达时已是中午，让我赶快起草上述3个项目的报告。盼星星，盼月亮，终于盼来了好消息！项目有了着落，我万分高兴，利用中午的休息时间，写好报告交给村党支部书记，当日上报到金山镇人民政府。之后，我与村党支部书记经常到镇里打听项目的批复情况。

2020年11月20日，从村党支部书记那里传来了好消息，一社村和新民村安装路灯的项目批下来了，过几天就组织施工。12月1日，二社村委会来了3个外地人，是来安装路灯的施工人员，需要村委会配合指定安装路灯的具体位置。当日，村干部都在镇里开会，只有我们驻村工作队在村委会。我和同事小王热情接待了他们，并打电话请示村党支部书记，村党支部书记全权委托我代办。

冬日的暖阳送来缕缕温情，我和小王领着3名工人师傅来到一社村与新民村。要安装12盏路灯，我通盘考虑，既要整齐美观，又要照顾到多数村民，还要考虑车辆出行方便。好事就得办好，我找来村里的两名村民小组组长，说明12盏路灯的安装计划，得到了两位组长的一致赞同。

寒冷的天气难以阻挡人们火热的激情。飕飕的冷风吹打脸庞，我们时而捂着耳朵，时而揉搓着双手，踩着厚厚的积雪，测量着每一盏路灯的方位。经过一个上午的忙碌，我和小王领着工人师傅选择好准确的位置，做了标注。临别时，我叮嘱师傅们一定要赶在年底前安上路灯，这是我们2020年要完成的任务，也是审计局对村民的承诺，必须按时兑现。师傅们笑着回道："一定按时完成任务，不会误事的。"工人们即刻开始施工，接下来的时日，浇筑混凝土，装好路灯基座。

12月19日，是安装路灯的日子。我和同事小武驱车赶往村里，与工人师傅们一起干活儿，帮助他们抬杆、立杆，确定灯罩的位置。经过几个小时的艰辛劳作，12盏路灯齐刷刷地立在两个村庄的道路两侧。洁白的灯杆，天蓝色的灯壳，透明的玻璃灯罩，既鲜明又亮丽，成为村里一道亮丽的风景线。

当日晚上，我让村党支部书记和一位村民拍摄了路灯下的夜景。看着他俩发来的照片，我按捺不住激动的心情，写下了短文《亮了村庄亮人心》，配着村庄的夜景图片发朋友圈宣传。我觉得有了一点点成就感，更多的是一名"拉话话"志愿者的感慨。

有了羊圈好养羊

经过多次入户走访，我对家家户户的生产生活情况了如指掌。只要谈起村民的事，我能随口道来，李家有几口猪，张家有几只羊，谁家的老人有甚病，谁家的儿女在哪儿打工，我都记得清清楚楚。

贫困户张玉宝多次提出想要建一个羊圈。对于群众的每一个需求，我一边给他们讲政策，一边在心里记着。在贫困户中，有一定规模的养羊户有马艮付、高玉、朱玉，也需要改造羊圈扩大养殖规模。由于当时没有这方面的帮扶资金，改造羊圈的事情无法实施。我苦苦思索着解决办法，寻求落实途径。

功夫不负有心人，机会终于来了。2020年4月21日，市委组织部领导到二社村委会调研，入户走访贫困户，看望了贫困户高玉和张锁柱，了解他们的生产生活情况。当看到高玉破旧的羊圈时，领导当场嘱托金山镇副镇长抓紧解决。有了领导的指示，我觉得为村民解决羊圈的事情也有了希望。我抓住机遇，向镇长做汇报，镇长高度重视，并指示村党支部书记，利用村集体经济收益补贴改造羊圈的贫困户。

为了把好事办好，我和小王一次次到养羊的贫困户家里，进一步了解情况，最后选定对张玉宝、高玉、朱玉和马艮付4户改造羊圈给予补贴。马艮付因年龄偏大，不愿再折腾而自愿选择放弃。我草拟了改造羊圈补贴方案，与村委会班子沟通，村委会召开了村民代表大会，最终确定了每户补贴2000元，并且要求在一个月内工程完工。村民一致同意通过了补贴方案。施工期间，我隔三岔五到几户院落里察看工程进度，了解情况。在短短的20天内，改造羊圈项目提前保质保量完工。经验收合格，资金全部补贴到位。

我因爱好写作，常常把身边那些有意义的事情记录下来，再发送到朋友圈，与朋友们一起分享我的快乐。

　　日志一：安装路灯的那天，村民们的脸上挂着微笑，我的心里敞亮，舒坦。能为村民们做一些实实在在的事，是我工作的初衷。路灯照亮了道路，照亮了村庄，照亮了生活在这片土地上的人心。

　　日志二：今天是周一，我们帮扶的贫困户张叔中午给我们驻村工作队员送来一大盆杀猪烩菜，是特意给我们留着的。有感于张叔的盛情，我们留下了这盆情意浓浓的杀猪烩菜。我送他出来，看着他佝偻着身子，缓缓地上了电动三轮车，驶出了村委会大院，我流下了眼泪。张叔送来的杀猪烩菜特别有味道，我的心里特别温暖。

幸福就在需要里　芳华绽放最美丽

"拉话话"拉进了村庄，拉进了社区，也拉进了学校。这些"拉话话"志愿者走村入户，把爱心给了孩子们，让孩子们感受到温暖，茁壮成长。

把爱心给了孩子们

任玉林是一名退伍军人，1997至2014年，在中国人民武装警察部队阿拉善盟边防支队服役；2015年，调入县民政局上班；2021年，任民政局社会事务股股长，负责全县留守儿童工作。农村留守儿童主要是指父母双方外出务工，或一方外出务工、另一方无监护能力，不满16周岁的未成年人。截至目前，固阳县录入留守儿童50人，男生26人，女生24人，均为在校学生。

"张城，中等个头。我第一次见他是在学校里，他和我打招呼后，就一直低着头。看得出来他很内向，我只安顿他好好听老师的话，好好学习，我怕跟他说多了他会反感。"任玉林说。

任玉林想进一步了解张城的生活和学习情况，于是，找到了张城的班主任老师。

"张城家住银号镇，他的母亲是智障残疾，父亲在村里种地、养羊，家中姐弟二人，姐姐也有智障，在县小学特教班。为了姐弟读书，张城的爷爷奶奶带着他俩在县城租房子，给他们做饭，陪读。爷爷奶奶辅导不了孩子的学习，张城基础差，学习跟不上，没有养成良好的学习习惯，学习成绩也不好，有厌学情绪。"张城的老师对任玉林说。

家庭是这种状况，孩子小又不懂事，学习难免出现问题，但不读书说什么也不行。听了老师的话，任玉林很着急。

从那天开始，任玉林就把张城的事放在心上。他告诉老师，他要帮助张城，提高他的学习成绩。于是，任玉林一有时间就去学校与张城见面，询问他的学习情况，生活上有什么困难，还给他带学习用品和食物等。刚开始的时候，张城对于任玉林的帮助没有什么反应，只是如实回答任玉林的问题。过了一段时间，张城便主动与任玉林交流，告诉他在学校里发生的事以及自己学习的情况，话也明显多了起来。张城被任玉林的关心感动了。特别是在六一儿童节的时候，任玉林去学校慰问，见到张城时，张城十分亲切地跑到他身边，拉住他的手高兴地说，考试取得了好成绩。任玉林也被张城的行为感动了，看来，张城懂事了，进步了。任玉林把慰问品交到张城手中，又和他交流了有关学习方面的事，安顿他听老师的话，好好学习。

在我采访任玉林的时候，一提起留守儿童，他就有许多话要说。

"我也是从农村出来的，知道农村生活困难多，特别是孩子，如果从小不好好读书学习，长大以后出路更窄，打工也没有地方去。留守儿童的家庭情况复杂，大部分孩子由老人照顾，住校读书，从小就没有享受多少家庭的温暖，缺少父亲和母亲的关心，这些孩子特别需要关注和帮助。作为一名工作人员，应该投入精力帮助他们，让他们尽快从阴影中走出来，让他们像正常家庭的孩子一样生活学习，茁壮成长。"任玉林说，"我从来不把这些孩子称作留守儿童，生怕他们有心理负担。我只是关心、帮助他们，让他们感到有人关心着、爱护着，让他们从心理上没有包袱。每次和他们见面，我总是想方设法让他们开心。看到他们活泼可爱的样子，看到他们脸上绽放的笑容，我感到很欣慰。"

12岁的男孩王景，读小学五年级，家住西斗铺镇，家里还有个7岁的妹妹，没有上学。王景的父亲王清与妻子离婚，一个人带着两个孩子，平时靠打零工维持生活。王清患有股骨头坏死病，家庭生活十分困难。

"王景的爸爸真不容易，自己身体有病，还带两个孩子，在外面打工实在是不容易。"任玉林和我说王景的事情。

"王景又没来学校，肯定又在大街上溜达了。这些天不知道为什么，王景总是心不在焉，不听老师的话，喜欢一个人坐着，还偷偷离开学校到大街上闲逛。"老师把王景的情况告诉了任玉林，任玉林觉得王景可能遇到了什么事，必须得找他谈一谈。

任玉林与王景谈话，王景说出事情的原委。王景的父亲因涉嫌醉驾被采取了强制措施，而家中还有一个7岁的妹妹无人照看，爷爷奶奶也联系不上，其他亲友也无法帮忙。王景看到家里出现这样的问题，既没有能力解决，也不愿意对老师和同学们说，心里感到既着急又难受，所以，就采取回避和消极的态度对待。

找到王景的思想症结后，任玉林和县交警大队协作，将王景的妹妹送往包头市未成年人救助保护中心。在送之前了解到这个孩子一直没有落户也无身份信息，就为其免费做了DNA鉴定。

"把王景的妹妹安全送到包头市未成年人救助保护中心后，我很高兴，终于把孩子安顿好了。"任玉林说。

学校知道王景的家庭发生的事情后，第一时间向全校师生发出了爱心捐款倡议，为王景家捐款。经过老师们精心组织，共收到老师和学生的捐款3107元。

包头市未成年人救助保护中心的工作人员听到王景的事情后，也纷纷献出爱心，给王景捐助衣服、儿童玩具、书包等生活及学习用品。

"任叔叔，我以后再也不乱跑了，好好听老师的话，你们为了我们家这样辛苦，我一定好好学习，不让你们失望。"懂事的王景打心眼里感激老师和任玉林的帮助。

"在与孩子们接触的过程中，我发现了他们中的优秀者。这些孩子的家庭出现变故，生活困难多，短时间内很难改善，他们小小年纪就要承受这些生活压力，真的不容易。他们用刻苦学习和品德优良赢得同学、老师和社会的认可，自己也从痛苦中找到了快乐，为今后的成长打下了良好的基础。所以，我做的这些都是应该做的，关爱和帮助他们是我的职责，为他们的成长奉献一分力量我在所不惜。"

12岁女孩杨鑫，读小学五年级。在她很小的时候，父母就离异了，父亲已重组家庭。杨鑫不愿意回现在的家，于是就和爷爷奶奶在一起生活。爷爷奶奶年老多病，杨鑫的生活也很苦闷。

我和任玉林一起去了银号镇杨鑫爷爷的家。

"她的父母亲离婚很多年了，孩子一直跟我们，从一年级开始就在县里上学，周一至周五住校，周六我们接回来，周日再送到学校。可怜的孩子从小就没有母爱，她的爸爸常年在新疆打工，也不常回家，和孩子也见不上面。"杨鑫的爷爷说起孙女，眼睛里含着泪花，"孩子的生活我们可以管，但学习我们确实没有办法，只能靠她自己了。她是个听话的孩子，明白自己的事情只能自己做，平时我们只能督促她的学习。"

"孩子很争气，学习成绩好，以后也不用太操心。等到上初中，她也长大了，懂事了，你们就不用愁了。"我安慰了几句。

任玉林从学校老师那里得知杨鑫的情况，学习很努力很用功，是个乐观开朗的孩子，所以，他主要关心孩子的思想。他经常与老师沟通，以便随时发现异常的苗头并及时予以解决。

"这是我们管理的留守儿童中的特殊的3个孩子，我密切关注他们的生活和学习情况。虽然他们家庭不幸，但他们毕竟还小，今后的路还很长。通过我的帮助，他们能够走出困境，摆脱生活的阴影，成长为一个对社会有用的人。我的出发点就是为了他们。我想把孩子们的问题都解决好，不让任何一个孩子掉队。现在，他们信任我，每次考试的成绩都给我看，很愿意配合我的工作。"任玉林欣慰地说。

关注和帮助农村留守儿童和困境儿童并为他们服务，是一项十分有意义的工作。由于农村外出打工的家庭逐渐增加，未成年人的监护成为一大难题，需要社会各界人士的关注和帮助，特别是要有针对性地为精神关怀缺失、遭受家庭创伤的儿童提供人际调适、精神慰藉、心理疏导等专业化、人性化的关爱服务，促进他们的身心健康，使他们更好地成长，融入社会，为社会的发展做出应有的贡献。

采访到最后，任玉林说，又有几位爱心人士和几家企业要来固阳县为留守儿童献爱心，现已联系好了学校，即将开展捐款捐物活动，希望我也能参加。

任玉林是一位年轻人，在他的身上我看到了善意和爱心，看到了希望和温暖。相信在任玉林的关注和倡导下，会有越来越多的人关心、帮助留守儿童，让他们在新时代的阳光下健康成长。

特殊的生日

3月28日，小张磊的家里来了六七个叔叔阿姨，有认识的也有不认识的，挤满了他和奶奶、爸爸居住的那间不足20平方米的小屋。叔叔阿姨带来了生日蛋糕、玩具、衣物和文具，还为他点燃生日蜡烛，唱起祝福的歌。

"生日快乐！"

"祝你生日快乐！"

欢笑声、歌声和祝福声飘进他家的小屋，飘入他的心田。张磊做梦也没想

手把手教你用手机，把各种功能记心里

到会过这样一个惊喜的生日，他目不转睛地注视着这从来不曾见过的场面，有些怯懦腼腆，不知所措。

张磊不知道的是，几天前，他的一句话让那个平日里关心他的艳芳阿姨动了心思，想要给他过一个别样的生日。

11岁的张磊，家在金山镇红崖湾小川口村，原本他还算有个完整的五口之家，有爸爸、妈妈、姐姐和患有严重类风湿的奶奶。农忙时，爸爸在村庄里种地；农闲时，外出到县城打工，维持着一家人的生活。生活纵然艰难拮据，但爸爸、妈妈、姐姐和奶奶陪伴着他，他享受着家庭的温暖，日子过得还不算太苦。然而，妈妈终于不堪忍受生活的重负，4年前带着即将上大学的姐姐离开了生活困苦的家，再也没有回来过，从此，张磊成了没妈的孩子。奶奶支撑着残疾佝偻的身体，勉强照顾爸爸和张磊的饮食。2018年，张磊到县城的新世纪小学就读，周一到周五，在学校旁边的托管班寄宿，只有周末才能见爸爸和奶奶。小小的孩子，没有完整的家，他想妈妈，却不敢提起妈妈，没有妈妈的关心和呵护，张磊的性格渐渐变得孤僻、内向，也不自信了。

这一切都被赵艳芳看在眼里，牵挂着她的心。她和张磊是同一个村的，年轻的她也有一个和张磊差不多大的儿子。她知道，妈妈在孩子幼小的心灵里是不可替代的。她常常感慨张磊的妈妈怎么能忍心丢下孩子一去不回。张磊说话怯懦的样子，总在她的脑海里浮现，那双不敢和人正视的大眼睛也让她有说不出来的心疼。赵艳芳知道，很多离异家庭的孩子会在心理上出现一些问题，性格方面也会出现一些缺陷。张磊是好孩子，赵艳芳总是想着怎么才能帮助他。她经常去和张磊聊天，有时也会带点零食或学习用品给他。她说："一个村的，我是看着他长大的，特别心疼他。"

2021年1月，赵艳芳以大学生村干部的身份被聘为红崖湾村委会妇联主席，开展新时代文明实践志愿服务活动，担任红崖湾村委会"拉话话"志愿服务队队长。随着"拉话话"志愿服务活动逐渐展开，赵艳芳深深地体会到"拉话话"对于农村留守老人和儿童的重要性。同时，对张磊的帮助也不再是她一个人的事了。

2021年3月的一个星期天，赵艳芳知道张磊在家，于是和"拉话话"志愿者们一起去了他家。"拉话话"志愿者们和张磊聊天，当问起他有什么心愿时，他低声说："我快过生日了，希望爸爸给我买一把玩具枪。"那双大眼睛依旧不敢正视别人，声音依旧是怯懦的。

赵艳芳特别感慨地说："我的孩子喜欢什么就会和我们大声说出来，可怜这孩子……"我听得出她哽咽了。

从张磊家出来，赵艳芳便生出一个强烈的念头，于是和队员们商量，一定要给这些可怜的孩子和孤寡老人过一个难忘的生日，还要吸纳社会爱心人士参与到这个行动中来。想到做到，赵艳芳很快联系到县城的一家蛋糕店和一家童装店。当她介绍"拉话话"志愿服务活动的情况后，蛋糕店的老板秀珍感动地说："这是好事哇，你们这一代年轻人有文化，还这么有爱心，我们蛋糕店支持你们的工作，把温暖送给需要帮助的人，送生日蛋糕，送爱心！"童装店老板也表示一定要给孩子们送去需要的衣物。

于是，便有了开头的那一幕。

赵艳芳说，那个中午，张磊望着摆在自己面前的精致的蛋糕、精美的礼物、漂亮的衣服和文具，高兴得眼泪在眼眶里打转，嘴里不停地说："谢谢叔叔阿姨，谢谢、谢谢你们……"

赵艳芳送给张磊的生日礼物是一把玩具枪，他爱不释手。大家你一言我一语地和张磊交流着，时不时地逗逗他，他的脸上露出幸福的笑容。他们离开的时候，张磊终于没能忍住，挨个拉着每个人的手，成串的泪水流下来。之后，因为熟悉赵艳芳，他依偎在她的怀里，久久不肯离开……

离不开的黄土地　念不完的故乡情

　　一个壮年汉子，留守家乡，给人帮忙，在奉献中快乐着；一个年逾古稀的老人，怀着对父老乡亲的爱，奔波在山乡小路上，送药治病，挥洒汗水；一个八旬长者把学党史当作自己生命的一部分。他们用各种别致的"拉话话"方式宣传党的好政策。

村庄里的向阳故事

　　每片土地上都生长着许多故事，深秋的风像一把有灵性的扫帚，扫出了大地收获之后的余痕。王银其站在自家地垄头看了又看，那大片大片露着金黄笑脸的玉米穗子已被尽数装车收回。他骑着摩托车返回村庄，留下身后的黄土地在深秋的冷风里独自苍茫。

　　王银其还没进门，老伴的大嗓门已经从院子里传出来："哎呀呀，慢点慢点，小心小心……"她跟拉回玉米穗子的师傅忙活着卸车。

　　在拉锁老汉的大院子里，满地堆放着刚从地里收回来的玉米穗子，从门口最上面一个台阶一直铺到大门外。那些穿着薄衣的白胖胖的玉米穗，像是蔚蓝天空上的云朵，在正午的日光里高调地赞颂着丰收的喜庆和欢娱。

　　王银其呆呆地看着，有些发愁。丰收是喜悦的，这满院的玉米少说也有两万公斤，可是要想把它们变成财富，首先得给它们扒皮，变成玉米棒。那可是一项工作量巨大的磨人的营生。眼看着要立冬了，王银其愁得双眉紧锁，一支接一支地抽着闷烟。

王银其是红泥井村小组长，村里成立"拉话话"志愿服务队，他当了杀猪队队长。他平时话不多，却是个十足的庄稼好把式，2020年，在邻村新窑坡包了40亩地，全部种上玉米，2021年得了个满堂彩。连掰带拉，整整忙乎了半个月，金山银山是收回来了，可是如果稍有耽搁，这满院子的玉米就有可能连皮过冬，那损失就难以估量了。他急躁地看着院子里的老伴手忙脚乱地侍弄这些带皮的"祖宗"，一筹莫展。这院子，是他专门跟拉锁老汉借来储存玉米的。

突然，有人从背后拍了拍他的肩膀，回头看，是村里的老汉乔凤义。

"杀猪台的锁链断了，你不是要进城换一根吗？走不？我正好去固阳办事。"

乔凤义的电动车就停在路边。

说起杀猪，王银其刚才皱着的川字眉稍稍松了一些。

马路壕杀猪队在这一带很有名气，起先只是小打小闹地在年关时为自己村里杀几头猪，"拉话话"志愿服务队成立这支免费杀猪队后，王银其自告奋勇当了队长。他和他的兄弟们像是年久的老磨盘注进了新动力，整盘转动起来，他带领齐凤林、王志华、乔凤义等人，在立冬之后，开上他们的电三轮，吆喝着杀年猪。他们不仅免费承包全村的杀年猪工作，还帮助其他村的孤寡老人杀年猪。一来二去，王银其渐渐出了名，成了村里人人敬慕的贴心人。

王银其心神一震，脱下身披的黑蓝色褂子，抖着尘土向院子里望。

"我下一趟固阳呀。"他对老伴说，但不等那面有回音，他就上了车。

乔凤义老汉笑着说："等人家回话了，就不让你走了。"

王银其紧绷着脸，说："你说说这营生太多了，我要说我走呀，那婆娘怕不吃了我。"

"你们两口子都要强，少种上些不就少受点吗？你这四五万斤，够你扒一冬天了。"

王银其点上支烟递过去，乔凤义摆摆手。

王银其吸着烟，望向远处。

"这样，今天先出去转悠转悠，咱雇些人手回来帮帮工哇。"

乔凤义年近古稀，是个老实巴交的庄稼汉子。前两个月，他的老伴刚过世，他一个人过活，儿子几次来接，他都不走，舍不得生活了半辈子的红泥井。他全神贯注地开着小电动车，听了这话声音突然高起来："我是要捎你一程的，这就让你给抓了差了。"

王银其吸着烟卷，又陷入沉思。他确定自己停放在拉锁老汉院子里那些带皮的玉米穗是手头上最要紧的营生。

玉米一季里就那么几天，不熟不能收，一旦熟了收回来就需要大量人手剥玉米皮。如果今年没剥完，上冻后，玉米的潮气不能发散，明年开春就会发霉，只能扔掉。他的心咯噔了一下，他和老伴一整年没日没夜地投入在玉米地里，在玉米最茂盛的时候追肥，他和老伴的脸被叶子划成个花葫芦，疼痛和汗水顺着那些划痕滴落。老伴跟着他受了这么些年的苦，要真是……王银其的心开始从正午西斜。

王银其开始打电话："喂，老三吗？你看你们村这几天有没有人想出来做工的，嗯，工钱人家看，管午饭……啊？没有？唉，那你帮我问的，有的话赶紧联系我。"

"张队长啊，我是马路壕红泥井村的王银其，不记得我了？我去过你们小毛忽洞开过会，对对，是我。我是想问问，你们村有没有人能来我们村打几天短工的，3天就行，管午饭。啊？没有啊？那给你添麻烦了……"

买好杀猪用的吊链时，山和树的影子都开始拉长。

王银其低着头，一路不说话，他盘算着实在不行就捎个话叫女儿回来，可是女儿嫁到东胜了，一岁多的小外孙能禁得起长途奔波吗？王银其叹着气。下车的时候，乔凤义摇下车窗探出头，说："别太着急了，要不行，我明天起来跟你们扒几天哇。"

王银其匆匆回家，准备吃口饭也喝口水，他没让乔凤义来，因为在这最忙的季节，家里只有馒头烩菜，还都是剩饭。老伴看来已经回来过了，锅里放着俩馒头和一碗烩菜，还有热乎气，他心急火燎地吃了几口。突然，电话铃响："喂，王大队长，你在哪儿呢？"

王银其听着声音耳熟，问："谁呀？我在家，没听出来，你是谁呢？"

电话那头一阵笑声，接着说："你别家里窝着了，出来干活吧。"

"谁呀？老刘嫂子吗？"

电话挂断了，王银其纳闷了。

三口两口吃完，王银其一阵风似的向玉米大院奔去。进院的瞬间，一股暖流朝着没有任何准备的他涌来。院子里，加上他的老伴在内，有七八个女人，手持钉子或者削尖的筷子，如织女一样在上下左右忙乎着。在她们身后，是成捆的扒下来的玉米皮。

"秀清姐，老刘嫂子，六女子……你们……这……"看着这些已是花甲之年的与自己同饮一井水的乡亲，一个敦实厚道的庄稼汉子，竟然哽咽了。

"哎呀呀，这是甚事来，你不一天到晚给咱们村义务杀猪吗？我们几个老姐妹合计着也想给你出把力气，给你帮个忙，这不机会来了吗？"

王银其搓着大手，说："那啥，我还说准备去哪儿叫几个人来给帮工呢，大忙的，你们……这……"

带头的刘云生笑着说："别这那的了，你也赶紧干活吧！我们集中几天，帮你把这几万斤玉米扒出来，糟蹋了多可惜，别的你不用管，我们自家都会安顿好的。"

"哎，哎。"王银其连声应着，加入扒玉米的队伍。

远天的斜阳照进玉米大院，那些金灿灿的光辉映红了红泥井村剥玉米的女人们的脸，光彩四溢。

6天以后，杀猪队长王银其家的两万公斤玉米，全都光光亮亮地呈现出它们的金黄。王银其用自己心上的阳光，换取了等量的温暖，这是他始料未及的。

"赤脚医生"刘智生

弱水三千，只取一瓢饮。

刘智生怎么也没想到，他这辈子就在东元永村了，从青春年少到暮气沉沉。

太阳优雅地划着弧线向西方沉落，天边泛起了深浅不一的红，漫过地平线，逐渐漫到他的脚踝。他开始着急了，无论如何，今天也要赶到马五分子村把老两口的药送到他们手里。

进门的时候，高进宝老汉正端着半盆面条往门口的条桌子上放，见他进屋，高老汉咧开嘴笑着说："哎呀，我的救星来了。"高老汉有关节炎，有时禁不住疼痛会多吃几片药，所以他的药总是一个月接不上一个月。有时坚持不到月底，他就打电话问刘大夫："你甚时候来呀？药可是就剩下几片片了呀。"

高老汉的老伴听见有人在外间说话便从厨房探出头来，见是刘大夫，也不由得眉开眼笑起来，嗔怪道："哎哎呀，甚叫救星呀，我看你高兴得还不知道咋好了呢。"

老伴汪蜜女有糖尿病，也是靠刘大夫每月按时送药来减缓病痛。他们盼望刘大夫就像是深夜里摸索独行的人盼望着星光。

3个古稀老人像是久别的亲人般嘘寒问暖。

出门的时候，刘大夫三番五次地回头，说："老高，我和你说，你不能一疼就抓住药吃，也得保养保养。那活计你干一辈子也干不完，你少干点儿手就不咋疼了。记住啊，病是三分看七分养。"

高老汉回应道："好好，这次我一定注意，咋也坚持到你下个月来的时候。你这往回走天都黑了，慢点儿骑车呀。"

天边那抹残红已然消退得无影无踪，村子里开始闪烁起点点灯火，刘大夫一边答应着，一边跨上摩托车赶路。

刘智生是银号镇东元永村的村医，从那个被称作"赤脚医生"的年代走上岗位开始，已在工作岗位上干了50多个年头。

刘大夫说他从不后悔，他目睹了世事沧桑和人间冷暖，见证了国富民强。他是一名共产党员，怀揣着爱和执着。

4岁的时候，他从炕头摔到地下，此后发育迟缓。8岁那年，父亲离开了他们，家人也渐渐发现了他比同龄人矮半头，可是一家人温饱都难保，哪有钱给他看病。如今，他的身高仍然停留在十几岁孩子的阶段，而且后背的伤包一直都在。

刘智生有一个好大哥。长兄如父，是他对大哥最真实的描述。

看到他身材矮小，大哥在抽了一下午旱烟之后，把书包从自己的儿子刘瑞身上取下来交给了刘智生，说："你去念书吧，将来也好谋生。"看着小儿子鼻涕眼泪地哭闹，大哥蹲下来，说："瑞娃儿，你跟爹种地，你长大了，体格好，一定也错不在哪儿。"当时他家的条件只能送一个孩子去上学。侄儿刘瑞比刘智生小两岁。

刘智生没有辜负兄长，一路念到了包头卫校，毕业后成了村里受人尊敬与爱戴的大夫。那年，他20岁。

心怀感恩，他用自己的医术为村里人送去健康。尤其是自2017年送医送药以来，70岁的他，感觉自己又一次受到了鞭策，觉得能给人们看个头疼脑热，即使分文未取，也比自己获得任何好处都快乐。

东元永村委会共有13个自然村，呈星状四散分布。刘大夫不嫌山多路远，就只有一个念头，把药送到。他每月给每个贫困户送一次药，因为村落零散，刘大夫常常披星戴月，从早到晚奔波在送药的路上。

2019年3月的一个下午，积雪未消，刘大夫从卫生院领了药，联系好那4户人家，骑上摩托一路向福成元滩疾行。他心想着好不容易人都在，正好问问他们效果如何，有没有好转，顺便再给他们量量血压。他瘦小的身影，在苍茫的冷风里，像一只风筝，翻山越岭。

突然，咣当一声，刘大夫感觉到一股血腥味，刹那间，失去了意识。

醒来的时候，他已经躺在县医院的病房里。

原来，村路上有给过路汽车加水的水管，严冬里裸露在雪地上，风吹的时候，管子的末端像一只目盲的眼镜蛇，跳跃横扫，刘大夫被击中了头盔。

他看着自己的模样，摸着缠满绷带的身体各处，看了一下守护他的卫生院的同事们，旋即闭了眼靠向床头，心想：我还活着，那就好，那就好。

卫生院支部书记郝永祥安慰他："你的情况应该不重，养上3个月应该就能下地了。"郝永祥是第一个赶到现场去救他的人，也最了解他的伤情。

刘大夫问："3个月？那不行，我还得给福成元滩送药去呢，还有马七分子那个老曹。"

郝永祥和同来的银锐锋交换了一下眼神，说："哦，那行，那你出院了再接着送，这几天的药我们替你送吧。"

刘大夫昏迷了3天，他自己不知道，大家也不说，谁都不想给他本就沉重的人生再填一锤。

经医院鉴定，刘智生左侧颧骨骨折，左侧桡骨骨折，左侧髌骨骨折，膝关节滑膜积液，全身多处外伤……送来医院的时候，大夫都吓了一跳，他浑身是血，头上也血流不止。

院长张志军去医院看望刘大夫，说："考虑到你的身体情况，送药暂时由别人代替。"刘大夫因身体不能动弹,就用唯一没缠绷带的右手拉住张志军的胳膊,说:"院长,这是不用我了?我能行,千万别换人啊,这是送药的节骨眼啊,别人没我了解贫困户的情况,他们没我不行啊。"

他开始解左腕的绷带,接着说:"我能行,我一辈子都给了东元永村,要是以后不能再给他们送药看病,那我就是个废人了,你们还救我干甚呀?"说着开始流泪。

张志军始料未及,看着刘大夫这个状态,他也眼圈发红:"那你给贫困户打个电话,你再住上半个月晚几天再给他们送药。"

刘大夫没有说话,瞟了他一眼,继续用唯一能动的右手,烦躁地揪扯着左臂上的绷带。

最后,张志军等人就在他的病床前,分头给那几户打电话请求谅解几天,说刘大夫重伤住院,出院再送药。

医院预计3个月的住院治疗期,刘大夫只住了8天。之后,他挎着绷带,拖着瘸腿,拄着双拐,回到了自己的岗位上。

回到岗位上以后,刘大夫整天打电话安排,叫人来,叫邻居捎,委托自己的儿媳送药上门……那个月的送药,刘大夫硬是一户没落,全部到位。

刘大夫总说自己是个小老头儿,是个有用的小老头儿,古稀之年仍然热爱自己的岗位,坚持入户送药。从2017年开始,他坚持为自己常年服务的贫困户每人每月送药一次,每次要跑12公里。2017年,他为15个人送药;2018到2021年,累计每年服务120人。5年来,合计送药里程有几万公里。他有时喝上一杯酒,就笑着跟老伴显摆自己:"你别看我个头小,我干得可都是惠民的大事情,我这党员啊,不给组织丢脸。"

刘大夫以半残之躯践行着党的嘱托,在5年的送药过程里,累计用坏头盔7个,跑坏摩托车两辆。有一次,同事去他家串门,看到他那两箱子废弃的头盔,就劝他扔了。他直摇头,说:"不能丢,救过我的命。上次要不是我戴着头盔，那水管子打过来就要了我的老命了，可不能扔。"

岁月不居，时光如流，从少年到白头，刘大夫始终热爱着东元永村，热爱着村医这个岗位，这个神圣、庄严的岗位。

有一天，他一夜没睡好，一大早醒来，就把儿子儿媳叫过来。他端着一碗小米粥看着儿子和儿媳，说："你俩坐，和你们说个事。"他拿筷子指向左侧的小凳子。

他喝了一口粥，夹了几根咸菜，说："我说你俩啊，谁来继承我这事业呀？"

儿媳咯咯地笑起来，说："爸，甚事业，又不是国家工作人员，还有甚继承不继承的！"

刘大夫把筷子咣当一声扔到桌子上，说："咋不是事业？这就是医疗卫生事业，谁说这不是！能叫你们过来是看得起你们！"

见到老父亲发火，儿子马上嗔怪道："爹说是就是，你磨叽甚。"

刘大夫说："行了，我意思就李霞吧。我闺女们都没了，你体格好，可以继续种地，李霞以后师承我，继承我的事业。"

儿子儿媳点点头，他们知道，父亲曾生育了两个女儿，但早夭了，他俩是父亲膝下唯一的指望。

此后，儿媳李霞替老父亲跑逛送药了。

40年坚持学习的村里人

在西斗铺镇忽鸡兔村委会召塔自然村有一位特殊的"拉话话"志愿者，他坚持学习党史知识，把自己对党史的理解讲给左邻右舍，讲给村里人，讲给周边村落的人。他把话话拉在了炕头，拉进了地头，拉进了村人的心头。涓涓细流，汇成江河。一日为党员，终身是榜样，这位83岁的老党员的坚守，让人感动。

冬日寒风阵阵，在一户普通的农家里，一位身形消瘦但精神矍铄的老人坐在桌前，捧着书本认真翻阅。他不时停下思考，并在笔记本上认真记录着。这位老人叫吴文亮，1939年2月出生，是一位有着50多年党龄的老党员。自1971年2月入党至今，学习并传播党的路线方针政策，成为老人生活中不可或缺的一部分。

"我是党员，学习宣传党的方针政策，是我的义务！"手中的放大镜是吴文亮的学习"宝器"，尽管年事已高，视力下降，但他用放大镜辅助仍坚持学习。这几日，每天吃过饭，他便开始学习。《中国共产党简史》他已经读了100多页，记下厚厚一摞笔记。

"每看一页纸，每读一遍书，都要认真写一写，'过脑子'学习。"吴文亮说，"我是一个穷苦孩子，小时候家里生活不好，吃了上顿没下顿。当时经常听村里的老人们谈起打仗的事，我们现在平安了，共产党让我们过上了幸福生活。"

细细想来，吴文亮也是村里的"文化人"，但这文化也来之不易。家境贫困的他，读小学时，白天上学堂读书，晚上到离家不远的西斗铺火车站装羊粪挣钱贴补家用。因品学兼优、各方面表现较为突出，12岁时，他加入中国共产主义青年团，后被保送到固阳中学读书，并在国家救助下完成学业。

"农村是一个广阔天地，在那里是可以大有作为的。"初中毕业的吴文亮，积极响应国家号召，主动申请回西斗铺镇忽鸡图村参加生产劳动。当时，初中毕业的"文化人"很快就被安排到村委会任职，他担任过牧业队长、粮食保管员。

在农村的广阔天地里，年轻的吴文亮大展身手。农闲时，他和乡亲们一起打井。

那时候的生活虽然艰苦，但村民们的学习热情也高。所有的耕作全部是人工,特别是收获小麦,就是靠拔。拔一天麦子,腰疼得直不起来,两腿跟灌了铅似的迈不开步,浑身像散了架。即便是这样,也难以抵挡村民们学习的热情,村里办起了夜校。

"国家培养了我,我有义务为国家办事。"能识文断字的吴文亮成为夜校教师的不二人选。除此之外,兼任政治队长的他,还在村里利用板凳会等多种形式或在田间地头开展农村思想政治教育。

1963年,吴文亮被评为包头市优秀青年团员。但至今说来仍带有遗憾,因凑不齐路费,吴文亮没能参加颁奖。1971年2月,吴文亮加入中国共产党。

"一段誓言,一生承诺,一辈子笃行。"20世纪70年代的大后山,交通不便,群众生产生活困难,医疗卫生条件差。面对偏僻农村落后的医疗卫生条件,吴文亮的心久久不能平静。1977年,吴文亮响应国家号召,在接受了一年的医务培训后,从大队会计转变为一名"赤脚医生"。日工资是六分工,相当于一个正常劳动力的一半。家里还有老婆孩子要养活,他克服生产生活中的困难,选择"半农半医",在乡村缺少医药的情况下,一边为群众看病,一边自学摸索。

"千家万户留脚印,药箱伴着泥土香。"一个药箱,一辆自行车,听诊器、血压计、体温计三大件,还有止咳退烧消炎的常用药,就是他行医的主要家当。身为共产党员的他,包里还有一大件——自己经常学习的"红本本"。

在吴文亮为数不多的家具中,有一个老旧木头书柜特别显眼,里面是一摞摞泛黄的书籍、整齐的笔记本和用白线装订成册的小本子,这就是多年来一直陪伴他的宝贝。翻开其中一摞,有烟盒纸,有孩子用过的作业本背面,甚至有电费单,密密麻麻地记录着学习党史的感悟和体会。最早一份记录的时间是"1977年8月25日",那是一张从笔记本上撕下来的横格纸,已经泛黄发脆。

"那些年,既要忙农活儿又要给乡亲们看病,没有太多空闲时间学习,多数是在村党支部开会时记的。这是我的宝贝,经常翻出来看看,有时候也给村

安火炉来打火桶，大娘心里暖融融

里人讲讲。"吴文亮一边翻阅笔记，一边回忆着。

"在递交入党申请书时，想着中国共产党是帮助群众办实事的，就想加入这个光荣的团队，我也想帮着群众干点实事，发挥自己的力量。"提及入党的初衷，吴文亮记忆犹新。正是这样的初心，使他不管白天黑夜、刮风下雨，也不管路途崎岖遥远，只要病人有需求，哪怕自己再苦再累，都会做到有求必应，坚持送医送药到农户和田间地头。他走遍周边村庄的各个角落，为村民治疗头痛感冒，为乡村孩子接种疫苗……他把自己的温暖和热情奉献给村里人，赢得了乡亲们的赞誉。

一个人做一件事并不难，难的是十几年甚至几十年坚持做同一件事，而且还将继续做下去。

从当初的报纸空白处、烟盒纸、电费单到现在的崭新的笔记本、稿纸，吴文亮几十年如一日，始终坚持学习党的知识。在他的粗木书柜里，摆满了党史学习资料，许多资料封面由于常年翻阅已经变得皱皱巴巴。和这些资料放在一起的，还有整整齐齐一摞一摞的学习笔记，从党的十一大、十二大、十三大到党的十九大，既有党史知识重点内容摘抄，也有学习党史的感悟，初步估算，有20多万字。据吴文亮介绍，这只是一小部分，因日久年长，再加上房屋几次改造搬迁，很多笔记都没有保存下来。现在，桌子上有一个打开的笔记本，上面写着"中国共产党简史"。

是什么力量驱使这位耄耋老人坚持学习，笔耕不辍？

人活一世，草木一秋。吴文亮认为，这几十年没有虚度年华，几十年如一日，没有枯燥和乏味，更没有怨声载道。他说："我没有别的爱好，就爱学党的知识。我也没有其他想法，就是想把国家的好政策记录下来，农闲时告诉给村民们。"朴实的话语，闪耀着一位赤脚医生鲜活的人格魅力，道出了一名老党员的思想境界。

"父亲几十年来一直坚持学习党史知识，他执着的精神让我佩服，也深深地影响了我。父亲始终保持看书看报的习惯，每天坚持收看新闻节目，了解国内外大事。"吴文亮的儿子吴志刚说。作为一名有着50多年党龄的老党员，吴文亮始终恪守共产党员的本色，积极主动参加组织生活。西斗铺镇忽鸡兔村党支部书记连引官介绍，党支部对年龄大的党员开展送学上门的服务，但吴文亮一直坚持参加集体学习。党史学习教育动员会后，吴文亮通过看书、读报搜集了不少英雄事迹并做笔记。当我问他为什么要记录这些革命先辈和烈士的信息时，他激动地高声说："这些人无私无畏，不怕苦，不怕牺牲，中国的解放没有这些人是不行的！"

吴文亮除了注重自学，还喜欢拉着大家一起学，把传播党的理念作为党员义务的一部分。村里的群众都喜欢围在他的身边，听他讲党史红色故事。吴文亮居住的村子以老年人居多，青壮年大多外出打工了，天气好时，村里的老年人就出来晒太阳，串门子。吴文亮对来串门的老邻居主动分享自己的学习心得，也聊聊国家政策。渐渐地，他成了这个小村庄讲党史故事的人。凭借几十年的学习记录和对农村生产生活的感受，他用通俗的话语分享自己的心得体会，偶尔也会读几段《中国共产党章程》《中国共产党简史》以及历届会议精神。讲到动情之处，吴文亮还会哼唱几句初中时传唱的革命歌曲《社会主义好》："社会主义好，社会主义好，社会主义国家人民地位高……"他用颤巍巍的手有力地打着节奏。一来二去，不光是老邻居，还有村委会的年轻人，连邻村的党员也纷纷来到这个只有两间正房的小院。村党支部经常请他讲几段党史，让党员干部感受老党员孜孜不倦的学习精神。他说："作为一名老党员，我始终与党同心。虽然年纪大了不能过多地服务大家，但党员的身份永远不会忘，党员的责任永远不会忘。"

党的十九大后，市委宣传部授予吴文亮家"老党员讲堂"的称号，不仅是对这位老同志的赞扬和鼓励，同时也是一种感激。为了能让老同志更好地发挥所长，就近就地宣传党的政策，传播党的声音，影响和带动身边更多的人，县委宣传部为他颁发首个以个人名字命名的"吴文亮党建工作示范室"荣誉称号。

吴文亮的党史学习笔记记得更多了。"最近十几年，孩子们都成家了，我也有更多的时间学习。年纪大了，记忆力不太好，多亏了这个'宝贝'！"吴文亮所说的"宝贝"，是他随身携带的收音机，靠着这个"宝贝"，吴文亮成了村里的"明白人"。党的十八大、十九大，领导讲话摘要、大政方针政策解读，自己的感悟和编写的顺口溜，都整整齐齐地记录在笔记本、报纸的空白处或小纸条上……1977到2021年，44年来，吴文亮就这样记下了20多本笔记。"以前家里孩子多，写完也不注意保存，有一年盖房时放在外面，还被雨淋湿丢了很多，不然比这还多，这些大多是这几年写的。"吴文亮说。

2021年3月，忽鸡兔村党支部书记连引官带着党史学习资料上门，在与吴文亮的交流中发现了这个"秘密"，当时就被震撼了。

"平时我就发现吴老特别爱学习，每次见到我总会说开展学习活动的时候记得叫上他。经常问我村委会有没有新的学习材料，有的话可不可以借给他看。我担心吴老的年龄太大出来不方便，所以村委会一有新书就给他送过去。没想到，吴老竟然做了这么多笔记。"那天，连引官在吴文亮家里从下午5点30分待到晚上7点多，一页一页翻看着的吴文亮的笔记，从那些已经泛黄毛边的纸张上回顾着党和国家几十年来的发展变化，既感动又感慨。

我们走进吴文亮家里时，也被他44年来积累下来的"笔记本"震撼了。笔记本的大小、颜色、质地参差不齐。说是"笔记本"，其实有很多是由拆开抹平的香皂包装、烟盒、信封和电费单订成的。虽然纸张简陋，但上面密密麻麻、工工整整的小字，是一位老党员对党和国家事业发展一笔一画的真实记录。虽然手上的记录已有这么多，但脚下的"记录"也从未松懈。不计工分后的很多年间，吴文亮在没有任何报酬的情况下，仍然义务承担着赤脚医生的工作，为乡亲们免费治疗头疼脑热。"因为我是一名党员，要为人民贡献自己的青春和力量。"吴文亮说。

几十年孜孜不倦的学习记录以及大半辈子对于农村生产生活的感受，让吴文亮对党的理论方针、惠民政策都有更深入的了解，他仿佛是一本"活教材"，用自己的方式讲述着党史故事。来串门的老邻居、同村的年轻人和邻村的党员同志都喜欢听他讲党史故事，一起聊聊现在的好光景。

几十年的学习、记录，他清晰地感受到党和国家政策给农村和农民生产生活带来的日新月异的变化。"农民种地实现了机械化，家里也有了电视电话，日子越来越好了，国家也越来越富强了。"年老后，劳动力渐弱的吴文亮老两口享受到国家的社保和低保政策，有了稳定的收入。2016年，危房改造后住进了新房。学习环境改善了，吴文亮更加如饥似渴地学习，学习和记录已经成为晚年生活的重要组成部分。

2021年4月19日，固阳县委宣传部长走访忽鸡兔村时，通过连引官介绍，见到了数十年坚持学习党史的吴文亮。感动之余，他在朋友圈里写下这样一段话："50年党龄，20本笔记！谁能想到，在这样一个偏僻的小山村里，一位83岁的老党员数十年学习党史的执着与坚守！我为老人孜孜不倦的学习精神所感动，仔细翻看里面的内容，字里行间，无不流露出一位老党员对党的无限忠诚。"

4月21日，固阳县委宣传部长带着牌匾、书籍，还有崭新的老花镜、笔记本和笔来到吴文亮家里。吴文高刚刚喂完羊，沾着土渣的粗糙大手接过一摞书时，满脸的皱纹里溢出了喜悦。他戴上新的老花镜翻看着，忍不住又抄写起来。

环顾老人布置简洁的小屋，最显眼的是那个放满书和笔记本的粗木小书柜。多少个日日夜夜，吴文亮就是这样戴着老花镜，一字一句地抄写下书柜里的那些书。

"年纪大了，看得时间长了眼睛就酸困。干干别的事，回来再看再抄。"

这个佝偻着身子的乡村老党员一边抄写，一边笑着说。有了以他的名字命名的党建工作示范室，他十分高兴，愿意奉献自己的余热，为大家讲讲党史党课。

"我于1971年2月17日入党。入了党就要对得起当初举起右手面向党旗的誓言，始终牢记自己的初心和使命。"

坚持每天学习时政理论，力所能及地贡献一分力量，这就是吴文亮，一位共产党员的信仰与情怀。相信这份信仰与情怀能如火炬一般，照亮新时代年轻党员的学习之路，激励和鼓舞他们不忘初心，勇敢前行。

下篇

『拉话话』好　家风　乡风　民风

百姓事情放心上　社区处处有榜样

"拉话话"拉进了村头、地头和炕头，拉近了干部与村民的距离，也带动了一个个志愿者。支农社区的志愿者迎头赶上，不甘落后，把话话拉进了小区，拉进了楼道，拉进了居民的房前屋后。

支农社区的管辖范围是从漠南路以北到建设路以南，东至廉租房五期，西至阿拉塔大街。这是一个管片分散的大社区，共有22个小区，9处平房区，有高档小区1处，老旧小区12处。辖区内有住户7952户17464人。

由于小区不同，各个小区的需求也不同，社区工作者工作繁重。为提高工作效率，更好地服务小区居民，支农社区实行了网格化管理，每位网格员管理一个网格，一个网格有800多户居民。他们实行"1+3+X"的议事制度，扩大了议事范围，群策群力，责任到人，有效提高了服务质量。支农社区坚持全年不打烊的管理制度，每天加班一小时，周六日不休息。为来办事的居民提供方便快捷的服务，生动践行着"就近办，一次办，少跑路"的服务宗旨。

石华是社区主任，市党代会代表，更是一位服务老百姓的基层干部。支农社区在她的带动下，团结一致，倾心付出，工作干得如火如荼。虽然他们干的都是与居民打交道的一件件小事，解决的却是老百姓的大事。老百姓对社区的信任、认可、依赖和爱护，就是由他们为老百姓办成的一件件小事积累起来的大成绩。

支农社区的工作人员几乎都是女同志，在家里也许是娇生惯养的女儿，也许是备受宠爱的妻子，但在工作岗位上，他们就是铠甲战士。基层的每一项工作都需要他们一件一件地落实解决，每一个需要帮助的家庭都要他们及时到位，哪里有需要就站在哪里，哪里有问题就出现在哪里。

把百姓的事情放心上

华晨豪庭一期是拆迁后建设的小区，大部分住户是拆迁户回迁的，还有部分是陪读的家庭租户，是一个消费水平相对较低的群体小区。一次，石华下片区时，几个居民给石华反映："石主任，我们觉得物业费每平方米0.6元有点高，能不能和物业协调一下。我们农村人挣钱不容易，住到楼房里又是水又是电又是煤气太费钱，供孩子上学也需要钱，挣的钱都接不上开支了。"这个问题有点难。物业费是物业公司根据标准定的，不是随便想调就能调。石华抱着试一试的心态去找华晨的物业："居民反映有点承受不了物业费，能不能总体考虑这里的居民状况，灵活调整一下政策幅度，把物业费降低一点儿，减轻人们的负担。"物业公司当时就说："这是我们整体出台的收费标准，这个小区降了，其他小区也让降怎么办，我们以后的工作就不好做了，希望你们能理解。"道理就是这样，如果要降低物业费，就意味着要压缩物业公司利润，人家公司以盈利为目的，怎么会同意呢？石华回到家里，脑子里不断地浮现她碰到的那个佝偻着身子送孩子上学的父亲。为了孩子，他们不得不在城里贷款买房，来回既要种地又要照顾家，挣钱确实不容易。

石华第二天去找经理，把情况再反映一遍。经理说："情况我听工作人员说了，这个问题我们需要向总公司汇报，我们这儿决定不了。你先回去，过几天给你回话。"

过了几天，石华又去，对方说已经汇报给总公司了，得开会才能决定。

石华想好了，即使跑十趟也要把这件事情解决了。第四次，没有结果；第五次时，终于有动静了。物业公司经过层层商量层层决议，同意只为华晨豪庭这个小区破例，每平方米下调1角钱，也就是0.5元/平方米。每平方米少交1角钱，每户就是少交几十上百元钱，900多户居民均有受益。

华晨豪庭二期建好后，天然气一直没入网。石华去天然气公司反复几次协调，最终落实了378户天然气入网，解决了居民生活最基本的燃气问题。

中年的张四梅身体单薄，丈夫脑梗不能自理，有一个残障小叔子，一个上学的孩子，还赡养一个80多岁的老妈妈，生活的艰难可想而知。社区对她家格外照顾，只要有结对帮扶，首先就想到她家。2021年，煤价上涨，冬天取暖成了问题。3间平房四五口人，一冬天得烧几吨煤。家里没有顶梁柱，没人挣钱，张四梅伺候一家老小又不能出去打工，生活全靠低保金和救助。煤价这么高，张四梅早就愁上了。她听说有煤改电的政策，不知道自己家能不能享受到。张四梅去找石华，向社区寻求帮助。石华说："这个政策只有20户试验名额，条件是必须集中居住，方便架线。你家周围的房子都拆了，独一户，之前我们考虑过你家，但你家不符合条件。现在20户已经改造完了，电力公司不可能给一户人家架线呀。"

张四梅坐在那儿就开始哭，边哭边说家里的种种困难，各种心酸、无奈一齐涌上来，抽搐得更厉害了。石华看在眼里，急在心上。

"你先回去搭照家里老小，我想想办法。"

张四梅的眼神发着光，抓住石华的手说："石主任，我们全家拜托你了，你一定想办法帮我们，不然今年冬天都没法过，我没有一点儿办法。"

石华满心同情，不停地安慰她。

石华向镇里汇报张四梅家的情况，希望镇里能出面和电力公司沟通，帮助她解决眼前的困难。于是，金山镇领导和石华一起到电力公司协调，把张四梅家的具体情况向电力公司领导做了汇报，电力公司领导听了也很同情，说：

"特殊情况特殊对待，我们原则上不允许给单户改造，但特事特办，现在国家号召为民办实事，为老百姓办实事，我们企业务必要响应。我们需要查看一下现场才能制定方案，你们先回去等通知。"

两天之后，电力公司制定出方案，准备再架一趟低压线为这户贫困家庭进行煤改电。3天之后，改造完成，张四梅的心愿实现了。张四梅拉着石华的手，激动和感激的心情都化为眼泪。石华的心里也酸酸的，紧握着她的手，说："好好照顾家人，有什么困难有我们呢，我们会帮助你的。把自己照顾好，这个家全靠你了。"

天有星辰恰似你

居住在富德昌小区的尹牛孩老人已经90岁了，一生未娶，无儿无女，时常一个人在门前晒太阳打盹儿，孤零零的。张凤一有空就过去和他"拉话话"，他也喜欢看见穿红马甲的张凤。张凤去看他时，他激动地说："闺女，你又来看大爷这个没用的老头子了？就你能想起我。十五给我送元宵，端午给我送凉糕，中秋节给我送月饼，平时给我送米面，我吃吃喝喝不愁啦。我再把身体好好锻炼上，争取让你少操心，少给你添麻烦。"

张凤说："尹牛孩老人离社区近，我没事就过去搭照一下，看看病了没，有需要采买的没。别看人老了，觉悟还挺高，还知道身体好了少给我添麻烦。"

张凤的声音稍微扬了扬，眼眶潮湿了。我的眼前浮现出老人孤苦伶仃的样子，心里也感到一阵酸涩，就像看到一缕快要落山的夕阳，既清冷又静穆，时间仿佛抽丝一般即将抽干这个生命。也许他有生之年的最后一丝温暖就是张凤给的。

一到雨季，让广众新城居民头疼的事情就来了。由于楼顶防水没有做好，一下雨就严重漏水。常常是外面下大雨，家里下小雨。住在顶楼的多数居民反映，家里的墙面和家具都被水泡过，这种糟心事谁不遭遇就不知道那种憋屈。

2021年夏天，一场雨过后，张新华气冲冲地找来了，进门就大喊："雨又把我家泡了，来找你们好几次了，你们究竟管不管？再不管我就搬到社区来住，要不就去你们家住。这叫甚事了，今天不给我个说法我就去上访。"被唬住的张凤半天没反应过来，社区的其他人一起过来安抚张新华的情绪，张凤在一旁赶紧联系居民开会，征求意见。首先需要成立业主委员会，有了业主委员会才有资格到住建局物管中心申请维修基金。这么长时间办不成，一是因为没有业主委员会，二是居住期限不到十年，而这是动用维修基金的两个硬性条件。

张凤被张新华一顿数落，但她顾不上生气，而是赶紧召开会议，让每家出一个代表，推选出有责任心爱张罗事的业主。会议室里挤满了人，有提建议的，有说风凉话的，吵得要炸了天。张凤对业主们说："咱们现在要解决问题，首先要有业主委员会，才能去争取维修基金，才能解决房顶漏水的问题。你们选不出来，这个问题还得拖着，你们骂我也不管用。"

几番争论，几番比较，最终推选出5人成立业主委员会。会议结束后，暮色已上山坡，张凤没有回家，一个人坐在办公室里发呆。刚才的委屈涌了上来，她哭了。

做社区工作挺难，事无巨细，每天从早忙到晚。很少有人能理解他们的疲惫和付出。大多数人觉得那是他们的工作，忙是应该的，累也是应该的。其实，世界上没有谁必须做的事情，彼此之间应该多一分理解，多一分尊重。

业主委员会成立后，到物管中心申请维修基金，但小区房屋不到年限，不符合政策规定。房顶漏水那么厉害，人们反映那么强烈，有什么办法呢？业主委员会第一次吃了闭门羹，第二次又去找，和物管中心领导说明真实情况，房顶严重漏水，等到维修期限估计顶楼就不能住人了。张凤为了把好事办好，主动上门征求居民意见，挨家挨户签字落实。最后，维修基金申请下来了，房顶漏水这个烦心扰民的问题算是解决了，顺便还修理了大门的门楼。

我问她："业主们出言不逊，你感到委屈不？"张凤笑着说："那天把我骂哭了，但哭完也就忘了，该干甚还得干甚。"我也跟着笑，笑出了感动的眼泪，心里却五味杂陈。

张凤的管片上有3户家庭失独，他们被失去孩子的痛苦笼罩着，很久都走不出阴影，尤其是过节，他们就更加想念孩子。为了能让他们感受到关怀和温暖，每逢过节，社区就集体去慰问；每逢他们过生日，就送去蛋糕问候祝福；此外，带他们去体检，邀请他们参加社区活动，观看社区组织的文艺演出等。李瑞峰家就是其中一户。李瑞峰成天哭哭啼啼，心烦得什么也不想干，快要抑郁了。张凤就开导她："失去孩子是个意外，换成谁也心疼，但是日子还得往下过，你还有老人，还有丈夫，还有责任，你必须振作起来。"几次劝导后，李瑞峰悟出道理，既然得活下去，也不能每天萎靡不振。她渐渐地开始出来与人聊天，有时候到社区找张凤拉话，还参加了社区的文艺队，每天下午去唱歌。前段时间，李瑞峰去海南旅游，给张凤发来照片，照片中的李瑞峰绽放着笑容。张凤说："人心都是肉长的，你只要拿出真心对她，她也会把你当成亲人一样对待。我的工作有哭有笑有收获，挺好的。"

水务局小区职工楼只有一栋，没有物业，无人管理，生活垃圾堆积如山。每到夏天就臭气熏天，苍蝇乱飞，居民不敢开窗户，路过还得捂着鼻子绕着走，严重影响环境质量和居民生活。张凤了解情况后，走访了每户业主，通过征求意见，居民们同意以社区名义成立红色卫生小组，每家每年出300元，先雇人清运垃圾，解决小区生活垃圾堆积的问题。后来，张凤和业主们商量，让他们成立业主委员会，自己管理小区的物业，打造小区的居住环境。这个结果得到小区居民的好评和认可，业主们特意打电话给社区，表扬张凤为民办事认真负责，实实在在解决了令他们十分头疼的大事。

其实，张凤做的事情，社区的每一位工作人员都在做，都在重复地做。若说谁是最可爱的人，我会说，社区的每一位工作人员都可爱。他们急老百姓所急，想老百姓所想，每天都在为老百姓办实事。

耐心细微做到家

甄秀芬的管片是支农路和兴盛路的平房区。现在的年轻人大部分住楼房，住平房的几乎都是老人。老人多，问题也多。行动不便、残伤智障、半身不遂、脑梗后遗症等人群，是需要帮助的弱势群体。定期上门挨户进行生存认证，是一件费时费力的事。因为每个老人的状况不一样，有的听力不好，有的说话不清，有的反应慢，认证时，即便是一个点头一个摇头的动作也得重复半天才能完成。

任丽的丈夫常年瘫痪在床，说不了话，没有自理能力。给任丽的丈夫做认证时，任丽先把丈夫扶起来，另一个人拿着手机对着他拍，甄秀芬在旁边教动作。"张嘴，啊啊……"还是不会张，甄秀芬就张开嘴让他模仿，"笑一下。"甄秀芬做出兔子耳朵的样子逗他笑，他却哇哇大叫起来。由于张嘴的动作间隔太长，没有认证成功，需要再来一遍。甄秀芬再次张开嘴让他模仿，他也跟着张开嘴。"笑一下。"甄秀芬先笑起来，这个表情传递成了，他跟着笑了，终于认证成功。3个人用了40分钟完成一个认证，可见认证工作的困难程度。甄秀芬要走时，任丽的丈夫哇哇大叫起来，又哭又笑，听不懂他要表达什么。甄秀芬说："估计他心里明白，就是表达不出来。他吼叫可能是因为平时也见不到人，今天看见有人来，心里稀罕。"是啊，每个人都有情感要表达，即使是病人，心里也有要表达的东西。

给任玉梅的父亲认证时，也费了半天工夫。任玉梅的父亲是老年痴呆，母亲年纪大，不会操作手机，儿女去给认证时，老人不配合，又喊又叫不听话。

任玉梅给甄秀芬打电话请求帮忙。甄秀芬过去时，老人在外面晒太阳，甄秀芬把他扶回家里，对他说："大爷，一会儿我摇头你就跟着摇头，我笑你就跟着笑，你能听懂就点点头。"但还没准备好时，大爷就摇起头来，不停地摇，等摇的头晕了又开始不停地笑。站在旁边的老伴气得直跺脚。甄秀芬一边安慰大娘一边又做起了动作，这次歪打正着，刚好对上点儿，认证通过了。

甄秀芬说："认证是我们工作的一部分，也是我们和居民连接感情和交流的一种方式。他们有急事难事来找我们，说明信任我们，对我们的工作也是一种肯定。我感觉自己和居民的关系，就像孩子和老师的关系，也像孩子与父母的关系，他们依赖我，我也能从他们的需要里找到价值。所以，我们即使辛苦，也挺开心的。"

听着甄秀芬说出这番话，我感到眼前这个朴素的女子瞬间不平凡了。这一桩桩看起来平凡的小事，需要多少耐心和爱心才能做到？社区的每一位工作者，每天都在为别人解决各种繁杂的小事，需要投入很大的精力和时间，才能换来群众的赞许和笑容。

在兴盛路居住的李美丽来了，说他们家地面渗水，从墙根处挖开也没找到漏水的地方，现在把总闸关了，导致两条巷子的人都吃不上水，都在她家门口围着呢。甄秀芬听了赶紧骑上车子就走。到了李美丽家，居民一股脑地围上了，开始抱怨："他们家漏水，不能让我们都吃不上水哇。他们几天找不到漏水的地方，我们就跟着几天不要吃饭喝水了？"甄秀芬先安慰居民，之后就给自来水公司打电话反映情况。自来水公司的维修人员过来看了情况，实行分段停水，先把挨着李美丽家的3户人家的水停了进行排查，其他居民正常供水。没有排查到，于是雇了挖掘机把主管道挖开才找到漏水的地方。抢时维修，让居民正常吃水，平息了人们的抱怨。

我问甄秀芬："当时那么多人围上来，你不觉得委屈吗？这毕竟和你本人没什么关系。"她说："当时人们吃不上水心急，口不择言是能理解的。我当时唯一的想法就是尽快解决问题，没有想其他的。"一句话让我语塞了，我没有首先替对方着想，而是把自己的感受放在了前面。在我心里，她的形象高大起来，她时时刻刻都把群众的需求放在第一位。

八旬老汉来请缨

电力小区原来是职工小区，后来，很多职工卖了房子搬走了，外来住户逐年增多，收物业费成了难事。本系统职工到了交物业费时自觉交费，那些新来的业主却有很多拖欠着不交，多次催促都不见效。收不上物业费，就雇不到清洁工，不能及时清理垃圾，影响小区环境卫生。

居住在电力小区的80多岁的白音格尔乐，是一名共产党员，也是一位退休老教师，人们亲切地称呼他"白大爷"或"白老师"。白老师一辈子从事教育事业，秉性中带着一种责任感。看见小区没人管理，他便主动请缨承揽了收物业费这件令人头疼的事。

他说："我是老共产党员，50年的党龄，我有责任、有义务维护党的形象，我不能给党丢脸，我不能白挣国家的工资。我虽然退休了，但还要发挥余热。"

多像一个热血沸腾的勇士，大到国家，小到小区，好像非要使尽自己的一身力气才对得起国家的给予和培养。一个80多岁老人的情怀、格局和觉悟，令我肃然起敬。

谁家不交物业费他就亲自去收，如果家里没人，就温馨提示："XX业主您好，也许您最近忙于工作，忘了一件重要的事情，您还没交物业费，请您按时交费。"提示了还没有动静，就瞅着晚上灯亮去收，收不上明天再去，这样三番五次来回跑几趟，没人再好意思拖欠了，都主动配合白老师按时交费。有一位业主有点坐不住了，他是白老师的学生，多年拖欠物业费。他看到自己的老师每天收物业费，而自己又欠着这么多年的，觉得头都抬不起来。一天夜里，白老师听到有人敲门，一看是自己的学生来了。白老师早就听说他不交物业费的事，但佯装不知道，若无其事地坐下来和他聊天。学生到底是学生，在老师面前还是撑不住，唯唯诺诺地把情况说了一遍，把历年欠下的物业费如数交给了老师，并向老师承认错误。

有一天，白老师收费时在楼道里晕倒了，导致颈椎错位，需要做手术治疗。手术之前，他还给业主委员们布置了手头需要做的工作，交代近期需要处理的事情。在北京做手术治疗半个多月，回来需要静养，但白老师闲不住，每天打电话问工作情况，并且通过微信群参与工作。

一个头发花白、勤勉敬业、可爱慈祥的老人形象呈现在我的眼前。"谁说岁月静好，只不过是有人替你负重前行。"小区环境整洁干净，原来是一位素不相识的老人在默默付出。

桂云有颗火热的心

张桂云说话就像蹦豆子，又快又利索。她急匆匆地对我说，下片区解决居民急难愁盼的事情是他们的工作常态，要挨家挨户了解居民情况，掌握一手资料，再进行靶向性的一对一帮扶。张桂云的管片有1000多户，说起哪一户什么情况，她都清清楚楚。

刘桃女夫妇是空巢老人，儿女在外打工。张桂云经常过去帮助做家务，理发，陪他们聊天。

她笑着说："我的服务不是单一的种类，是多功能的，遇到什么就干什么。"

一次，张桂云刚进门，刘桃女就说："大娘这几天就盼你的了，你看大娘头发长的，出不去，就等你的了。"

智障的娃子不孤单，姐姐和你把游戏玩

张桂云笑着说:"我不来,再长几天赶上梅超风了。"

刘桃女哈哈大笑起来,让张桂云先歇会儿。张桂云也不耽误,用温水帮刘桃女洗头,剪刀起剪刀落,没多长时间就把刘桃女的头发整理利索。尽管她不专业,但由于经常帮助老人理发,手艺练得不错。干家务时,张桂云发现刘桃女的鞋上破了洞,她悄悄看了下多大尺码,干完家务后,又出去为刘桃女买了双新鞋回来。

刘桃女红着眼睛说:"我自己的儿女连个辫子也揪不住,一年回来一两次也指望不上。你隔三岔五过来,买吃买穿还帮我干活,比亲闺女管用。"张桂云笑着逗刘桃女:"我比亲闺女亲,你的钱给我不?"刘桃女笑着说:"大娘哪有那个享清福的命了。多亏国家的政策好,不仅给我养老费,给米给面,吃喝都不用愁,还有你这个闺女,这辈子满足了。"

张桂云端详着刘桃女的笑容,觉得自己不是在工作,而是在享受一份甜美的亲情。

前段时间打疫苗,沁园小区80多岁的唐耀礼老两口也想打,但是行动不便。张桂云了解情况之后,第一时间赶到唐耀礼家里,询问他们有没有老年病,以及血压高不高、心脏好不好、血糖高不高等问题,担心打疫苗引起不良反应。之后,给唐耀礼的子女打电话沟通,得到了子女的应允。张桂云和同事便把他们搀扶下楼,送到疫苗接种地点接种疫苗,等他们没有任何不良反应才把他们送回家,安顿好后才放心地离开。

我想,张桂云在生活中一定是个温暖的人,那么爱笑,还有点调皮的可爱。这个世界上有人始终温暖,如一缕春风暖人心田,就像张桂云,看着她,就能感到舒服和美好。

支农社区把民生工作做得细致入微,体贴周到,近民亲民,得到广大群众的一致认可和好评。社区组建了两支文艺演出队,由退休人员和爱好文艺的社区居民组成。文艺队每天下午组织唱红歌,舞蹈队每天上午排练舞蹈,两支队伍经常代表社区参加各种宣传活动，也参加县里的文艺演出。文艺队的宣传不仅丰富了居民的生活，也让居民了解了政策，人与人之间也增进了感情。有的队员积极参与"拉话话"志愿服务活动，常跟着社区工作人员到各个小区同居民们"拉话话"。

支农社区有石华、张凤这样的社区工作者，才有了社区春光一片，家家户户也有了明媚的笑脸。他们像朝阳一样，传递出来的爱、笑容和正能量，让人感到温暖和振奋。我特别想靠近他们，和他们一起分享喜乐。星星闪耀，他们最亮。

阳婆婆出来照四方　山曲曲唱响新思想

在固阳县，一支流传多年的陕北民歌在"拉话话"志愿者——民间乌兰牧骑小分队的演绎下，被赋予了新的时代内涵。

山曲曲唱响新思想

阳婆婆出来照四方，

山曲曲唱响新思想。

红通通的炉灶火苗苗旺，

暖心话说在咱心坎儿上。

2020年12月30日，在固阳县迎接建党100周年"山曲唱响新思想"展演暨"拉话话"志愿服务活动总结表彰会上，来自全县各镇的民间乌兰牧骑小分队和文艺骨干们带来了《"拉话话"把我们心拴住》《五中全会传喜讯》《夸夸现在的好社会》《庄户人过上好光景》《山曲唱响新时代》《除陋习创文明》《唱着山歌跟党走》《文明之花"拉话话"》《夸固阳六个镇》等山曲、二人台、群口快板、器乐合奏节目，不但展现了"拉话话"志愿服务活动在固阳县这片热土上取得的丰硕成果，也是对这些新建的文艺队伍的一次集中检阅。

作家冰心说："成功的花，人们只惊羡她现时的明艳！然而当初她的芽儿，浸透了奋斗的泪泉，洒遍了牺牲的血雨。"

"村里和社区里懂得乐器、能表演、会创作的人才并不少，虽然不是专业的，但对文艺有着满腔热情。他们离群众最近，说的是群众的话、唱的是群众的调、演的是群众的事。如果能把这些人组合在一起，随时随地表演，文化生活匮乏的问题不就迎刃而解了吗？"面对农村文化生活匮乏的问题，以及文艺作品难以走进群众生活的现状，在固阳县一次"拉话话"志愿服务会上，这个话题被再次提起。

固阳县没有专属的乌兰牧骑，新组建的文艺志愿服务队伍来源于群众，所以取名"民间乌兰牧骑小分队"。

小分队初创时，各村镇宣传委员们纷纷行动起来，在各村、社区四处寻人。原本以为会"生意冷淡"，可能需要三顾茅庐才能召集到一些队员，没想到兴顺西镇、下湿壕镇、银号镇等，特别是锦绣街道各社区的文艺爱好者们纷纷响应。

从2019年6月开始，全县各镇、金山工业园区和锦绣街道办事处8个社区先后组建了属于自己的民间乌兰牧骑小分队。7月5日，在固阳县举行的民间乌兰牧骑展演活动上，15支民间乌兰牧骑小分队都带着自己的拿手绝活惊艳亮相，有二人台、歌曲、舞蹈、山曲对唱、器乐表演……

> 阳婆婆出来满山山照，
>
> 我给亲亲唱两句漫瀚调。
>
> 阳婆婆晒上柳树梢，
>
> 如今这社会真是好……

张桂芝参加了自己所在社区——明安社区的民间乌兰牧骑小分队。这支队伍主要由社区爱好文艺的老年人组成，平均年龄60岁以上，最大的78岁。成立伊始，小分队就定位为以表演小品小剧和快板山曲为主，内容主要是宣传党的好政策和书写群众生活的变化，既能丰富农村的文化生活，又能让很少走出家门的村民了解国家政策。在这样的创作方向的指导下，很快就编排了牌子曲《农家乐》、小品《进城送礼》、快板《再创辉煌》以及三句半《扫黑除恶得民意》等节目。

> 如今社会政策好，
>
> 党员干部觉悟高。
>
> 精准扶贫见实效，
>
> 贫困户走上致富道……

这些台词都来自老乡们切实的生活感受，表演者用他们熟悉的曲调唱出来、说出来、演出来，老乡们爱听，爱看。

作为"拉话话"志愿服务队的队员，他们在演出、编排故事时也教育了自己。在编排了十几个节目并在社区多次演出后，队员们提议，走出家门，到全县6个镇开展巡演，让更多的人了解这些文艺作品。

"说实在话，对于这些节目我心中是有数的，我知道乡亲们肯定爱看，也欢迎我们。但对于这支队伍，我的心里真没底，都是六七十岁的老人，车马劳顿，再加上演出，我真不知道他们的身体能不能扛得住。"张桂芝是队里最年轻的队员，平日里，队员们有事都爱和她商量。这么大的事儿，张桂芝也不敢拿主意，但她经不住队员们的软磨硬泡，决定试一试。经请示县委宣传部，2019年8月1日，明安社区民间乌兰牧骑小分队迈出了全县巡演第一步——到相距50多公里的怀朔镇壕口村演出。

张桂芝至今仍清楚地记得，演出当中下起了雨，但老乡们不舍得离开，一直站在雨中观看。看着乡亲们渴望的目光，队员们都不忍心停下来，节目也比原计划多演了几个。"闺女，你唱得真好，很多年没看这样的演出表演了！你多会儿能再来？"演出结束时，一位老人拉着张桂芝的手，满是不舍。

这种被理解、被需要的感觉，也温暖了队员们的心，更加坚定了他们继续巡演的信心。考虑到队员们的安全和出行方便，县里为小分队准备了车辆。各镇都争先恐后地联系他们安排演出日程，还为他们准备了工作餐。在一个多月的时间里，小分队的足迹遍布各镇十几个大小村庄，洒下一路笑语欢歌。

在兴顺西镇厂汗以力更村的演出，给张桂芝留下深刻印象。演出将要结束时，一个老人带着小板凳急匆匆地赶来。演出结束后，村里的老乡们都帮着演出队整理物品、装车，这位老人站在队员们身边，念叨着几十年前全村一起看电影的那些事。

"大爷，你都看过些甚电影？"张桂芝问。

"地道战！可有意思了，几十年没看了！"老人说。

带着一份兴奋和遗憾，老人回家了。乡亲们说，村里也有公益电影放映，但老人家里有两个智障儿子和一个生活不能自理的儿媳，再加上还养着80多只羊，家里家外就他一个人忙碌，没有时间看电影。

说者无意，听者有心。固阳县"拉话话"志愿服务队的队员们带着放映机，专门来到老人家中，为他一家人放映了老电影《地道战》。

　　"拉话话"容易搭把手亲，

　　　看见这个红坎肩肩眼晴明。

　　　志愿者服务到村庄，

　　　"拉话话"就拉在个炕头上……

每天下午，在金山镇支农社区文化活动室里，总会传出一阵阵二胡、扬琴、笛子等乐器演奏的激情澎湃的乐曲声。演奏这些民族乐器的不是专业的演奏员，而是一群平均年龄近70岁的社区居民。

"我们目前有十几名队员，二胡、扬琴、笛子、打击乐等演奏人员一应俱全，有些乐器还有两个演奏者。"退休后的兰峰老师找到了自己发挥余热的地方，他也成了科教社区民间乌兰牧骑小分队的主力队员。"退休后我才发现，每天的日子过得真慢啊！老邻居们没事做，每天下午打打麻将。我们社区懂得乐器的人并不少，虽然不够专业，但大家对文艺有着一股热情。之前大家都是单打独斗，我就想，要是能把这些人组合在一起，说不定能凑成一个乐团，自己娱乐了不说，还能丰富社区群众的生活。"

除在社区演出外，兰峰和队员们还经常参加公益演出。2020年底，队员们走进固阳县福利院开展慰问活动。兰峰回忆道："当时演出正是12月，天寒地冻，但为了达到更好的舞台效果，我们脱下厚厚的棉衣，换上薄薄的演出服，演奏了一首二胡多重奏《赛马》，赢得了养老院老人的热烈掌声。"

一群毫无表演基础的孩子们完成了时长半小时的历史剧《木兰》，当雷鸣般的掌声响起时，王燕落泪了，这一切是那么的来之不易。

王燕所在的新城小学，虽名为"新城"但其实地处固阳县旧城区，外来务工子女多、留守儿童多、问题学生多，已成为外界贴给该校的明显"标签"。作为音乐教师、作为母亲，王燕认为，培养孩子的艺术修养，陶冶情操，是其职责所在，可是光靠一周一节的音乐课显然不够。2020年6月，在王燕的提议和学校的努力下，固阳县第一支"校园乌兰牧骑小分队"在新城小学诞生了。

舞台剧《木兰》是校园乌兰牧骑小分队的一部"鸿篇巨制"，聚集了武术、诵读、群舞和时尚表演唱及阿卡贝拉伴唱等多种元素。这对没有任何功底的孩子们来说，无疑是一场挑战。

王燕说："孩子们大多来自农村，假期生活单调，处于无人管理的状态，我们征求了孩子和家长的意见，决定利用假期排练。"那段时间，老师们不但牺牲了休息时间，还分组接送离家较远的孩子，早出晚归，披星戴月，整整忙碌了一个假期。"其实一开始的想法很简单，就是为每年的参赛准备个节目，但在拍摄留资料的过程中，孩子们的变化触动了我，我想一定要把这件事做好做实。"

《木兰》的主角扮演者是田源源，老师刚开始找她参加这个节目时，她很抵触，或许是不喜欢，或许是不自信。王燕和老师们一次次谈话鼓励，选定她成为主角。这个聪明的孩子对剧中人物的心理把握得十分精准。她情感充沛，角色饰演得非常成功。打那以后，田源源喜欢上了表演。田源源身上有新城小学大多数孩子的影子，老师们明白，多给这些农村孩子们提供展现自我的舞台，孩子们就能找到自信。

老师们说到也做到了，继《木兰》之后，又编排了舞台剧《梦回秦长城》，并在全市中小学生艺术展演中荣获二等奖。

"咱们固阳本身就是有故事的地方。我想充分挖掘固阳的历史文化，编成剧本让孩子们去表演，以校园乌兰牧骑小分队来发掘并展示孩子们的表演天赋，传承历史文化，让更多的人了解家乡的历史，铭记过去，让文化不再贫乏，让生活更加美好。"王燕想得很远很远……

甘做幕后的"词王"

一个人能一直坚持做自己热爱的事情，是一种幸福。

对于利国而言，"写唱词"便是这种幸福。于利国从小热爱文艺，16岁时，随父亲工作调动从土默特右旗来到固阳县。他的梦想是进入乌兰牧骑成为一名专业的文艺人，但命运辗转，他成了运输管理所的一名工作人员。

30多年来，于利国一直坚守在运输管理系统，从一名普通工作人员干到部门负责人。他所在的交通运输执法大队负责全县交通运输车辆安全的维护、检查等工作，他带领的团队常常奔波在固阳县的各条交通线路上，排查隐患，并向驾驶员宣传交通安全意识。他的工作和生命安全息息相关，因此，于利国总是一副谨慎的样子，总是若有所思。

他从未放弃对文艺的热爱，既然无法在舞台上演出，他便试着写唱词。从20多岁还是毛头小子时就开始写，已经写到知天命的年纪。

他写的唱词有三句半、山曲、二人台、词牌曲、快板还有民间小品，唱词的内容有党的政策、乡规民约及世间百态等，不一而足。于利国的老家在土默特右旗，于是有人调侃，他对写唱词的热爱和执着来自于"胎教"。也许相比被称为"大后山"的固阳，在土默特右旗，二人台、漫瀚调这些地方曲种的传唱更为广泛。但于利国的写词功底更多来自于做宣传工作的父亲对他的影响。

"也没人指点，我就是爱写得不行。"于利国说。

有时候写词不单要写，更多的是哼唱，那些从小就耳熟能详的曲目调调，哼着哼着就能填上合适的词；有时候是随便找一张纸，写写画画就成曲了；也常常为了词曲更顺口，就在街头巷尾溜达，痴痴地想上一两个小时。

早年间，他写词是用来自娱自乐的，和朋友、同事聚会时，说唱逗乐，解闷除乏，但他觉得那些都难登大雅之堂。直到他所在的交通运输管理系统要举办全市的文艺会演，他写的小品剧被搬上会演的舞台，还获得了全市一等奖。

有人说，于利国的唱词就一个字——土，的确土，"阳婆婆""圪梁梁""话匣匣""眊妹妹"……类似的方言土语是其唱词的主要风格。

> 阳婆婆出来满山山明，
> 大院里来了我们的贴心人。
> …………
> 绿皮皮蔓菁心里头红，
> 见面面高兴拉话话亲。

就是这样扑面而来的"土"味，说着说着，唱着唱着，便咂摸出浓郁的味道，直触人的心底。

2019年，全县开展新时代文明实践志愿服务活动，于利国主动加入"拉话话"志愿服务队，成了文艺志愿服务者。近两年写的唱词，用他自己的话说，更入道了。精准扶贫、扫黑除恶、疫情防控……紧跟时代步伐，更多的唱词来自于他和老乡们"拉话话"时激发的灵感。

"穿上红马甲，感觉身上就有了责任。"

2020年夏天，民间乌兰牧骑小分队的演出阵地从城镇转到乡下村庄、外五镇，同于利国一样，队员们把对文艺的那份挚爱用作品演绎出来，他们一场场赶往乡下演出，于利国只要有空就会参加。说是演出，其实是队友们自行组织的，完全是志愿服务，不收取任何报酬。大家还凑份子钱，50元、30元、20元不等，演出时交给村里那些困难老人，于利国每次都是凑得最多的。每次两小时左右的演出，乡亲们从四面八方赶来，或搬着小凳子，或席地而坐，认真地看着、听着，有人激动得流泪，即使演出结束了，也久久不愿离开。

"啊呀，多少年没这么看戏了。"

当得知这是义务演出，服装、道具都是他们自己筹办的，那些上了年岁的老人更是抓着他们的手不放，说："你们唱得真好！"

"唉，我们老的不中用了，可你们还能想见我们，真是好娃娃呀。"

"你们多会儿再来唱呀……"

他们的演出给老乡们带来久违的快乐。

每次离开的时候，总有人拉着他们的手，恋恋不舍，像盼望离家的儿女，盼着下一次演出。

老乡们拉着队友们的手要拍照，队友们招呼于利国一起，于利国笑了笑，挠挠头，摆摆手，向更不显眼的地方退去，他甘做幕后。

最初于利国的唱词被各个社区的文艺爱好者拿去演出的时候，他常悄悄地混在人群中，他想知道人们的反应。

"呀，这才说的好了。"

"今天好红火！"

又见冬日暖阳，一场清雪飘落在固阳县的山山峁峁。风，一丝不动；雪，慢慢融化。于利国和成龙老师合编的方言小品剧《绝不松懈》要在全县春晚播出。

于利国又匆匆地向着山的深处出发，他要对那些运输车辆进行检查，更重要的是，要对那些驾驶人进行交通安全意识宣传，珍爱生命，安全行车。

"拉话话"是好事情　新时代里育新人

面对上访户、贫困户、孤寡老人，面对这些父老乡亲，机关干部、大学生村官和一帮年逾半百的"年轻人"，站在新时代文明实践志愿服务活动的前沿阵地，助人为乐，为民办事，把"拉话话"推向了高潮。这话话拉得好啊！"拉话话"改变了高改仁，让上访户变成了宣传员；改变了贫困户黄书仁和支福润，让懒汉心动又行动，贫困户成了万元户；让大学生村官找到了施展才华的舞台，在新时代文明实践志愿服务活动中历练成长。

上访户变成宣传员

午后的骄阳散落在乡间小路，柳树下的阴凉里，虫鸟在假寐，我们在等快板大叔。

快板大叔迷恋快板，也迷恋打坐腔。

快板大叔骑着小电动车疾驰而来，开了院门让我们进，他腰杆直直地站在那里，褪了色的军绿褂子使我们敏锐地察觉到这件衣服的年轮。他搓着双手看我们，说："等的有时候了吧？"

我们笑着说："没多长时间。"

他继续说："这天热得甚也似的，甚也似的。"抱歉与虔诚充溢在他一直带着笑的脸上，我不由得想起了父亲。

快板大叔是十里八村的名人，尤其近几年，他带领一群人走街串巷，把兴顺西镇的十个村全都演了个遍，并且还向四周其他乡镇不断延伸。

他的演唱队节目都是自编自演，乐器、服饰也都是自己简单置办。他们的节目深受村民喜爱，那些浓浓的乡音和耳熟能详的说唱，给人们带去了欢乐。

我们来就是要一睹快板大叔新写的剧本。

快板大叔从床头翻出剧本——《夸社会》。

"喜鹊鹊树梢上趴，叫喳喳，家庭生活靠计划，如今这社会，宽大又发达。乐得我老汉，一黑夜睡不着，睡不着……"

这唱词倒也押韵，我问："大叔你念过几年级？这字写得不赖呢！"

大叔挠了下头，笑着说："我没咋念过书，我都快70了，那会儿人们都不咋念书，我是在部队念的扫盲班。"

大叔兴致盎然地往我身边靠了靠，接着说："娃们，你看，我这趟部队也是没白去，这都是我写的。"大叔说着，掏出一大摞子剧本稿子，有《老两口进城》《固阳多发达》《不忘初心》等，还有改编的固阳版《小放牛》，此外，还有未完成的稿件。看着看着，我看到这字里行间都流淌着一种鲜明的韵律：正能量。

我盯着陪我同行的赵晶晶，问："咋都是主题作品？民间乌兰牧骑小分队不是唱二人台、打坐腔的吗？"

赵晶晶扑哧一笑，好看的大眼睛瞟了一眼快板大叔，说："这是人家自编自演的。"

"大叔是个老党员？"

快板大叔指着剧本，说："我以前是吃一顿没一顿的，现在这都脱贫了。我邻居，我们村的，现在都脱贫了。政府还送医送药，我从心里就爱这社会，爱这政府，我索性就唱几嗓子，这社会好着嘞，好着嘞！"

告别出来的时候，快板大叔不让我拿走剧本，说还没写好，不仅是手写的，而且有错字，要等整理出来再给我。

走出半截路，赵晶晶低声说："他不是党员，他过去是一个上访户。"

"甚？你咋不早说？"我感到惊讶。

每个人的生命里都有岁月刻下的疤痕，有的在脸上，有的在心里。

快板大叔经历了妻离子散，看穿了世态炎凉，内心充斥着不满和怨愤。于是，他开始了长达几十年的上访之路。他满眼所看的，哪儿都不对。

总有一些花，在生命特定的时节里绽放。谁的生命里，没有艰难一刻？兴顺西镇党委、政府高度关注与关怀这个已年近古稀的老人的际遇，轮流派出"拉话话"志愿服务队帮助他解决实际问题，既讲党的政策，也讲人生领悟。镇里很多干部最后都成了快板大叔的好朋友和贴心人。

党和政府的关怀，让那些积郁多年的哀怨，在一个明媚的时段里变得明朗而辽阔。

他懂得了放下。之后，他从上访户变成了快板大叔。

他开始没日没夜地编写，要把自己的获得向人们告白。

因为文化有限，他就到处请人看，叫人指点。有的人会唱歌，有的人懂乐器，快板大叔就撺掇大家，拉起了一支9个人的民间乌兰牧骑小分队，行走于兴顺西镇的山坡洼地，阡陌桑田。他觉得自己有话要说，他要让世人知晓党和政府给予他的温暖，他要以自己鲜活的事例为蓝本，写出来，唱出来。

在兴顺西镇的大地上，多了一支民间乌兰牧骑小分队，多了一队红色播讲机，多了一位红色宣传员。

下班铃声响了，我走出单位院子，门口一个老人向我招手："来，你过来。"

我愣了一下，原来是快板大叔，于是问："你咋来了呢？"

快板大叔快乐而爽朗地说："鼻子下就是嘴，我一路问着过来的呗。给你。"他递来一沓厚厚的剧本，是打印好的《夸社会》。

"你是政府干部，我跟你拉呱一下。"他压低了声音，显然还带些紧张和不安，他四处看了看，继续向我挪了一步，"你那天说我们这个小分队就9个人，政府咋不管呢，他们出点钱，你们来宣传，不挺好的吗？你还记得不？你这是不对的。我们自己的事情自己办，找渠道，想办法。"

他走向他的电动车，回头望着我笑着说："大叔有名字，我叫高改仁，家住兴顺西镇。你抽空再和那个同事一起过来，大叔给你们炒鸡蛋，我炒的鸡蛋好吃着呢。"

他跨上小小的电动车，绝尘而去。

我缓过神来，快板大叔是来帮我答疑解惑的，他是要传递一点儿正能量给我们。

"三十里的明沙二十里的水，五十里的路上我来眊你……"高亢嘹亮的歌声从远方的坡上传来，听着就像快板大叔的。

一颗爱心温暖黄书仁

改变一个人，改变他的思想观念，是一件很难的事。

黄书仁的生存方式，就像是一截木桩深嵌在千年的冰里，任什么样的暖风也未必能吹开他的心。

他每日起床后，穿戴停当，吃个热水泡馒头，就坐在自家的炕沿上，一条腿搭着另一条腿，手托下巴开始盯着窗外，而窗外除了麻雀便是天空。

从早到晚，他就伸直了脖子向外看，不耕种、不养殖、不打工、不说话，也不和人交往。谁来他家串门借个锹、镐的，也是自取了去，最多人家喊得他不行了，他就隔着窗门"噢"一声，连自家的院子都不想出去。他唯一的收入就是退耕还林的补助，还有近几年政府对于低收入人群的补贴。

捎带回油盐酱醋茶，搭把手来"拉话话"

一个村里出了名的懒人。有一年，乡亲们看他家一贫如洗，想帮他找个地方打工挣点儿钱。毕竟他的儿子也渐渐成人，父子俩都是有劳动能力的，干点儿零工应该没问题。恰好那段时间农电来村里架线，需要人工挖沟，联系好之后，有人过来喊他父子出工，但两天后，父子俩就从工地上消失了。

联系的人找到他家里来，问他干得好好的咋跑了，黄书仁当时正在炕头上蒙头大睡。

他掀开被子，说："太累，干不动。"

"那你不吃点儿苦，哪能挣到钱呢？"

"那我挣钱每天还得多吃俩馒头呢，不去。"

此后，在白灵淖，黄书仁的这句话便在大街小巷传开了。

这次来村里，我心里憋着劲儿，因为对有劳动能力的贫困户，政府都给予了相当优惠的种植、养殖扶助政策，但是黄书仁什么都不参与，就只想天上掉馅饼或者政府白给钱。我准备豁出去跟他好好说说，不相信我的一片诚心打动不了他。

我冲进他家院子，他仍然双腿耷拉在炕沿上，见我气鼓鼓地闯进来，他极轻微地扭转了一下脖子，看向我。

"黄书仁，你说，你到底想咋？"我像开炮一样直接轰炸他。

他眨巴了一下眼睛，嘴角动弹了一下。

看着他冷漠的样子，我就气不打一处来。"你说你，这好政策，就等于替你把饭碗端上，盛满饭递到你嘴里，大爷你行行好，把这碗饭吃下去吧！"

他的眼珠子向上翻了翻，然后低下头，仍旧不出声。我上前一步拍着他的胳膊，说："你说政府出7元钱，你出3元，养小鸡，你别的养不成，小鸡也养不成吗？你还有个儿子，你父子俩都在壮年，你不想好好过日子，那你儿子呢？你希望他这辈子也和你一样，娶妻离散、一贫如洗吗？"

他抬起头看着我，因常年不与外界交流而于寂寞中暗生的疙瘩，像是所有于无光处渐生的厚厚的苔藓，大块地挤占着他的左脸，而日日不晒太阳的脸白里发黄。

他慢吞吞地吐出两个字："不哇。"然后又看向地面。

"这是什么意思？是不听我的劝还是不让孩子步你后尘？"我急切地问。

他搓了下手。

我问："后一种不？是不？"

他点点头。

我说："其实你有点儿动心是不？那你和你二哥商量一下，共同买100只鸡，各家50只，要不太少了政府不给安排。你明早回复我，好不？"

他点点头。

"你要是养，不管是300元还是150元，这钱都我给你出，好不？"

他又点点头。

"你养好了鸡到时候不管有多少，你都100元一只顶给我，好不？我反正最爱吃村里养的土鸡。"

出门的时候，我见他从自家炕沿上向门的方向探了一探，接着仍如虎踞龙盘般紧守着小炕，且双腿并拢朝炕里挪了挪。

门庭外只有风，院子里的麻雀被我们惊起，扑棱棱地飞落在门东的空地上。黄书仁家，里里外外，怎一个空字了得。

黄书仁有过温暖的家，但是他的老婆觉得他是个不可救药的懒汉，早早地逃离了，丢下了他和儿子相依为命。

我的心被忧闷填满，我们这个"拉话话"志愿服务队帮助村里的老弱病残孤寡等，唯有黄书仁，既不孤老也不病弱，是健健康康的人，但无论政府的辅助政策多么好，对他而言，好像都是空话。

初春的雨开始从天空中淅淅沥沥地落下，我不知道如何使黄书仁改变，也不知道他以后的日子如何维持，我感到满心沮丧。

第二天午后，我迫不及待地给黄书仁打电话，问他和他哥合伙养鸡的事，他说他哥不养。之后，任凭我怎么摇唇鼓舌，他都不再说话。我看情形不妙，立刻跟他说："那你等我的，我去村里找你。"

我放下电话去找他，进门的时候，他的儿子黄小山一个人在家，正坐在小凳上发呆，问了半天也不说他爸去哪了。

我边等边问黄小山："你也二十七八了，要不我给你找个地方打工去吧。"他酷似自己的父亲，惜字如金。

我说："要不我给你介绍个对象吧？"他把头再压低了些，夹在两腿间，沉默。

我又说："你看你，挺爱干净的一个后生，又没负担，只要出去挣了钱，还怕没姑娘看中你？你说呢？"他把头抬起了一些，嘴角似有一丝笑意，但仍是一言不发。

斜阳穿过黄书仁家的矮墙，向更远处的房舍投去，村庄里的青色炊烟开始淡淡升起，隔壁人家的耕牛也打着响鼻归槽，而黄书仁不接电话，也不回家。

我决定出去找他。

我手持喇叭满村转悠着喊："黄书仁，你出来！黄书仁，你出来！"

转到单身老人集体宿舍大门口的时候，有赶着羊准备回家的村民指了指对面坡脚下那个小山药窖的方向。

我几个大步冲过去，见到了黄书仁。

村里人渐渐围了上来，七嘴八舌地说："老黄，你快养上50只吧，那又累不死。""就是啊，你养鸡你卖钱，看把人家工作队给急的！"

当村庄里最后一抹残阳卸去光辉的时候，黄书仁抹着嘴角边从山药窖里带上来的土渣子，从牙缝里挤出两个字："不养。"

所有人都面面相觑，一个简单的回复不仅拒绝了我和乡亲们，也拒绝了自己过上好日子。我愣了半晌，掏出300元钱递给他，说："你想干什么的时候记得通知我一声。"

我木然转身，眼泪不争气地围拢了眼眶。

野草开始了又一轮回的重生，纷纷从大地的骨缝间伸出细嫩的枝芽，伸了个懒腰，便三三两两地跃出黄土地，成片成片地招摇在山坡、田野、巷陌，一年年朴素的约定，牵引着固阳从冬到夏，寒来暑往。

后山已是种麦的好时节。

村里又有新消息，第二轮政策扶助开始报名了。我欣喜着，也许这是黄书仁最好的机会了。

可是怎么才能说动黄书仁呢？我拨通了他的电话："老黄，你在家吗？知道政策吗？这次可以养羊了。你可别错失良机了。不然今年家家户户都丰收喜庆，只有你家仓廪空空，是不是？到时你父子吃甚呀？"电话那面没有回音。

我继续说："喂喂，老黄，你在听吗？"

半晌，电话那面有了声音："我不养，没人放。"然后电话就被挂断了。

我赶紧再拨，想和他明确地说，父子俩哪个人不能去放羊啊。

但是无论再怎么拨，电话还是无人接听。

我必须再去找他，无论如何要让他明白，过好日子是人类共同的美好追求，是党和政府的初衷，奋斗者才是最充实的。

进村的时候，天空开始星星点点地飘起了雨丝。

我推开了黄书仁家的门。

他一如往常盘腿坐在炕沿上，脸上的那些"苔藓"仍然纵横交错。他看着我，丝毫没有想要和我搭话的意思。他的儿子黄小山在厨房的隔扇边，抬头看了我一眼，继续玩手机去了。

我说："老黄，我多早就认识你们了啊。你看人家刘金，比你大多少岁，一天到晚地找地方打工挣钱。再看看李二仁，比你矮小多少，也一天到晚地放羊挣钱，养活自己和老婆闺女。你也是个当爹的，咋就不看看孩子多可怜呢？

这黄小山娘也没了，跟了你这爹，受了多少罪啊？你能不能自己受点苦给孩子一片明朗的天？"

黄小山放下手机，盯着我看。

黄书仁却手托着下巴，眼睛空洞地望向别处，估计正在心里做着最顽强的抵抗。

我开始给他讲政策、亲情、奋斗，然后看着他，希望他能幡然醒悟。

他扭了下脖子说："噢。"然后抬起灌了铅一样的眼皮，看了我几眼。

直到我离开，黄书仁都保持着同一个动作。

黄小山走出屋子，站在自家台阶上，看着我出村。

我在村里每天尽可能地忙碌，不再去想黄书仁的事情。

一天，快下班的时候，有人捎东西来了。我打开袋子一看，褪好洗净的3只肉鸡白白胖胖地呈现在眼前。"谁啊？"我大声追问，"谁拿给我的啊？"

对方回答说："李二仁。"

我赶紧给掏钱，这哪行呢，必须给钱。

记得前几次去李二仁家时，看到满地跑着的芦花鸡，我说："以后鸡要是不好卖，记得找我啊。"但李二仁和他媳妇同时说："给你留3只，不要钱。"

我拿了300元钱转给捎东西的人，便提着鸡下班了，心里缓缓地滋生起一些希望来：看看人家李二仁，黄书仁怎么就不能学学人家那样待人待己呢，唉……

麦子开始茁壮起来，泛着油油的绿色，我闻到了五谷的浓香，从沟壑连到了山岗。固阳，到处都是画里田桑。

刚在白灵淖卫生院门口停了车，就有人在我身后大声吆喝："有人想搭车吗？"

回头看，是刘金。

我笑："搭呀，那你停呀。"

他不紧不慢地停下车，回头伸出俩手指比画着说："搭就18。"人群里响起一阵笑声。

我拉着刘金，不想让他发动那个拉粪的小三轮。

我想让他陪我再去黄书仁家拉拉话，也顺便去趟李二仁家，感谢他记得拿鸡给我。我给李二仁两口子买了一袋西瓜。

他陪我一边往村里走一边说："我看啊，你就别去黄书仁那了，人家放羊不在。"

"甚？谁？给谁放羊？"我吃惊地问。

刘金背着手继续走："自己呗，自己打定主意就按政策买了30只羊。每天放羊，就在那个坡上呢。"

我停住脚步，吃惊地盯着他看，问："他买羊了？放羊啦？"

他背着手继续往前走："啊，是呀！你上次跟他吵架以后，村里人都知道了，他感到羞愧，就跟他哥凑了点钱，按政策买了羊。"

一股暖流顺着太阳的方向流遍我的全身，黄书仁居然能勇敢地做出这个决定。要知道，改变这种懒人是需要很多量的积累的，要在人性的冲突里反复几个来回。

刘金过来拉我袖子，我才开始挪动脚步。

刚进李二仁家的院子，他们夫妻俩就走出家门来，憨憨地笑着说："我们收到你那300元钱了。可这鸡是黄书仁非要杀3只给你不可，我的还没给你呢。等几天鸡再长大点，我再杀了给你捎过去啊。"

"甚？甚？"

"黄书仁说你爱吃鸡肉，你早给过他300元钱，他不能白拿你的，决定从别处买几只小鸡先养着，然后从我这里借了3只杀了，说秋后还我。"李二仁比比画画地说着。

我愣住了。所有的事情都没来得及准备，在没留意的时候，就骤然突破你心里的那些苍茫，让你蓦然发现：幸福来得太突然。

我感到热血沸腾，于是打开西瓜袋子，抱起一颗刚给李二仁买回来的大西瓜就往外跑，边跑边说："二仁，借颗西瓜，下次还你。"

刘金和李二仁也跟着我跑，我想，我可能惊醒了蛰伏的蟋蟀，或者假寐的鹰隼。

在白灵淖的那个山岗上，生息着我的父老乡亲，这片热土上始终散发着浓浓的乡情和厚重的人间烟火气。

从山岗上传来黄书仁响亮而得意的吆喝声，他把牧羊鞭甩得嘎嘎响，吆喝着他的羊群。他看起来消瘦了、黑了，但也结实了。

在他脚边奔跑着的羊群，像朵朵洁白的云，一朵一朵地融入蓝天，在天的尽头与大地融为一体。

贫困户变成了万元户

在距离县城48公里处的张发地村，无人不知驻村工作队员刘涛。在"拉话话"志愿服务活动中，刘涛的名字更是家喻户晓。

驻村的日子开始时，在固阳县新识别的6户贫困户中，刘涛是其中一户的帮扶责任人。那天下午，他和驻村第一书记、工作队成员谈了很久，不知不觉已是傍晚，夕阳的余晖洒在村前这条水泥路上。下午的谈话，贫困户的情况就像烙印一样深深地印在他的心里，那天晚上他彻夜未眠。

次日一早，他打电话联系贫困户支福润。初秋的清晨有些冷，支福润的出租屋逼仄昏暗，他半躺在炕上，微眯的双眼，头发凌乱，胡子拉碴，瘦弱的身体裹着一条发黄的被子。这是刘涛第一次见到支福润的情景。

"哪不舒服？看年龄你比我小，就叫你福润吧，我是县委宣传部的刘涛，你的帮扶责任人。今天过来看看你，了解一下你的具体情况，下一步对你进行帮扶，你也说说你的情况。"

几分钟后，支福润发出了一声长长的叹息，随着眼睛缓缓地睁大，说："唉，我这情况，也不好帮，要是真能帮就好了。"

刘涛拍了一下支福润的手臂，坚定地回答："能，一定能！你必须振作起来，你要倒下，家是不是就塌了，媳妇和孩子怎么办？"

朴实的话语触动了支福润，他的手有些发抖，想说什么却又咽了回去，翻了个身继续躺着。刘涛坐在炕上，把被子重新给支福润盖上，走出去向房东要了一杯热水，之后，一只手拉着支福润，另一只手把水递到他嘴边。

"起来，把水喝了。一个男人，有病治病，有债还债，躺着不管用。现在国家的政策这么好，你要靠自己的双手富起来，把日子过得红火热闹。"

支福润翻身坐起来，沉默了很久之后，抖动着干裂的嘴唇，说："我想搬回村里住，回去看看能做点甚，现在租房花销也大。"他边说边咳嗽着。

刘涛说："人挪活，树挪死。想回村里也好，只要你振作起来，日子就有奔头。"

支福润点点头，眼角似乎有什么溢了出来，他把脸扭了过去。

几天后，支福润搬回张发地大六分子村。刘涛带领驻村工作队去看望他，向他一一介绍工作队的成员。支福润没说话，歪着头看向窗外。

下午，刘涛带人彻底打扫了支福润的家，把门窗玻璃擦得锃亮，对院子里的杂草砖瓦也进行了彻底清理。连着几天登门打扫卫生后，刘涛开始了第一次富有建设性的"拉话话"，对扶贫政策、建档立卡发展产业、脱贫致富进行了具体讲解，并且对支福润提出的问题进行答疑解惑。支福润叹了一口气，自言自语道："真要能帮我，这日子就有盼头了。"

支福润的家姊妹多，他排行老小，父亲给他取名福润，寓意美好。12岁那年，母亲不幸去世，年幼的支福润再也听不到母亲嘘寒问暖的贴心话。与父亲相依为命的日子艰辛而漫长，转眼间，支福润已是18岁的小伙子。18岁的梦想很多，总是带着朝气蓬勃。那天，村头的百灵鸟发出清脆的欢叫，支福润从梦中醒来，穿上过年的那身新衣裳，站在水瓮口照了又照。青春发育期，就像豆芽似的往上蹿，个子长得按也按不住，快一门扇高了，衣服显得短了。他要去城里打工，要像百灵鸟一样飞出山沟。

县城让支福润感到既新奇又有趣，亲戚给他介绍到饭店打工。他干得很努力。寒来暑往，日子从他的指尖溜走，平淡的打工生活总会有几分无奈、几分孤单，他想起了母亲，想起了村里的父亲。夜晚的清静，让他感觉到现实的沉重。城里的月光与村里的月光没有什么不同，但自从离开家乡，自己就成了一个陌生人。

父亲病重，捎话给支福润，于是他提起一卷铺盖直奔村里。见到年迈病重的父亲，两个人抱头痛哭。父亲告诉他，种些地维持生活，别走了，一方水土能养一方人。接下来，支福润种地、照顾老父亲，日子过得平淡而踏实。

那年，支福润28岁，在村里已经是大龄青年，他再次选择走出去。然而，就在投奔亲戚的途中，大哥打来电话说父亲病了。从父亲病重到弥留的两年时间里，支福润都陪伴在父亲身边，悉心照顾，直到父亲病逝。在料理父亲后事之后，他再次离开了村子。

已是三十而立的岁数，支福润在乌拉特前旗靠蹬三轮车维持生计，每天在桥头揽活儿干。其间，经人介绍与一位离异带孩子的女子结了婚。当时的支福润房无一间地无一垄，租的房勉强算是一个窝。6年后，因生活所迫与性格差异，那个女人带着孩子走了。

支福润辗转到乌海后，在工地上开装载机，虽然生活艰难但日子还算过得去。天公作美，缘分降临，支福润遇见了现在的媳妇。女方有个闺女，已到结婚年龄，没什么负担。支福润成家后的第二年，大闺女谈了对象要结婚，支福润回到大六分子村里给她操办了婚事。

村庄门前开满花，幸福日子在后头。支福润和妻子到了武川，妻子怀孕后生了个女儿。"我40岁才有了娃娃，现在这才像个家，我们一家都挺好，团团圆圆。我给闺女取名叫支文静，小名叫文文。"支福润逢人就夸。

闺女支文静的降临，无疑给这个家庭带来莫大的生机和活力，支福润脸上洋溢着从未有过的欣喜。白天忙碌一天，晚上回来一进门就先把闺女抱起来举过头，摸摸头，亲亲脸。从呱呱坠地到牙牙学语，再到年少懵懂，支福润见证了孩子的成长。女儿成了支福润的骄傲，他脸上的喜悦无法言表，生活的美好让他的心里甜如蜜饯。

贤惠能干的妻子照顾着闺女，闲暇时间往返于商都县。妻子的父母由于双目失明，生活起居需要人料理，支福润体贴妻子，朴实地说："一个人不能掰成两个人用。老人养你小，你养父母老，况且他们眼睛失明更得照顾好，来回跑也不是个办法，你干脆带着孩子回去照料二老吧，家里有我了。"

阳光将支福润的影子投射到不远处的田园上，时间慢慢溜走，太阳慢慢转动，那影子也就慢慢移动。日子在蓝天下静默，生活在时间里继续。

2018年，支福润的陈旧性糖尿病并发症与高血压两病暴发，眼底出血造成视网膜脱落视力低下，微弱光线只能看到100米，走路要靠人去搀扶。经过驻村工作队紧急联系，支福润顺利在包钢医院做了玻璃体切割手术。由于视网膜有增殖膜，需要剥除，还有视网膜脱离的情况，需要进行视网膜复位，都增加了手术难度。一个半小时后，手术顺利完成。术后，支福润被鉴定为视力三级残疾，基本丧失劳动力。

医者仁心，大爱无疆，包钢医院医护人员给予支福润最大的帮助。支福润出院后，为了表示谢意，特意找到一家美工部，由他口述，选取并设计了一张感谢信的喷布。红彤彤的喷布打印了出来，支福润抱着刚做好的感谢信送到了医院。

·············

晨光里，刘涛注视着大六分子村，作为支福润的帮扶责任人，他决定再次去支福润家里"拉话话"。

刚进门，支福润坐了起来。经过前几次打扫，支福润的家窗明几净，刘涛环顾四周转身也坐在炕沿上。"抽烟不？"支福润把手伸了过来，略显消瘦的脸上泛着愧疚的笑容。"福润，今天再过来看看你，捣拉捣拉，你有什么心里话就告诉我。"

"你们一次次帮我，我心里有数。说心里话，眼睛还在治，别的也干不成，能不能养点猪和羊，解决个生活，让媳妇娃娃跟上我好过点。"

"对！这就对了，你说出来，大家才能帮你。"

当天下午，驻村工作队和"拉话话"志愿队召开会议，针对支福润个人想养猪和羊的想法是否符合政策、支福润懂不懂政策、实施政策能给他带来什么，展开了讨论。

讨论中产生了不少分歧和争议，刘涛一边听一边记着。晚饭后，他来到支福润家里，把贷款政策、怎么贷、怎么还款等过程细致地讲给支福润听。支福润一直盘腿听刘涛讲，突然下意识地看了看窗外，说："治疗好几次了，我感觉视力有了明显变化，以前看不远，最近双眼能看到远处了。"这句话也让刘涛为之一振，如果眼睛治好了，那就说明支福润符合配备产业的条件了。但刘涛心里还是不踏实，心想过几天看看支福润的检查报告再说。

第二天一早，刘涛没有开车，而是抄小路爬上村西山梁，由南向北凝望着大六分子村缕缕升起的炊烟。他给支福润拨通了电话，正在洗漱的支福润没几分钟就赶到刘涛电话里说的见面地点。原来，清早有一趟从白云鄂博发往市区的列车途径大六分子村口。7点40分，绿皮火车咣当咣当地驶来。刘涛说："昨天你说眼睛能看远处了。"支福润说："是了，能看远处。""好，你现在数数车厢，一共有多少节。"支福润开始数："1、2……10……"一旁的刘涛心里也在默默数着。"不多不少，加车头一共16节。"支福润回答道。

在返回支福润家的路上，支福润说："我也看见了，你们是确确实实想帮我。之前你去看我，我不起炕，当时心里确实有抵触。活了半辈子，家庭出身不好，娘走得早，婚姻将就，又得病，心情确实低落。但你们一次次跟我'拉话话'，疏通了我的思想，振奋了我的精神。你们一次次帮扶，说心里话，就是亲人也没这样上心，所以我必须得振作起来。"坦诚的话语发自心底，刘涛默默地听着，两个人四目相对。刘涛拍着支福润的肩膀说："只要你站起来，贫困户就能变成万元户。"

几天后，检查报告出来了，支福润的双眼见到了疗效。支福润说："确实恢复得不错，从100米看到500米啦。"

说了算，定了干，向来是刘涛的工作作风。刘涛、驻村工作队及"拉话话"志愿服务队通过多方协调，市残联了解到支福润的情况后，帮扶购买了一头猪，由县残联提供猪饲料。就这样，支福润开启了他的养殖路。县残联又根据他的身体状况积极联系为他配置助视器，进行家庭无障碍改造，并配备语音电水壶、语音电饭煲、语音电磁炉……生活越来越方便，死气沉沉的院子里也有了生机。看着嗷嗷待哺的猪，想到自己没有操过多少心的女儿，还有没跟自己过几天好日子的妻子，支福润心里不甘人后的思想也彻底被激活了。

夜深人静正是想家的时候，支福润隔三岔五就拿着刚学会的智能手机和远在商都县的妻子、孩子视频聊天，屏幕前懂事的闺女大声叫着"爸爸、爸爸"。支福润内心的激情升腾着，就像一朵爆炸的蘑菇云。他树立信心，要把贫困的帽子彻底摘掉。两个月后，小猪的成长更让他看到了希望。小猪比原来长了一圈，圆脑袋、大耳朵、小眼睛、翘鼻子，圆乎乎胖墩墩的憨态把支福润的心融化了。他说，昨天喂的晚了一会儿，端进去时，小猪还用小眼睛剜了他一眼。说话间，支福润做了个鬼脸。

民俗讲，过了腊八就杀猪。那天，支福润打电话说要杀猪，叫大家过来吃杀猪菜。"拉话话"志愿者一早就过去，看能不能帮忙。喂养了一年的猪在"拉话话"杀猪队的帮助下被宰杀了。院里支起来灶台，大锅里沸水滚烫，不一会儿，猪就被褪洗出来。头蹄内脏抛去，能卖的肉有七八十公斤。支福润说，村里这家要几斤、那家要几斤，余下的还能卖上小两千元钱。

在一次电视台采访时，宣传部干部乔建国向记者介绍："我们润物细无声的引导，通过'拉话话'，使支福润从思想上树立了对生活的信心和勇气。从刚开始的一贫如洗到目前脱贫，这是一个质的变化；从等、靠、要逐渐转变为思想积极、行动积极，这是一个典型的例子。"

支福润养猪见到了收益，经过慎重考虑，觉得养殖这条路可以走下去。在一次"拉话话"中，支福润萌生要养羊的想法，于是，他主动找到刘涛申请养羊。这个想法和工作队一拍即合。说干就干，刘涛向他详细讲解扶贫贷款政策，又帮他协调落实扶贫贷款3万元，购买了基础母羊10只，同时，联系县内民营企业家菅志成捐助了一批砖，建起了占地约42平方米的猪舍羊圈。此外，支福润还养了10只鸡。看着院内生机勃勃的景象，他对生活充满了信心。在搬砖和泥的过程中，身穿红马甲的"拉话话"志愿者让支福润再次感动："做梦都没想到能过上这样的好日子，你们比我的亲人还亲，共产党的政策真是送到家里，暖在心里。"

后来，支福润主动找到"拉话话"志愿者，说："给我一件你们穿的红褂子，我也想加入这个队伍，帮助更多的人。"听到这个消息，刘涛为支福润送去一件红马甲，上面写着"固阳县新时代文明实践中心拉话话志愿者"。

与此同时，帮扶与"拉话话"也在润物细无声地进行，村委会根据支福润的身体情况给他安排了村级保洁员公益岗位，每月600元，一年算下来也是一笔不小的收入。村级保洁员以主街道为清扫区域，但身穿红马甲的支福润说："大街小巷、主街巷尾都是我们村里的地方，多扫一片多扫一家没什么，干干净净，住的也舒心。"

生活依旧，岁月如流。支福润每天与猪羊为伴，在猪舍羊圈里付出了汗水，也尝到了勤劳带来的福利。从最初的10只羊发展到16只羊，每生下一只小羊羔，支福润的幸福指数就上升一大截。如今，支福润有公益岗、低保、资产收益、土地流转及残疾人生活困难补助等，全家年收入30803.28元，人均纯收入10267.76元，真正实现了由贫困户到万元户的蜕变。2020年10月，他退出贫困户序列，摘掉了贫困户的帽子。

辛苦之余，支福润有句顺口溜："得病有医保，吃喝穿戴有低保，有了事情工作组保。"

他说："我也要奔小康，自己发展起来。要感恩这个社会，不辜负那些帮过我的人，也要在能力范围内帮扶其他村民，实现全村共同富裕。"

火红的日子火红的情，火红的果实盼亲人。寒假到了，远在商都的闺女和妻子要回来了。支福润喜出望外，把柜子、玻璃擦得一尘不染。按捺不住内心的喜悦，支福润给刘涛打了电话，说："老婆娃娃马上回来，能团团圆圆过个大年，家里干干净净，院子里鸡羊满圈。太感谢你了！"那天，刘涛从村里回来时已经很晚了，手机里满是支福润感动的话语，刘涛的脸上笑意满满。

阳光温柔，西北风敞亮。在村委会会议室的墙上是支福润送来的感谢锦旗，"智志双扶润无声，百姓心中贴心人"，14个字熠熠生辉。

固阳有个"王大姐"

"王大姐"这个称谓很霸气，也很温暖。在固阳县城提起王永梅，知道的人很少，但"王大姐"和她带领的家政服务团队可以说是家喻户晓。现在，"王大姐"已成为固阳县服务业一个响当当的品牌。"有事找王大姐"已成为人们惯用的话语，也是对"王大姐"的认可和褒奖。

我是十多年前认识王大姐的。当年我负责单位办公室的工作，找王大姐家政服务给单位擦过几次玻璃。她带领的团队对工作负责，给我留下了深刻的印象。后来，她和我的妻子成为好朋友，我常常从妻子口中听到王大姐的消息。

王大姐是一个能干事的女性，利索泼辣，敢作敢为。因此，想为她写上几句，向这位勤劳辛苦、不甘落后的女性致敬。

2008年，王永梅组建"包头市王大姐物业服务有限责任公司"（以下简称公司）。公司自创立以来，一直坚持以人为中心的理念，推进公司服务规范化、标准化、专业化、人性化发展，努力提升管理水平，不断适应日趋激烈的市场竞争，力争在行业中确立自己的品牌地位。

公司初创时期，以开展家政服务为主。王大姐创立的初衷，一是谋生、过日子，二是填补固阳县家政服务行业的空白。在家人下岗又遭遇车祸的不幸后，王大姐一度沉闷、低迷，但是为了生活，她坚强地站了起来，瞄准了固阳县家政服务的空缺，搞家政服务。

经过几年的拼搏，公司终于打开了市场，站稳了脚跟。公司有了质的跨越，固阳人接纳了王大姐，接受了她的家政服务。

现在，公司员工有50多人，固定员工40多人，临时工十几人。公司拓宽了服务领域，对单位和居民住宅小区有物业管理，对居民有家政服务、保姆派遣、代办水洗窗帘等，给老年人代办购物，还有社区养老，办起了老年人餐厅，还举办了留守儿童心理疏导等活动。公司常年开展调解家庭矛盾、心理咨询、生活妙招等服务，挽救了多个即将分崩离析的家庭，受到了老百姓的欢迎，老百姓称她为真正的"王大姐"。

王大姐及其公司也获得许多殊荣。2002至2019年，王永梅连续被评为"固阳县女企业家""包头市巾帼建功标兵""妇女创业明星""三八红旗手""妇女创业带头人"，公司获得优秀商户、全区百户十强企业、内蒙古立信单位、包头市AAA企业、固阳县服务业龙头企业等诸多荣誉。

王大姐在发展壮大公司实力的同时，喜欢做慈善，以女性的善良情怀帮助了多名儿童健康成长。

"走进孩子的心去帮助他们。我从来不给他们钱，我关注他们的内心，把思想教育做在前头。"这是王大姐独特的教育法,起到了明显的效果。给青春期的孩子减压、例假期间的讲解、参加家长会、周末回来一起包饺子以及考试前遛弯等都是王大姐的暖心教育法。

赵慧是一个单亲孩子,在她9岁时,王大姐开始帮助她,现在她已是固阳一中高一年级的学生。在王大姐的正确引导下,赵慧顺利通过中考步入高中。安晓宇是一个孤儿,现就读于职高,和爷爷奶奶相依为命。王大姐把他当作自己的孩子,给予他母亲般的温暖。周末,王大姐把孩子们接回家,改善伙食,教他们做家务,陪他们聊天,讲感想。王大姐想的更多的不是怜悯,而是让孩子们快乐进步,健康成长。

王大姐还是一个"爱管闲事"的人,她从细小的观察中发现问题,把工作做到了马路上、道路旁,被人们誉为美丽的"马路天使"。她在路上遇到萎靡不振的女性,就会"拔刀相助",主动出击。她上去和人家搭讪,在马路上做起工作来,帮助他们化解家庭矛盾,重新振作。

王大姐说:"30多年来,我只做了一件事,就是为民服务。我将铭记初心,坚守使命,努力鞭策自己,不断进步。诚诚恳恳做人,认认真真做事。我尝到了帮助别人的快乐,只想做个有情怀的'王大姐'。公司的利润来源于社会,必然得回报社会。我守住本心,乐善好施,传播美丽,做一个有道德的人。"

大英图村的"年轻人"

当你登高俯瞰大英图村,它就像一只蜷缩的猫,在阳光的环抱中,恬静地睡着。村中央石刻的书卷展开,广场上亭子有序回转。随着视野南移,一条蜿蜒的木道直通南山山顶,假若你一路登顶,大英图村的乡村画面会展开得更加宽广。西山沟白桦成林,村北坡阡陌相交,向东北望去,遥遥可见春坤山。一个村庄冠名"大英图",被认定为全国传统古村落,一定有着特别的渊源。

大英图,意为有碾子的地方。刚进村就能看到的石碾广场,更像是村庄的前身,在默然诉说。早在元代,这里就有人居住;清末,从晋陕等地来的人移居至此,开荒种地。地窨子、土打窑、窑上窑、四脚落地、满面门窗、砖木结构房屋、新时代民居,房屋的变迁,幸福的延伸,在这里得到完整的呈现。踏着一辈辈人的脚步,依稀可追寻到悠悠岁月中耕种与劳作的印记。

20世纪80年代,"上坡驴驮下坡溜,七梁八坡山连沟",这一方水土难养一方人。老年人说:"娃娃们不能耗在村里,怕连个对象也找不上。"于是,群山和沟壑没能挡住年轻人外出的脚步,只留下50后们在这里坚守。在他们看来,虽然日深年久,山地贫瘠,但地广人稀,只要人勤快,养家糊口没有问题。可是任谁也不能阻挡岁月的车轮,经过了几十年,曾经的壮劳力腿脚开始不灵便了,面对春种秋收干了一辈子的农活儿,突然感到有心无力了。

"骨软了,精短了,力气一去不返了。"看着梁前梁后荒芜的土地,孙永义的父母亲一个劲儿地叹息。"人要哄地皮,地皮就哄肚皮",老一辈庄稼人对土地的深厚情结无法形容。那些年,大儿子二儿子在身边,他们压根就没生出过离开的念头。后来,儿子们都外出打工了。现在日子过好了,想接二老离村,他们却觉得离不开了。"在这个地方生活了一辈子,看山看人都习惯了,可不去那吵吵嚷嚷的城里,我们哪也不去。"拗不过父母亲,孙永义只有一个办法,回来重拾木工手艺,就这样干了4年。村子周边没有多少木工活儿,想跑运输,但也没那么多的人和货可运。自小就听父亲说,"三天学会个买卖人,一辈子学不会个庄户人",在学习生存这条路上,孙永义选择了种地。

村里多年没人耕种的土地,孙永义都归拢回来,他和弟弟合伙买了一台大型拖拉机,开荒种地。山野间的绿色忽然满沟满梁,又勾起了村里仅有的百十来人的生气,这些70多岁的人,看着欢喜了一辈子的土地重新长出喜人的庄稼,打心眼里高兴,可就是腿脚不听使唤,干不动活儿了。2016年的时候,村里打井，地里还上了滴灌，原来的旱地成了水浇地，看得更让人心里发痒。"庄稼靠人管，人勤地不懒"，两年的时间，孙家兄弟在原来的荒地上种出了"金子"。王大爷、李大爷、张大爷、葛大爷等也动了再种田的心思。

"永义，帮大爷种上几亩麦子吧，自家的面好吃。"葛大爷试探着说。

"行，大爷，把种子给我拿上。"

"我给你指指地块儿，就是后梁挨着李二家那块长草的地。"

"大爷，我知道了，你就放心哇，种不错。"

土生土长的孙永义，谁家的屋挨着谁家的屋，谁家的地连着谁家的地，他大抵都清楚。

"娃娃，一共8亩地，你平常给别人种一亩40元，我给你拿上300元，你先加油哇。"

"大爷，你那块地有8亩？村里村道的，我一亩算您30元，收个200元，这100元您拿上买箱牛奶喝哇。"孙永义把100元重新塞进大爷的手掌心，这个50多岁的汉子面对乡亲，心里忽然涌出一种异样的情愫。

地是种下了，还得精心打理才能有所收获。孙永义开始购置各类农机具，液压翻转犁、土豆收割机、掰玉米棒子机和打草机都筹办齐了。于是，东家请他耕地，西家请他打药，春天请他下种，秋天请他收割，孙永义从来没说过半个"不"字。"在村里，谁让我是最年轻的。"他说话时带着一份自信，"都是乡里乡亲的，帮助他们是应该的。再说了，乡亲们都给我钱了，我又不白干。"孙永义憨实地笑了，像孩子一样挠了挠后脑勺。

葛大爷的几亩麦子黄澄澄的，还没有等他老人家开口，孙永义抽空开着收割机，一颗颗麦粒就装在袋子里。"大爷，麦子回家了。""好，好。"大爷好像除了说个"好"字再找不出其他的字，他颤巍巍地又去掏钱，孙永义只抽了一张就匆忙离开了，自己还有大片的麦子等着他去收。不只是葛大爷，李大爷、张大爷、王大爷，他都是这么做的，上门取种子，收成送到家，院里拉一斗，秋天送一石。

"运费也没有，你的成本能回来吗？"我试探着问。

"算什么成本，象征性的收点就行了。"这一个"象征性"，让孙永义的背影高大起来。

2017年8月，他被村民选为村组长。此时的村庄已被改造得大变样，路面平整，道路通畅，但因缺乏规划而保留下来的房子没有维护，也不美观，公益设施陈旧。针对如此状况，他主动寻求相关部门的帮助，修缮院落，绿化村庄，亮化环境，全力打造古村落，使村内人居环境得到了改善。

从石碾广场到村口的311省道大概有一二公里的距离，要过年了，为了让村庄显出过年的喜庆，村党支部书记为村里争取到两万元经费，安装红灯笼。为了节省开支，孙组长招呼村里的王建光、杜贵龙、张志良、孙贵龙几个"年轻人"，腾出一上午的时间，悬挂灯笼。正值寒冬腊月，冷风从四面八方吹来，人们在这条公路上来回跑着，手脚都冻麻木了。

孙永义开始扩大种植规模，和村里的几个年轻人共同承包土地。白天几个人忙地里的活儿，晚上就忙村里的事。谁家有个大事小情，总能想到找村里的"年轻人"来帮个忙。这不，张四柱开的四轮车突然"罢工"，零件拆卸了一堆，还是找不到原因，只能找孙永义帮忙，孙永义二话没说，扔下手头的活儿，凭着自己开了十多年大车的经验修理起来。这点小毛病他一修一个准，张四柱打算给上几个手工费，孙永义却不高兴地说："乡里乡亲的，你这是闹甚了！"贺文生的三轮车坏了来找他，张宝家的摩托车打不着了来找他，就连开了半辈子车的五哥，面包车突然熄火了也来找他。有外出干过多种营生的经历，有这么多农机具，有机械种植的几百亩土地，孙永义的活儿，不是越来越少，而是越来越多。

在种地的路上，孙永义觉得自己永远是一个新手，这么多亩田地，他要同李光、杜贵龙等一起打理。刚把农药稀释好，装上车准备出发时，隔壁70多岁的邻居老两口一前一后气喘吁吁地赶来了。原来洗了一半衣服的洗衣机，忽然就不转了，满桶的水、衣服堆满地，想放掉水，却不小心又漫了一地，老两口手足无措，只好来找他了。一边是自己的田，一边是他人的"地"，但孙永义没有感到为难，他们几人也没有商量，都三步并作两步去帮忙。拧衣服，处理积水，修理洗衣机，没一会儿就修好了。

我打趣道："这么说，你们几个是种了别人的地，荒了自家的田？"

"这倒没有。"他忙解释，"人跟人是有交情的，求到你的事，咱就得给办，没时间就想办法，挪时间也得给办。"

这么一"挪"，孙永义就把许多时间挪给了乡里乡亲。吕宝如老人年岁已高，一直生病，出门不便，孙永义就承担起为他买药请大夫的事。在村里，他们经常开着自己的小车去镇上或县城里置办东西，这样一来，乡亲们就方便了。"永义，给我捎上2斤白糖哇。""娃娃，给我买上两瓶药，吃的又没了。""永义，给我捎上200斤白菜！"孙永义掏出小本本一一记下，没给钱的还需要他来垫付。东西买回来，东家的米西家的面，他们分工，再一家一户送去。修理工、代购员、大能人、孙组长，我不知道该用哪个词来称呼他更贴切。

时光如白驹过隙，转眼间回村已5年有余。"无情未必真豪杰"，多少个晚上他都能想起冷落在包头的家人。在旁人眼里，他被尊为铁汉；在父母眼中，他是一个孝子；但在爱人眼中，又该怎么定位？一天晚上，他把珍藏的一张全家福发给了儿子，儿子问他大半夜发什么照片，他说想他们了。第二天，惹得妻子、儿子回到村里，还买了许多吃的用的，无声地支持他的工作。

就在我们谈论的一会儿工夫，一位大爷匆匆跑来找他，因为风大，安装的锅子接收不到信号，电视看不上了；一个大娘，不会看智能电表，亏钱停电了，来找他给续上费用……

快立冬了，几场雪后，到了杀猪宰羊的日子。孙永义谋划着联系村里的

"年轻人"成立一支队伍，为村里常住的85户家庭杀猪宰羊。他们的子女都不在身边，孙永义和这几个"年轻人"就是村里人的"子女"。

听村里人说，近两年孙永义的种植规模扩大后，因气候、虫害等原因一直在亏损，但他在乡亲们中间从来没多收一分钱。"能帮就帮点，能办就办点，都是上了岁数的人。"他总是这么说。2021年7月，为村民接种疫苗，孙永义每天坚持拉上村里人到接种点接种疫苗，接种点负责人说，组长不来也可以。他却说，如果自己不在场，老人不会使用手机，也不懂得填表、量血压等诸多事情。

把村民当亲人，把乡亲的事当作自己的事。"小事中能见大担当，小团队拥有大能量，件件干得都漂亮。"村里几位能说会道的大爷，对孙永义几个人赞不绝口。这几个70后，生长在村里这片广袤的土地上，骨子里流淌着质朴的血液，眼睛里绘就了村庄振兴的蓝图。

"黄麻搓绳拉不断，柳条成捆压不弯"，正是这样的几个"年轻人"，让大英图这个传统古村落，四季都能收获希望。

被需要就是一种幸福

"我参加了一年多的志愿服务活动后，最大的感觉是，被需要是一种幸福。虽然我帮助村里人干的都是他们最需要帮助的事，而且都是些鸡毛蒜皮的小事，比如买日用品、理发、生存认证，以及教他们如何用手机等，可是，看到他们脸上的笑容，听到他们感谢我的话语，我的心里就充满了幸福感。"

我采访张欢的时候，她这样说。

张欢，一个漂亮女孩，圆圆的脸庞，大大的眼睛，一说话就露出洁白的牙齿，总是面带微笑，精神饱满。2019年12月，她以优秀返乡大学生的身份被选举到银号镇德成永村委会任妇联主席兼会计；2020年，在村干部考核中被评为优秀。

"我从县妇联了解到，你在镇里做的志愿服务工作很出色，特别是你对自己负责的农户确实做到服务到位，农户满意。五保户是特殊群体，你不怕脏，不怕累，承担了五保户的服务，请你说说帮助五保户赵金柱的事情吧。"我直奔主题。

银号镇德成永村委会共有9个自然村，五保户赵金柱住在云三壕村。赵金柱，70岁，四级残疾，虽然能够行走，但因患脑梗，行动起来还是有些困难。张欢作为村委会妇联主席，赵金柱是她的包户对象。

"我和村委会的志愿者第一次到赵金柱家看望他的情景，至今记忆犹新。推门进家，一股刺鼻的味道扑面而来。他住的是里外间，当时，他在里间的炕上躺着，地上放着一个机油桶，桶里都是他的小便，看起来有几天没有倒了，跟我们一起来的村党支部王书记马上提起机油桶，把桶里的小便倒掉。那个时候，我心里也不好受，不是怕脏嫌臭，而是感觉赵金柱的日子很苦。他看见我们来了就从炕上坐起来，但是表情冷淡，只是看着我们，没有说话，好像也不怎么欢迎我们。我看着他杂乱不堪的家，看到他因为有病而消瘦的身体，以及他冷漠的样子，从那一刻起，我就下定决心，一定要帮助赵金柱，让他的生活好起来。"

张欢把村里的"拉话话"志愿者叫到一起，共同帮助赵金柱收拾家里家外。几个小时过去了，赵金柱的家和院子变了样。家中的各类什物放置整齐，柜子、桌子、锅台上的尘土都擦干净了，窗户玻璃也明亮如镜。院子里的杂物彻底清理干净，没用的东西全部扔掉，有用的农畜工具放入凉房，或者立于墙角，里里外外都是崭新的面貌。就在张欢他们清理的过程中，赵金柱也发生了变化，虽然没有说太多感谢的话，但是他的表情已经放松，看得出来，他从心里认可了张欢他们的行为。赵金柱说："孩子们，你们歇一歇再做吧。"张欢明白，赵金柱被他们的行为感动了。第二天，张欢又来到赵金柱家，这次是为他理发。大家把赵金柱从炕上扶到凳子上，一个人把赵金柱扶好，张欢先给他洗头发，接着给他理发，这回他很配合。在理发的过程中，张欢还告诉他平常多下地走走，不要总躺在炕上，有什么需要的及时和他们说。

由于生病，赵金柱这些年不喜欢和任何人交往，每天早早地就躺下了，平时也很少回村里，大家都认为他是一个孤僻的老头子。张欢想用自己的实际行动让赵金柱走出孤独，让他和大家更好地交流，感受美好的生活。

张欢联系了赵金柱的外甥，两人一起照顾赵金柱。如果他外甥因为忙来不了村，她就去家里帮助他做家务，再和他说说话。每到过节，张欢都买上食物给赵金柱老人送去，让他也感受节日的快乐。

张欢几次去赵金柱家里后，他的态度改变了很多，有什么事也和张欢说。看到赵金柱有这样的变化，张欢感到很欣慰。

五保户郝玉庭，68岁，也住云三壕村。他之前和哥哥一起生活，后来因年龄大了，无法照顾哥哥，村委会安排他哥哥去了养老院，现在家中只剩他一个人。他也是张欢包户的对象。

"张欢是个好娃娃，对我们村里的老人可好了。我们提出的要求，她总要想办法解决，从不拒绝。她也不嫌我们烦，不嫌我们脏，甚时候都笑眯眯的。像这样的大学生我们真的太喜欢了。"我去了郝玉庭的家里，说起张欢他很激动。

"我是村委会的常客，经常去村委会麻烦小张，给手机交话费，查一下补助款打来了没有，还搭他们的汽车去固阳县城。有时候，我也不好意思，可小张从来不嫌弃，也没有怨言。"看得出来，郝玉庭很满意张欢的帮助，被张欢平时的所作所为感动了，他们相处得也很融洽。

郝玉庭享受五保户的政策待遇，按照相关规定，五保户每个月的生活费都会打入他的个人财政一卡通。他每个月都要查看补助款是否已打入自己的账户，可是不会查看，只能让别人帮忙，每次他都找张欢，让她给查一下，只要看到账面上有了款，他就放心了。

一天，郝玉庭去了村委会，很长时间没有去县城了，想搭车去固阳县城一趟，于是，他找到了张欢。那天，村委会的人都没有去固阳县城的，张欢又问其他村里的人，恰巧邻村有人要去固阳县城，张欢在电话上联系好，让郝玉庭在家中等待。郝玉庭坐车到了县城后，给张欢打电话，感谢她的帮助。

张欢特别理解郝玉庭，一个人生活太不容易了。"可能是由于他哥哥去了养老院，他一下子不适应一个人的生活，经常去我们村委会和来办事的人捣拉，我发现他总是最后才离开，他确实很孤单。现在村里的人越来越少了，留下来的都是老人，老人们都很孤单，他们的子女不在身边，确实需要有人帮助。"

张欢和同事们经常去郝玉庭家里和他"拉话话"，看到他的头发长了就给理一理，帮助他衣服，偶尔给他做做饭，他把好吃的食品拿出来给张欢他们吃，好像一家人似的。郝玉庭在感动之余也说一说过去的生活，过去和现在一对比，他直夸国家政策好，现在的农民过上好日子了。

"闺女，大爷的手机最近都是广告，你给大爷看一看哇，可影响我看手机了。"

"张欢，你给姨姨从固阳往回买点羊药哇，羊有病了。"

"大爷的头发又长长了，快给大爷理一理吧。"

"大娘家的门帘粘不住了，你看咋给弄一下。"

"又让我们在手机上按手印了，我们不会用现在的手机，你快给想想办法哇。"

…………

除了包两户五保户，重点帮助他们以外，张欢平时还要为其他村民解决提出来的一系列事情。这些看似简单的事，却是村民们最急迫的事，只要把这些事情帮助村民们办好，也就把干部与村民心连心的最后一段距离打通了。

"村里的现状就是留守老人多，所以我们结合实际尽自己最大的努力帮助他们解决实际困难。我们志愿者参与的'拉话话'志愿服务活动，解决了很多实际问题，村民们很欢迎这种活动形式。每当被呼唤、被需要的时候，我从来都不觉得是一种麻烦，反而觉得是一种幸福。"张欢说。

"在你帮助这些老人的过程中，有没有对于你的行为有看法的人？"采访最后我问了张欢这样的问题。

"有了。有的人说，你个女孩子成天去五保户家，不嫌脏，不嫌麻烦，你图甚了？有的人说，他们这些人一辈子就这样，你能让他们改变什么？我知道这些人也是好意，也是为了我，所以只能给他们说，谁都有老的时候，谁家还没有个老人呢。他们是五保户，没有子女，更需要帮助，脏、苦、累、麻烦都不算什么。另外，通过我的帮助，给他们解决生活中的实际困难，他们就可以舒心地过上更好的日子，我不想那么多。"张欢的话句句都流露着真诚。

我已经看出张欢十分喜欢自己的工作，也很敬业。大学生在农村这个广阔天地大有作为，只看你有没有吃苦精神，有没有为群众服务的理念，有没有奉献的思想。我相信张欢的事业会蒸蒸日上，张欢会用自己的青春和热情绘就一幅美丽而迷人的画卷。

篇尾

『拉话话』长　初心　使命　担当

你是三月里暖人的风，

你是寒夜里照明的灯。

你怀揣着一颗爱心，

温暖了一个个乡亲。

大河滔滔听懂你的声音，

明月星光知道你的美名。

拉话话好，拉话话亲，

拉话话拉出了兄弟情深。

拉话话好，拉话话亲，

拉话话拉出了人间春风。

你是春天里飘洒的雨，

你是沙漠里流淌的水。

你脚踏着两腿泥泞，

心念着一个个百姓。

群山巍巍看到你的身影，

阳光雨露照耀你的行程。

拉话话好，拉话话亲，

拉话话拉出了幸福人生。

　　　　拉话话好，拉话话亲，

　　　　拉话话拉出了人间真情。

　　这是一首饱含深情歌颂"拉话话"志愿者的歌曲——《"拉话话"亲》。在新时代文明实践志愿服务活动中，"拉话话"志愿服务活动唤醒了沉睡的后山大地，唤醒了善良淳朴勤劳勇敢的固阳人，他们把几近丢失的东西捡拾回来，增加了崭新的内容，赋予其新的时代内涵，让"拉话话"在固阳这块热土上生根、发芽、开花、结果。许多"拉话话"志愿者在新时代文明实践志愿服务活动的路上一路领跑，让"拉话话"插上了飞翔的翅膀，飞向四面八方。这是固阳人坚守初心的发明创造，是固阳人在追求真善美的路子上迈出的坚实步伐，是固阳人热爱家乡、建设家乡体现出的精气神！

　　"谁能给村里办好事办实事，我就选谁当村干部。"

　　这是在固阳县6个镇村"两委"换届中听到的最多的一句话。下湿壕镇学田会村党支部书记沈鹏举等人众望所归，全部高票连任，同时，吸引了一名优秀大学生回村任职。

　　班子成员把选票看成沉甸甸的责任，把村事当家事，把村民当家人，用真心付出回报父老乡亲，以心交心，换来群众赞誉。村干部干的都是一些小事琐事，解决的却是村民眼中的要紧事、烦心事。

　　2018年，学田会村民白米换被查出患有重病，但他家里的生活开销和女儿白茹的学费全靠他打工的收入来维持。当时，白茹正在上大学，她的母亲做过手术，不能干重体力活儿，父亲又突然倒下了，对于白茹来说无异于晴天霹雳。母女俩多方求医，四处找亲戚借钱。在白米换治疗期间，白茹有空就到医院陪护照顾父亲，心理压力特别大，几度崩溃。她看着躺在病床上渐渐消瘦的父亲，对母亲说："要不我别上学了，省下钱给爸爸看病吧。"治疗费昂贵，一针营养药就得1200多元，巨额的医药费开支，让这个家庭陷入困境。

村党支部书记沈鹏举知情后，想帮助这个家庭走出困境。看着平日一起长大的白米换，兄弟情袭上心来，他看在眼里，急在心上。好在赶上贫困户动态调整，村委会把白米换一家识别为贫困户，及时帮助他家申请低保金，医疗费用可以按95%的比例报销，同时，也为白茹申请到教育扶贫支助款项，缓减了他们的困境。有国家的好政策，在驻村企业和社会各界的帮助下，白米换的身体渐渐好起来，白茹也顺利完成学业。村委会接着为她申请到在镇政府工作的公益岗。

这件事在白茹的心里留下了铭心刻骨的记忆，她从这些每天忙忙碌碌的村干部身上看到了希望，看到了治好父亲的希望。在她的眼里、心里，这些村干部的形象瞬间高大起来。

白茹在镇政府党建办工作期间，勤恳扎实，有不懂不会的地方就虚心向老同志请教，很快就进入角色。2020年底，村两委换届，白茹作为回乡优秀大学生被选到学田会村委会工作，岗位是会计。其实她做的工作很多，只要涉及文字、表格等资料方面的工作她都主动承担起来。用沈鹏举的话来说："这位从家乡走出去的大学生，现在是我们村委干部们的小老师。"

看到白茹得心应手的工作情景，看到她加班加点的忙碌身影，沈鹏举自豪地说："当初我们村委会一个小小的举动，不仅挽救了一名即将失学的大学生，更重要的是拯救了一个家庭，也给我们村委会增加了后备力量。这只是一件小事，我只是这件小事的参与者，不过，我也从这件事上受到了教育，也是受益者。"

在采访白茹的时候，我问她现在的工作好不好，她说挺好的，我让她说心里话。她说："这就是心里话，感觉挺好的。我从小学开始就在市区上学一直到读完大学，把村里的事情几乎忘记了，甚至连村委会的11个自然村都数不全。跟着沈书记他们下乡入户，我看到了许多东西，了解到村民的需求，觉得留在村委会工作很有必要，很有价值。每天还能守在父母身边，我把工资交到妈妈手中,我真的很激动,很自豪。"她上班以后,就是用积攒了几个月的工资归还了助学贷款。

白茹是新时代文明实践志愿服务活动的受益者,或许在她的心里,是带着一颗感恩的心回来的,从她的话语中我们听出她坚持干下去的决心和信心。

在银号镇银号村委会,我见到一个新时代的年轻人李志清,银号村人,是回乡的大学生村官,也是2020年冬季村委会换届新当选的村妇联主席。在妇联主席的工作岗位上,她对"拉话话"有自己独到的理解和认知:"'拉话话'已经融入我们村委会的日常工作,村委会各项工作都是通过聊天交流开展起来的,都与'拉话话'有直接关系。作为村委会的工作人员要学会倾听,我们对听来的事情做进一步了解、核实,把真正存在的问题解决好,需要帮助的我们就伸手相援。只要我们心怀村民,摆正位置,明白我们是他们的勤务员,就没有做不好的工作。"

李志清认为,"拉话话"已经是常态化,成为日常工作中不可或缺的一部分,而不用刻意去做。李志清说:"刚开始我们穿着红马甲是宣传我们自己,让村民知道身穿红马甲的志愿服务队是为群众做好事实事、解忧愁的队伍。现在群众已经认识并了解我们,知道我们是实实在在做事情的。现在我们不穿红马甲,照样可以为他们办事、解难题。我们也在新时代文明实践志愿服务活动中不断锤炼自己,接受教育,提高自己。现在,我们的心里红彤彤的,我们与村民的距离拉得更近,他们的事情就是我们的事情,我们把他们的急难愁盼时刻牵挂于心,这是我们的职责所在。"

遥望东边天际,一轮红日正在升起,大地亮堂起来,每一个"拉话话"志愿者的心里也亮堂起来了。

在白茹和李志清两名年轻的村委会工作人员身上,看到了年轻人成长的力量。

"好事情需要办好,不能在分发这个环节出问题。"这是2021年分煤时摆在村委会工作人员眼前的一件"大事"。

马路壕村委会是一个有1200多人的村落，常住人口不到200人。自"拉话话"志愿服务活动开展以来，地里的农活儿大家就互相帮忙，春天抢农时耕种，秋天抢农时收割，庄户人最懂得农时的重要性。从原来的讲价格挣钱到不谈价出手帮助，这是在固阳大地出现的新生事物，在每一个村落都能看到这样的风景。互相搭把手，一起收割荞麦，一起挖土豆，一起剥玉米，既改善了邻里关系，又把"家长里短"演绎成亲密无间，也感动了在外谋生的子女们。他们从父母那里听到村干部办实事、邻里互相帮助的一个个好消息，也就放心踏实了。

"暖心煤"是政府给予常年居住在村的村民的一种取暖补贴。村民自愿报名，每吨煤收取560元。马路壕村委会报名要"暖心煤"的共有130户。

为了把"暖心煤"分配均匀，村委会副主任孙志刚绞尽脑汁，设想了两个分法：一是到附近的矿山上过地磅秤称重量分煤，但工作人员们认为这个分法费时费事费力，分下的煤还要村民用车往回拉运，来回折腾太烦琐了；二是煤车回来，雇装载车司机分，这样省事，但能不能雇到装载机是个问题。

经过再三思考，决定采用第二种办法，分成堆状，然后抓阄。孙志刚和几名村委会工作人员交流了自己的想法。他们都说老孙点子多，在笑声中肯定了这个办法。孙志刚主动联系矿山的王总，王总给予最大的支持，孙志刚一再安顿王总派一名好司机过来。

一个阳光灿烂的午后，一辆承载着"暖心煤"的大卡车停靠在广场上，接着一辆装载机开进广场，村民们等着分煤。孙志刚简单交代了几句，司机按照村委会"一吨、两吨、两吨半"的标准，分成大小不同的几堆。村委会邀请村民根据堆状的大小，判断衡量分发均匀的情况，看哪个多了，哪个少了。需要调整的，再让分发"暖心煤"的司机铲上一铲弥补匀称。最后，按标准排号，用民间最简单的办法——抓阄分发。

总共3辆卡车100多吨"暖心煤",按照这个办法3次分发完成,家家户户满意,人人拍手称快,大家都觉得这是最好的办法,公开、公道、公平,省钱、省事、省力。事后,孙志刚颇有感触地说:"我们不但要帮助群众解决难事急事,还要把好事情办稳妥办扎实,群众满意,我们心里才踏实。村民们能互相帮助,更是让人感动。村民白铁成自家没有分煤,还主动帮助80多岁的刘生荣把4吨煤拉回家。"

一个简单的抓阄分煤,让我们看到基层干部在大事小事上的韧劲和耐力。他们的出发点、落脚点都是为群众着想,而且总能找到工作的切入点,找到科学巧妙的工作方法,在工作中边学边干,让群众满意。只要心里装着群众,急群众所急,就有用不完的金点子、好办法。

道德积分银行是固阳县移风易俗想出的又一新做法,深得老百姓喜欢。为了开展这项工作,怀朔镇兴圣公村党支部书记郭四根着实操了不少心。

我们驱车一路向北,刚到兴圣公村口,就听到乡村大喇叭响亮的声音,固阳方言版的村规民约听得让人忍俊不禁。"村民们,村民们:多想想共产党的好;不跟灰人煽风点火,不跟灰人上访;老人看病,儿女回来多搭照;抬头不见低头见,有事情多搭照,帮个忙;家里东西勤收拾,不摆拉……"这是固阳人自编的村规民约,土得很,但能听懂。

在村委会办公室,我们见到了郭四根,他热情地将我们领到村委会的道德积分银行。正面开放式的柜台摆满了琳琅满目标有分值的家常用品,暖壶、洗地桶等生活用品应有尽有。墙壁一侧悬挂着道德积分银行的积分办法、评定积分办法和物资采购管理制度,另一侧书写着:践行社会主义核心价值观,弘扬崇德向善社会新风尚,配的4幅趣味卡通宣传画形象活泼。

郭四根介绍:"2019年,固阳县第一家道德积分银行落户兴圣公村,目的是为了深入推进新时代文明实践志愿服务活动,提升村民道德素质,推进乡村治理。这几年,我们一直秉持积'德'成'分'、助推乡风文明建设的原则,深化村民思想道德建设，提升村民整体素质，常态化开展'道德积分'兑换活动，取得了不错的效果。"

道德积分银行鼓励村民"律己守法、移风易俗、清洁卫生、创业创富、敬老爱亲"，每一项下面都有几项细则，具体的道德规范和约束行为对应具体的分值。比如，"律己守法"里"自觉维护村内平安稳定，主动揭发检举各种违法违纪行为的"，加20分；"移风易俗"里"喜事新办，丧事简办，不大操大办和铺张浪费的"，加10分；"创业创富"里"有一位家庭成员懂得一门实用技术或有一定的经营理念的"，加20分；"清洁卫生"里"主动制止村民乱建搭建行为的"，加10分；"敬老爱亲"里"主动为孤寡老人、残疾人干农活儿、提供帮助的"，加10分。这些细则事无巨细，只要你行善事，做好事，帮助他人，就会得到应有的分值，以及一定的物质奖励。用郭四根的话来说："这不是发东西，也不是搞福利，更不是救助，而是你做了好事、实事，根据积分评定规则，给予你的物质鼓励。这是对村民们精神方面的褒奖，是一种激励机制，激发村民们好善乐施。"

我们想到村民家看看，了解村民对道德积分银行是怎么想的，怎么做的。走出村委会，正好遇到村民任治梅，任治梅热情地招呼我们进她的院子。小小的院落干净整洁，无杂物堆积，门口的劈柴齐齐整整。任治梅是宁夏银川人，20多年前嫁到固阳县与兴圣公村民邓全英成婚，夫妻恩爱，是人见人夸的模范夫妻。

"你在道德积分银行兑换过东西没有？"我直奔主题。

"兑换过。"任治梅操一口外地口音，但我听得明明白白。

"你做了甚事情兑换的？"我问。

"我经常给村委会打扫卫生，还扫村里的厕所。"任治梅说。

"谁给你分配的打扫厕所的任务？"我接着问。

"不是分配的，是我自愿打扫。自2016年盖起这个厕所，我就一直打扫，我这个人爱干净，看见脏了就去扫，也不费劲，顺手做的事。"任治梅说。

20多年来，任治梅一直和婆婆住在一个院里，秉承勤俭持家、讲究卫生、孝敬老人的优良传统，经常给老人洗被单，逢年过节一起吃饭。婆婆的母亲也和婆婆生活在一起，这个外孙媳妇还承担着孝敬姥姥的责任和义务。任治梅是个闲不住的人，农闲时，常在村里村外打工，挖黄芪、锄草、摘葵花、挖土豆样样能行。爱干净的任治梅，每天早上一起来就打扫屋子、院子，还打扫院外的巷道。村里人常说，看人家邓全英那条巷子，咱们也得向人家学习了。

从任治梅家出来，我们走进她婆婆的屋子，屋里收拾得干净整洁，真让人想不到这是一个80岁老人住的房子。老人满面红光，说："任治梅非常勤劳，能打工挣钱，能吃苦，太爱干净了，常常帮我把屋子打扫得干干净净。"儿媳妇讲卫生的好习惯在一定程度上影响和感染着婆婆。

驱车回县城途中，我的脑子里播放着一个个镜头，道德积分银行鼓励村民做好事、行善事，乡村让妇女们有了展示美的舞台，任治梅的美丽庭院建设……无不彰显着大后山村民道德方面的转变，彰显着大后山人精神方面的力量，彰显着固阳人的精气神。

"日落那西山影子长，拉话话永远在路上。"

在前黑沙村委会再次见到于敏，快人快语的于敏打开了话匣子。

"自'拉话话'志愿服务活动开展以来，为孤寡老人、困难人群解决了一些生活上的事情，也给他们的心灵送去温暖。有时，我们不经意的小动作，却给他们留下很深的记忆。从村民的角度说，'拉话话'激发了村民思想的转变，从过去躲着绕着避开村委会工作人员转变为主动上前打招呼，从过去满口怨言、牢骚满腹转变为主动找村委会工作人员交流思想，从过去对村委会工作不闻不问转变为关心村委会方方面面的事情。这些转变证明他们的内心世界发生了改变，他们看到了'拉话话'志愿服务者实实在在的行动，对村委会工作人员也有了好感，对我们也有了正确的看待和客观公正的评价，这是村民一次思想上的革命，让我们感到很欣慰，很温暖。"于敏接着谈了几点体会，"通过'拉话话'，村民的思想发生改变，有利于推动村委会各项工作的开展，工作都顺手了。我们也在工作实践中接受了教育，自己的思想也发生了很大的变化，看到了自己的成长和进步。工作思路宽了，看事情的视野宽了，也感觉到村民更亲切了。同时，坚定了我们做好工作的信心，去帮助更多的人。"

高玲玉这个留守家乡的心灵抚慰师，在新的岗位上继续发挥自己"拉话话"的特长，依然在关心村民，为村民服务。自乡村环境卫生整治工作开展以来，她每天奔波在5个自然村中，家家户户做工作。她晓之以理，动之以情，对村民讲乡村振兴是国家在农村开展的一项重大举措，目的是为实现"产业兴旺，生态宜居，乡风文明，治理有效，生活富裕"的总要求。

现在村里的马路修得平平展展，为村民出行提供了极大的便利。到了秋天，沿街的马路成了村民晾晒粮食的最佳场所。晾晒完毕，很少有村民自觉地收拾干净，给村里的环境卫生整治带来了麻烦。这是摆在乡村环境卫生整治过程中的问题，需要村委会的干部正确引导和教育村民，并且用自己的实际行动感动村民，这也为"拉话话"志愿服务活动继续深入提供了广阔的舞台，需要"打开那窗子说亮话，心贴心才能解开大疙瘩"。

高玲玉把话话拉在乡村振兴的道路上。她说："村里的工作，面对的是村民，几十年的生活习惯，你想去改变他很难，但只要你真诚地面对、正确地引导，多数人还是知道你是站出来做工作的，是为了村里的环境好、卫生好，不是在难为他们。"

在固阳这块土地上，"我是志愿者"已经成为一个时尚的名词，"拉话话"群里每天不断传来"拉话话"志愿服务队为民办实事、办好事的消息。有的是属于季节性的搭把手，最明显的是冬天帮助清扫积雪，不能因路滑而让老人跌倒摔跤；还有秋天帮助收割、冬季的杀猪，都属于常态化的工作；80岁以上老人每一个季度的生存认证，一年四季天天发生的代购故事，还有给出不了家门的老人理发……这些看似简单、听来一般的故事，可以说是天天在上演，天天在发生，"拉话话"志愿者们坚守着家园，守望着村民，让村民们的麻烦事少了，心情好了，心里的疙瘩也解开了。

这些最可爱的"拉话话"志愿者，正以坚定的理想信念，永不停歇的时代步伐，奔跑在大后山乡村田野山间"拉话话"的路上。